A ESCRITA na PAREDE

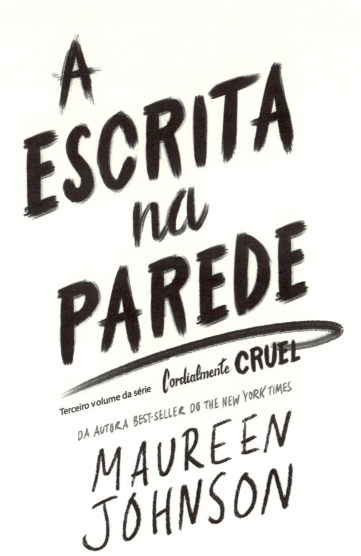

A ESCRITA NA PAREDE

Terceiro volume da série *Cordialmente* **CRUEL**

DA AUTORA BEST-SELLER DO THE NEW YORK TIMES

MAUREEN JOHNSON

Tradução
Paula Di Carvalho

RIO DE JANEIRO, 2022

Copyright © 2020 por HarperCollins Publishers
Copyright da tradução © 2022 por Casa dos Livros Editora LTDA
Título original: *The Hand on the Wall*

Todos os direitos desta publicação são reservados à Casa dos Livros Editora LTDA.

Nenhuma parte desta obra pode ser apropriada e estocada em sistema de banco de dados ou processo similar, em qualquer forma ou meio, seja eletrônico, de fotocópia, gravação etc., sem a permissão do detentor do copyright.

Diretora editorial: *Raquel Cozer*
Gerente editorial: *Alice Mello*
Editores: *Lara Berruezo e Victor Almeida*
Assistência editorial: *Anna Clara Gonçalves e Camila Carneiro*
Copidesque: *Isabela Sampaio*
Revisão: *João Pedroso*
Capa: *Julio Moreira [Equatorium]*
Diagramação: *Abreu's System*

Dados Internacionais de Catalogação na Publicação (CIP)
(Câmara Brasileira do Livro, SP, Brasil)

Johnson, Maureen
 A escrita na parede / Maureen Johnson ; tradução Paula Di Carvalho. – Rio de Janeiro, RJ : HarperCollins Brasil, 2022.

 Título original: The hand on the wall.
 ISBN 978-65-5511-283-2

 1. Ficção norte-americana I. Título.

22-98241   CDD-813

Índices para catálogo sistemático:
1. Ficção : Literatura norte-americana   813
Eliete Marques da Silva – Bibliotecária – CRB-8/9380

Os pontos de vista desta obra são de responsabilidade de seu autor, não refletindo necessariamente a posição da HarperCollins Brasil, da HarperCollins Publishers ou de sua equipe editorial.

HarperCollins Brasil é uma marca licenciada à Casa dos Livros Editora LTDA.
Todos os direitos reservados à Casa dos Livros Editora LTDA.
Rua da Quitanda, 86, sala 218 — Centro
Rio de Janeiro, RJ — CEP 20091-005
Tel.: (21) 3175-1030
www.harpercollins.com.br

Para Dan Sinker, por me ensinar sobre criação,
maneiras de lidar com a vida, punk, Disney e tacos.
A gente se vê na Mansão Mal-Assombrada, amigo.

INSTITUTO IE ELLINGHAM

FUNDADO EM 1935

1.
8.
2.
3.
9.
10.
4.
5.
11.
12.
6.
13.
7.
14.

1. Oficina
2. Astéria
3. Gênio
4. Ártemis
5. Apolo
6. Dionísio
7. Deméter

8. Casarão
9. Minerva
10. Eunômia
11. Cibele
12. Júpiter
13. Vesta
14. Juno

NORTE

GATOS SABEM MAIS

Departamento Federal de Investigação (FBI)
Imagem fotográfica de carta recebida na residência dos Ellingham em
8 de abril, 1936.

Olhe! Uma charada!
Hora de brincar!
Uma corda ou uma arma,
Qual devemos usar?
Facas são afiadas
e têm um brilho tão lindo
Veneno é lento,
o que é um castigo
Fogo é festivo,
Afogamento demora
Enforcamento é um
Jeito nodoso de ir embora
Uma cabeça quebrada,
Uma queda grave
Um carro colidindo
Contra uma trave
Bombas fazem um
Barulho bem animado
Tantas formas de
Punir meninos malcriados!
Qual devemos usar?
Não conseguimos decidir.

Assim como você não pode
correr ou fugir.
Haha.

Cordialmente,
Cruel

15 de dezembro, 1932

A NEVE CAÍA HAVIA HORAS, PASSANDO SUAVEMENTE PELAS JANELAS, DEPOSITANDO-
-se no parapeito e formando paisagens em miniatura que imitavam as montanhas ao horizonte. Albert Ellingham estava sentado numa poltrona estofada de veludo cor de ameixa. À sua frente, numa mesinha, um relógio de mármore verde tiquetaqueava alegremente. Com exceção do tique-taque e do estalo do fogo, o silêncio predominava. A neve abafava os sons do mundo.

— Com certeza já deveríamos ter ouvido alguma notícia a essa altura — disse ele.

A frase foi dirigida a Leonard Holmes Nair, que estava estirado num sofá do outro lado do cômodo, coberto com uma manta de pele e lendo um romance francês. Leo era pintor e amigo da família, um malandro alto e esguio que vestia um paletó de smoking de veludo azul. O grupo havia passado as últimas duas semanas entocado num retiro hospitalar particular nos Alpes, observando a neve, bebendo vinho quente, lendo e esperando... esperando pelo evento que havia se anunciado no meio da noite. Então as enfermeiras e os médicos entraram em ação e levaram a futura mãe à luxuosa sala de parto. Quando se é um dos homens mais ricos dos Estados Unidos, é possível reservar um retiro inteiro na Suíça para o nascimento do filho.

— Esses misteriosos atos da natureza levam tempo — disse Leo, sem erguer o olhar.

— Já faz quase nove horas.

— Albert, pare de olhar o relógio. Tome um drinque.

Albert se levantou e enfiou as mãos nos bolsos. Caminhou até uma janela próxima, então até outra mais distante, e depois voltou à primeira. A vista era esplêndida; a neve, as montanhas, os telhados pontudos dos chalés no vale alpino.

— Um drinque — repetiu Leo. — Peça um. Peça pela... campainha, sino, sei lá. Cadê aquele negócio?

Albert atravessou o cômodo novamente até a lareira e puxou uma peça dourada conectada a uma corda de seda. Um leve tilintar soou à distância. Instantes depois, as portas se abriram e uma moça entrou, usando um vestido de lã azul com um avental de enfermeira asseado e uma touca branca.

— Pois não, Herr Ellingham? — disse ela.

— Alguma novidade? — perguntou ele.

— Temo que não, Herr Ellingham.

— Precisamos de *glühwein* — disse Leo. — *Er braucht etwas zu essen. Wurst and Brot. Käse.*

— *Ich verstehe, Herr Nair. Ich bringe Ihnen etwas, einen Moment bitte.*

A enfermeira se retirou e fechou as portas.

— Talvez alguma coisa tenha dado errado — comentou Albert.

— Albert...

— Vou subir.

— Albert — repetiu Leo. — Tenho instruções para me sentar em cima de você se tentar sair. Por mais que eu não seja muito atlético, sou maior que você e ótimo em fazer peso morto. Vamos ligar o rádio. Ou prefere jogar alguma coisa?

Normalmente, a oferta de um jogo convenceria Albert no mesmo instante, mas ele continuou andando de um lado para o outro até a enfermeira voltar com uma bandeja que continha duas taças cor de rubi cheias de vinho quente, além de salsichas frias fatiadas, pão e queijo.

— Sente-se — ordenou Leo. — Coma.

Albert não obedeceu. Em vez disso, apontou para o relógio.

— Esse relógio — disse ele. — Comprei outro dia, quando estávamos em Zurique, de um comerciante. É uma antiguidade. Século XVIII. Ele disse que pertenceu a Maria Antonieta.

Segurou o objeto com ambas as mãos e o encarou, como se esperasse que falasse com ele.

— Deve ser bobagem — prosseguiu enquanto erguia o relógio. — Mas, pelo preço que paguei, é bom que seja uma bela bobagem. E tem um segredinho divertido... um compartimento secreto na parte de baixo. Basta virá-lo de ponta-cabeça, encontrar um entalhe e apertar...

Houve um movimento no andar de cima. Um grito. Passos apressados. Um grito de dor. Albert baixou o relógio com um baque.

— Parece que a anestesia perdeu o efeito — comentou Leo ao olhar para o teto. — Minha nossa.

Mais barulhos: os gritos cortantes de uma mulher prestes a parir.

Albert e Leo saíram do aconchegante escritório e se encaminharam para a antessala bem mais fria ao pé da escada.

— Que sons horripilantes — comentou Leo, olhando para a escada escura com preocupação. — Não é possível que não exista uma maneira melhor de trazer vida ao mundo.

Os gritos pararam. Fez-se total silêncio por vários minutos, então o choro de um bebê o dissipou. Albert disparou escada acima, dois degraus de cada vez, e, na pressa, escorregou no patamar. No corredor do andar de cima, a jovem enfermeira o esperava à porta do quarto de parto.

— Um momento, Herr Ellingham — disse ela com um sorriso. — O cordão umbilical precisa ser cortado.

— Conte-me — pediu ele, sem ar.

— É uma menina, Herr Ellingham.

— É uma menina — repetiu Albert, virando-se para olhar o amigo.

— Pois é — disse Leo. — Eu ouvi.

— Uma menina! Achei mesmo que seria uma menina. Eu sabia que seria uma menina. Uma menininha! Vou comprar a maior casa de bonecas do mundo para ela, Leo. Uma que dê para morar dentro!

A porta se entreabriu, Albert passou pela enfermeira e correu para dentro. O cômodo estava escuro, com as cortinas fechadas contra a neve. Ele sentiu cheiros de vida — sangue e suor — misturados com o aroma pungente de antissépticos. O médico devolveu uma máscara respiratória a um gancho na parede e ajustou o nível em um tanque de gás. Uma enfermeira esvaziava uma bacia esmaltada cheia de água rosada numa pia. Outra enfermeira tirava lençóis molhados da cama enquanto uma terceira os substituía no mesmo ritmo, estalando o lençol limpo no ar e deixando que caísse suavemente na mulher abaixo. As enfermeiras ziguezagueavam pela sala, abrindo as cortinas e trocando as bandejas de instrumentos por jarros de flores. Era um balé gracioso e bem ensaiado, e dentro de minutos o quarto de parto parecia uma alegre suíte de hotel. Afinal de contas, tratava-se do melhor hospital particular do mundo.

Albert fixou o olhar na esposa, Iris. Ela segurava o bebê numa manta amarela. Ele estava tão tomado por sentimentos que o cômodo parecia se distorcer; as vigas do teto pareciam se curvar na direção dele como se para ampará-lo caso caísse a caminho da mulher e do bebê em seus braços.

— Ela é linda — disse Albert. — É extraordinária. Ela é...

Sua voz falhou. O bebê era todo clarinho e cor-de-rosa, estava com as mãos fechadas em punhos e dava gritinhos de reconhecimento. Ela era a própria vida.

— Ela é nossa — declarou Iris em voz baixa.

— Posso segurá-la? — perguntou alguém do outro lado do cômodo. Albert e Iris se viraram para a mulher na cama. Seu rosto estava corado e molhado de suor.

— É claro! — respondeu Iris, aproximando-se. — Claro. Querida, querida, mas é claro.

Iris pôs o bebê delicadamente nos braços de Flora Robinson. Flora estava fraca, ainda meio sob influência dos anestésicos, com o cabelo louro colado à testa. As enfermeiras puxaram os lençóis e cobertores sobre ela, ajeitando-os ao redor do bebê em seus braços. Ela olhou com admiração para a pessoa minúscula que havia gerado.

— Meu Deus — disse ela enquanto olhava para o rosto do bebê. — Fui eu quem fiz?

— Você fez um excelente trabalho — respondeu Iris, afastando algumas mechas úmidas da testa da amiga. — Querida, você foi esplêndida. Você foi absolutamente esplêndida.

— Posso ter um momento com ela, por favor? — pediu Flora. — Para segurá-la?

— É uma boa ideia — opinou a enfermeira. — Faz bem para o bebê. Ela precisará mamar em breve. Quem sabe os senhores não esperam do lado de fora, Herr e Frau Ellingham? Apenas por um momento.

Iris e Albert se retiraram do cômodo. Leo tinha voltado ao andar de baixo, então eles ficaram sozinhos no corredor.

— Ela não disse nada sobre o pai, disse? — perguntou Albert em voz baixa. — Achei que talvez fosse mencionar durante...

Ele fez um aceno para indicar as nove horas de trabalho de parto.

— Não — sussurrou Iris.

— Não importa. Não importa mesmo. Caso apareça um dia, lidaremos com ele.

A enfermeira saiu do cômodo carregando uma prancheta com formulários de aparência oficial.

— Com licença — disse ela. — Vocês já têm um nome para a criança?

Albert olhou para Iris, que assentiu.

— Alice — respondeu Albert. — O nome dela é Alice Madeline Ellingham. E ela será a menininha mais feliz do mundo.

TRECHO DE *CORDIALMENTE CRUEL: OS ASSASSINATOS EM ELLINGHAM*, DE DRA. IRENE FENTON

Desde o sequestro da esposa e da filha, desde o assassinato de Dolores Epstein, durante todo o julgamento de Anton Vorachek, Albert Ellingham continuou sua busca. O assassinato de Vorachek nos degraus do tribunal não o desaceleraram, mesmo que parecesse que a única pessoa que pudesse saber o paradeiro de Alice estivesse morta e enterrada. Alguém sabia alguma coisa. Nenhuma economia foi feita. Ele apareceu em todos os programas de rádio. Falou com todos os políticos. Albert Ellingham iria a qualquer lugar e se encontraria com qualquer um que pudesse saber o paradeiro de sua filha.

Mas, no dia 1º de novembro de 1938, a polícia e o FBI estavam dragando o lago Champlain em busca de Albert Ellingham e George Marsh. A dupla saíra para velejar à tarde no *País das Maravilhas*, barco de Albert. Logo antes do pôr do sol, uma explosão gigantesca abalou o pacífico fim de tarde de Vermont. Pescadores locais correram para seus barcos a fim de chegar à origem do barulho. Ao chegarem, encontraram fragmentos da embarcação infortunada: pedaços de madeira lascada, estofados chamuscados que haviam sido atirados no ar, pequenas peças de cobre, pedaços de corda. Também encontraram algo muito mais perturbador: restos humanos, no mesmo estado do próprio barco. Nem o corpo de Albert Ellingham nem o de George Marsh seriam recuperados por completo; foram encontrados pedaços o bastante para determinar que ambos haviam morrido.

Houve uma investigação imediata. Todo mundo tinha uma teoria sobre a morte de um dos homens mais ricos e importantes dos Estados Unidos, mas, no fim, não houve conclusão. A resposta mais provável era que Albert Ellingham havia sido morto por um grupo de anarquistas; na verdade, três grupos diferentes alegaram responsabilidade pelo ato. Com a morte de Albert Ellingham, o caso de Alice começou a ser esquecido. Não havia nenhum pai dizendo o nome dela, nenhum magnata injetando dinheiro e fazendo ligações. Um ano mais tarde, a Europa entrou em guerra, e a triste saga da família da montanha foi apagada diante de uma tragédia muito maior.

Ao longo dos anos, dezenas de mulheres se apresentaram alegando ser Alice Ellingham. Era possível dispensar algumas imediatamente: tinham a idade errada, os atributos físicos errados. As que passavam nos testes básicos eram recebidas por Robert Mackenzie, o secretário pessoal de Albert. Mackenzie conduziu uma investigação cuidadosa para cada uma das alegações. Todas se provaram falsas.

A passagem dos anos reavivou o interesse no caso; não apenas acerca de Alice, mas também sobre o sequestro e o que aconteceu naquele terrível dia no lago Champlain. Com avanços nas análises de DNA e técnicas investigativas modernas, as respostas ainda podem estar a nosso alcance.

Alice Ellingham ainda pode ser encontrada.

PROFESSORA LOCAL MORRE EM TRÁGICO INCÊNDIO DOMÉSTICO

Burlington News Online

4 de novembro

Dra. Irene Fenton, professora do departamento de história da Universidade de Vermont, morreu num incêndio doméstico na noite de ontem. Dra. Fenton, que morava na Pearl Street, era membro do corpo docente havia 22 anos e autora de diversos livros, incluindo *Cordialmente Cruel: Os assassinatos em Ellingham*. O fogo começou por volta das 21 horas e acredita-se ter se originado na cozinha.

O sobrinho da dra. Fenton, que morava com ela, sofreu ferimentos superficiais nas chamas...

I

Os ossos estavam sobre a mesa, expostos e com aparência de giz. As cavidades oculares estavam vazias e a boca, num sorriso frouxo, parecia dizer: "Sim, sou eu mesmo. Você deve estar se perguntando como vim parar aqui. É uma história engraçada, na verdade..."

— Como podem ver, o sr. Nelson perdeu o primeiro metacarpo da mão direita, que foi substituído por um modelo. Em vida, é claro, ele tinha...

— Pergunta — disse Mudge, com a mão parcialmente erguida. — Como esse cara virou um esqueleto? Tipo, aqui? Ele sabia que acabaria numa sala de aula?

Pix, a dra. Nell Pixwell, professora de anatomia, antropóloga forense e coordenadora da Casa Minerva, fez uma pausa. As mãos dela e do sr. Nelson estavam levemente entrelaçadas, como se os dois avaliassem uma delicada proposta de dançar juntos no baile.

— Bom — respondeu ela —, o sr. Nelson foi doado para cá quando Ellingham abriu. Acredito que ele tenha vindo por meio de um amigo de Albert Ellingham que tinha conexões com Harvard. Há várias formas de corpos acabarem sendo usados para demonstrações. Algumas pessoas doam os corpos para a ciência, óbvio. Pode ter sido isso que aconteceu aqui, mas suspeito que não seja o caso. Com base em alguns dos materiais e técnicas usados para articulá-lo, eu diria que o sr. Nelson deve ter vivido em meados do final de 1800. Naquela época, as regras eram mais frouxas em relação ao uso de corpos para a ciência. Corpos de prisioneiros eram usados com frequência. O sr. Nelson aqui devia ser bem-nutrido. Era alto. Tinha todos os dentes, o que era excepcional para a época. Não tinha nenhum osso quebrado. Meu palpite... e não passa de um palpite...

— Está falando de roubo de túmulos? — perguntou Mudge com interesse. — Ele foi roubado?

Mudge era a dupla de laboratório de Stevie Bell; um metaleiro de quase dois metros de altura que usava lentes de contato roxas com pupilas de cobra e um moletom de capuz preto pesado com cinquenta broches da Disney, incluindo alguns muito raros que ele exibia e explicava para Stevie enquanto os dois dissecavam olhos de vaca e outras coisas terríveis em prol da educação. Mudge amava a Disney mais do que qualquer um que Stevie já conhecera, e sonhava em ser um *Imagineer* de animatrônicos. O Instituto Ellingham era o tipo de lugar onde Mudges eram bem-recebidos e compreendidos.

— Era comum — disse Pix. — Estudantes de medicina precisavam de cadáveres. Pessoas chamadas de homens da ressurreição costumavam roubar corpos para vender a esses alunos. Se ele era um antigo esqueleto modelo de Harvard, sim, acho que é provável que tenha sido vítima de um roubo de túmulo. Isso me lembra que preciso mandá-lo para ser rearticulado. Preciso de um novo metacarpo, e o fio entre o hamato, o piramidal e capitato precisa de reparo. Não é fácil ser um esqueleto.

Ela sorriu por um momento, então fez uma careta e esfregou a cabeça raspada.

— Mas chega de metacarpos — continuou ela. — Vamos falar sobre os outros ossos da mão e do braço...

Stevie sabia exatamente por que Pix se interrompera. O Instituto Ellingham não era mais o tipo de lugar onde se podia fazer piadas casuais sobre ser um esqueleto.

Quando Stevie saiu da sala, o ar frio a estapeou no rosto. A magnífica capa de vermelhos e dourados que pendiam sobre a paisagem florestal de Vermont caíra de repente, como um grande espetáculo de strip-tease arbóreo.

Strip-tease. Árvores nuas. Strip-trees? Meu Deus, ela estava cansada mesmo.

Nate Fisher a esperava em frente ao prédio. Ele estava sentado num dos bancos, olhando para o celular com os ombros encurvados. Agora que o clima havia esfriado, ele podia alegremente — ou o que podia ser considerado como alegremente para os padrões de Nate — sobrepor suéteres soltos, calças largas e cachecóis até que não passasse de uma pilha de fibras naturais e sintéticas.

— Onde você estava? — perguntou ele como forma de cumprimento.

Ele pôs um copo de café na mão dela, assim como um donut de bordo. Stevie presumiu que fosse de bordo. Ela deu um longo gole do café e uma mordida no donut antes de responder.

— Eu precisava pensar. Fui dar uma caminhada antes da aula.

— Você está com a mesma roupa de ontem.

Stevie baixou os olhos, confusa, para a calça de moletom larga e os All Stars pretos. Usava um suéter esgarçado e sua fina capa de vinil vermelha.

— Dormi assim — respondeu ela enquanto uma chuva de migalhas caía do donut.

— Já faz dois dias que você não come um prato de comida de verdade com a gente.

Era verdade. Ela não fazia uma refeição decente no refeitório havia dois dias e, em vez disso, sobrevivia à base de cereal puro da cozinha, normalmente consumido no meio da noite. Ela ficava na escuridão, com a mão embaixo do pote de cereal sobre a bancada, puxando a alavanca para liberar mais uma porção de Froot Loops. Tinha uma vaga lembrança de comprar e comer uma banana ontem, sentada no chão da biblioteca entre as estantes lá dos fundos. Havia evitado pessoas, conversas e mensagens para viver totalmente nos próprios pensamentos, porque eles eram numerosos e precisavam ser ordenados.

Três grandes eventos tinham acontecido para gerar essa atividade monástica e peripatética.

Um: David Eastman, possível namorado, levara uma surra em Burlington. Tinha feito isso de propósito, pagando o agressor. Depois publicou o vídeo do espancamento na internet e desapareceu sem deixar rastro. David era filho do senador Edward King. O senador King ajudara Stevie a voltar para a escola, com a condição de que ela ajudasse a manter David sob controle.

Bom, a missão fracassara.

Só isso já teria ocupado sua mente por completo, só que, naquela mesma noite, a mentora de Stevie, dra. Irene Fenton, morrera num incêndio doméstico. Stevie não era próxima da dra. Fenton, ou Fenton, como ela preferia ser chamada. Havia um aspecto positivo sobre esse acontecimento horrível: o incêndio acontecera em Burlington. Burlington não ficava *ali*, em Ellingham, e Fenton foi identificada como professora da Universidade de Vermont. Isso significava que a morte não foi atribuída a Ellingham. A escola provavelmente não sobreviveria a outra morte. Num mundo onde tudo sempre dava errado, o fato de sua mentora ter morrido num incêndio fora do campus era um dos poucos "mas, em compensação..." de sua nova vida confusa. Era um jeito terrível e egoísta de pensar nas coisas, mas, àquela altura, Stevie precisava ser prática. Para solucionar crimes, é preciso se distanciar.

Tudo isso já seria muito para lidar. Mas a cereja no bolo, o fato que ficava para lá e para cá em sua mente feito um móbile, era...

— Não acha que a gente devia conversar? — perguntou Nate. — Sobre o que está rolando? Sobre o que vai acontecer agora?

Era uma pergunta pesada. *O que vai acontecer agora?*

— Vem comigo — respondeu.

Ela deu meia-volta e começou a se afastar dos prédios onde aconteciam as aulas, se afastar das pessoas, se afastar das câmeras instaladas em postes e árvores. Fez isso para manter a conversa privada e também para impedir que alguém visse o estrago que ela faria naquele donut. Estava com fome.

— Eu dechfendei o cacho — disse ela, enfiando um pedaço de donut na boca.

— Você defendeu um cacho?

Ela fez uma pausa para engolir.

— Desvendei — disse ela — o caso Ellingham.

— Eu sei — respondeu ele. — É sobre isso que precisamos falar. Sobre isso, o incêndio e tudo mais. Meu Deus, Stevie.

— Faz sentido — continuou ela, andando devagar. — George Marsh, o homem do FBI que protegia os Ellingham... alguém que conhecia a planta da casa, os horários, quando o dinheiro chegava, os hábitos da família... alguém que poderia muito bem ter organizado um sequestro. Então o que vai acontecer é o seguinte...

Ela pegou Nate frouxamente pelo braço e mudou de direção, virando-os de volta para o Casarão. O Casarão era a joia do campus. Em 1930, era a residência dos Ellingham. Hoje, era o centro da administração da escola e um espaço para bailes e eventos. Nos fundos, havia um jardim murado. Stevie andou em piloto automático até uma porta familiar na parede e a abriu. Era o jardim afundado, chamado assim porque já fora um lago artificial e a piscina gigantesca de Iris Ellingham. Albert Ellingham o drenara depois do desaparecimento da filha, seguindo uma dica de que o corpo dela estaria no fundo. Não estava, mas o lago nunca mais foi preenchido. Então assim ficou, um grande buraco gramado no chão. E, no meio, num estranho morrinho que já fora uma ilha no lago, havia um geodésico domo de vidro. Foi nesse domo que o destino de Dottie Epstein fora selado e onde, embaixo dele, Hayes Major encontrara seu fim.

— Então — disse Stevie, apontando. — Dottie Epstein estava sentada naquele domo, lendo Sherlock Holmes e cuidando da própria vida. Do nada, um cara apareceu. George Marsh. Nenhum dos dois esperava ver o outro. E, de todos os alunos de Ellingham com quem George Marsh poderia esbarrar, ele esbarrou logo com a aluna mais inteligente, e que tinha um tio que trabalhava na polícia de Nova York. Dottie sabia quem Marsh era. O plano todo foi por água abaixo na mesma hora porque George Marsh encontrou Dottie naquele domo. Dottie sabia que algo ruim estava prestes a acontecer, então deixou uma marca no Sherlock Holmes para tentar, da melhor forma que podia, informar para quem estava olhando, e depois morreu. Só que a Dottie conseguiu dedurar o cara. Avançando no tempo...

Stevie se virou na direção da casa, para o pátio com piso de pedra e portas francesas que dão para o cômodo que havia sido escritório de Albert Ellingham.

— Albert Ellingham passou os dois anos seguintes tentando encontrar a filha, até que algo... *alguma coisa* refrescou a memória dele. Ele pensou em Dottie Epstein e na marca no livro. Pegou a gravação que tinha feito dela (sabemos que ele fez isso, estava na mesa dele no dia de sua morte) e a escutou. Percebeu que Dottie poderia ter reconhecido George Marsh. Ele ficou pensando...

Stevie praticamente consegue ver Albert Ellingham andando de um lado para o outro no escritório por cima dos tapetes de pele, indo da cadeira de couro para a mesa, encarando o relógio de mármore verde na cornija da lareira, tentando descobrir se sua teoria estava correta.

— Ele escreveu um enigma, talvez para se testar, para ver se acreditava mesmo na teoria. *Onde você procura alguém que não está ali de verdade? Sempre numa escada, mas nunca num degrau.* Ele queria saber o que sobra numa *escada*, quando se tira os *degraus*. Qual é a função de um corrimão? Dar segurança, como um policial. Quem nunca está ali de verdade? A pessoa que você contratou para investigar, aquele que estava do seu lado. Aquele em quem você nem pensou ou prestou atenção...

— Stevie...

— Então, naquela tarde, ele foi velejar com George Marsh e o barco explodiu. As pessoas sempre pensaram que os culpados foram os anarquistas, porque anarquistas já tinham tentado matá-lo antes, e todo mundo pensava que um anarquista tinha sequestrado a filha dele. Mas não pode ser isso. Foi um dos dois que causou a explosão daquele barco. Ou George Marsh sabia que estava tudo acabado e matou os dois, ou Albert Ellingham o confrontou e fez o mesmo. Mas acabou ali. E eu sei que seja lá quem foi que sequestrou Alice não era o Cordialmente Cruel, porque sei que aquele bilhete foi escrito por uns alunos daqui, provavelmente como uma piada. Essa história toda foi só um monte de coisa que saiu do controle. O bilhete era uma piada, então o sequestro deu errado e todas aquelas pessoas morreram...

— Stevie — disse Nate, trazendo a amiga de volta ao presente, à grama fria e pantanosa que pisavam.

— Fenton — continuou Stevie. — Ela acreditava que havia uma cláusula no testamento de Albert Ellingham, alguma coisa que dizia que quem encontrasse Alice ganharia uma fortuna. É totalmente lenda urbana, mas ela acreditava. Disse que tinha provas. Eu não vi, mas ela disse que tinha. Era muito paranoica, só mantinha registros em papéis. Guardava cadernos em caixas velhas de pizza. Tinha uma parede cheia de teorias da conspiração. Disse que estava chegando a uma grande conclusão. Liguei para contar o que tinha descoberto e ela disse que não podia falar e alguma coisa como "a criança está aí". Então, *a casa dela pegou fogo*. Nate coçou a cabeça, exausto.

— Tem *alguma* chance de isso ter sido acidente? — disse ele. — Por favor, diz que tem.

— O que você acha? — perguntou ela em voz baixa.

— O que *eu* acho? — respondeu Nate, sentando-se num dos bancos de pedra à margem do jardim afundado.

Stevie se sentou ao lado dele e sentiu o frio da pedra transpassar as camadas de roupa.

— Acho que não sei o que achar. Não sou muito de acreditar em conspirações, porque as pessoas costumam ser descoordenadas demais para organizar grandes planos complicados. Mas também acho que, se um monte de coisa estranha acontece no mesmo lugar e na mesma hora, talvez essas coisas estejam conectadas. Então Hayes morreu enquanto você estava fazendo aquele vídeo sobre o caso Ellingham. E aí Ellie morreu depois que você descobriu que ela tinha escrito a série do Hayes. E agora sua mentora está morta, a mesma que você estava ajudando a resolver esse negócio de Ellingham, e ela morreu justo quando você disse que tinha descoberto quem cometeu o crime do século. Podem ser todos acidentes terríveis, ou não, mas estou sem ideias e preciso economizar energia para poder surtar de maneira mais eficiente. Isso ajuda?

— Não — respondeu Stevie, erguendo o olhar para o céu cinza e rosa.

— E se… presta atenção… e se você contasse *tudo* o que sabe para as autoridades e deixasse essa história para lá?

— Mas eu não sei nada — disse ela. — Esse é o problema. Preciso saber mais. E se tudo estiver conectado? Precisa estar, né? Iris, Dottie e Alice, Hayes, Ellie e Fenton.

— Mas *está*?

— Preciso pensar — falou ela, passando a mão no cabelo loiro e curto que arrepiado.

Stevie não cortava o cabelo desde que chegara a Ellingham, no começo de setembro. Ela o cortara um pouco uma vez, no banheiro, às duas da manhã, mas não tinha dado certo. O que tinha agora era um cabelo crescido demais que caía mais sobre um olho do que sobre o outro e muitas vezes apontava para o céu feito o topete de uma cacatua em alerta. Ela roera as unhas até o sabugo, e mesmo que a escola tivesse um serviço de lavanderia, usava o mesmo casaco de moletom quase todo dia. Estava se desconectando do próprio corpo físico.

— Qual é o seu plano, então? Ficar andando por aí sem parar, sem comer ou falar com ninguém?

— Não — respondeu ela. — Preciso fazer alguma coisa. Preciso de mais *informação*.

— Tá bom — disse Nate, derrotado. — Onde dá para conseguir informações que não sejam perigosas ou equivocadas?

Stevie mordeu uma cutícula, pensativa. Era uma boa pergunta.

— De volta ao presente — disse Nate —, Janelle vai apresentar um teste da máquina dela hoje. Está com medo de você não ir.

É claro. Enquanto a mente de Stevie dava reviravoltas, a vida continuava. Janelle Franklin, sua amiga mais próxima e vizinha de porta, passara todo o tempo escolar construindo uma máquina para a competição Sendel Waxman. Agora, terminara e queria mostrar o teste para os amigos mais próximos. Pelo menos disso a mente atordoada de Stevie se lembrava: *hoje à noite, 20 horas. Assistir à máquina.*

— Certo — respondeu ela. — Eu vou. Claro que vou. Agora preciso pensar um pouco mais.

— Talvez você precise ir para casa tirar um cochilo, tomar um banho ou algo assim. Porque acho que você não está nada bem.

— É isso mesmo — disse ela, levantando a cabeça de repente. — Não estou bem.

— Calma, o quê?

— Preciso de ajuda — concluiu ela com um sorriso. — Preciso falar com alguém que ama ser desafiado.

Fevereiro de 1936

— Ainda não chegou, querida — disse Leonard Holmes Nair, limpando a ponta do pincel num retalho. — Temos que ser pacientes.

Iris Ellingham estava sentada à sua frente numa cadeira de vime, normalmente usada quando o tempo estava melhor. Ela tremia embaixo de seu casaco branco de pele de cabra angorá, mas Leo suspeitava que não fosse de frio. Era um dia relativamente agradável para meados de fevereiro nas montanhas, quente o suficiente para trabalhar ao ar livre numa pintura da família e da casa. Ao redor deles, alunos do Instituto Ellingham andavam apressados de um prédio para o outro, cobertos de casacos, gorros e luvas e cheios de livros nos braços. A tagarelice deles quebrou a quietude antes cristalina do retiro montanhesco. Aquele palácio — todo aquele trabalho de arquitetura e paisagismo —, aquele espetáculo de engenharia e força de vontade humana... tudo aquilo por uma escola? Na opinião de Leonard, era como preparar o mais divino dos banquetes e levá-lo ao jardim para vê-lo ser devorado por guaxinins.

— Você com certeza tem um *pouquinho* — disse Iris, remexendo no assento. — Você sempre tem *alguma coisa*.

— Você precisa tomar cuidado. Não quer que o brilho leve a melhor sobre você.

— Chega de lição de moral. Me dê um pouco.

Leo suspirou e enfiou a mão no bolso fundo do avental, pescando uma caixinha esmaltada em formato de sapato. Com a unha, serviu um punhadinho de pó na palma da mão dela.

— Realmente não tenho mais nada até a próxima entrega — disse ele. — O produto bom vem da Alemanha, e isso leva tempo.

Ela virou a cabeça e cheirou delicadamente. Quando o encarou de novo, tinha um sorriso mais iluminado.

— Bem melhor — comentou ela.

— Eu me arrependo de ter apresentado você a isso. — Leo devolveu a caixinha ao bolso. — Um pouquinho de vez em quando não tem problema. Mas se usado com frequência, acaba com você. Já vi acontecer.

— É alguma coisa para fazer — respondeu ela enquanto observava as crianças. — Não podemos fazer mais nada aqui em cima agora que parece que administramos um orfanato.

— Reclame com seu marido.

— Eu teria mais sorte se reclamasse com a encosta da montanha. Tudo o que Albert quer...

— Albert compra. É uma situação terrível, tenho certeza. Para ser justo, tem um monte de gente que não se importaria de estar no seu lugar. Tem meio que uma crise nacional acontecendo.

— Eu sei — retrucou ela, ríspida. — Mas deveríamos voltar a Nova York. Eu poderia abrir um restaurante. Seria capaz de servir uma centena de pessoas por dia. Em vez disso, o que estamos fazendo? Ensinando trinta crianças? Metade delas, filhos dos nossos amigos. Se os pais querem se livrar delas, poderiam mandá-las para qualquer internato.

— Se eu pudesse explicar seu marido, eu o faria — respondeu Leo. — Mas sou apenas o pintor da corte.

— Você é um pentelho.

— Também. Mas sou seu pentelho. Agora fica parada. A linha do seu maxilar está excepcional.

Iris ficou parada por um momento, então afundou um pouco na poltrona. O pó tinha começado a relaxá-la. A linha perfeita se perdera.

— Me diz uma coisa — começou ela. — E eu sei o que acha disso, mas... Alice está crescendo. Em algum momento, será bom saber...

— Sabe que não deve me perguntar essas coisas — respondeu ele, dando batidinhas com o pincel na paleta e misturando um azul vívido num cinza. Se Iris não estava mais focada, ele poderia olhar para a cantaria no telhado, que parecia derreter e se misturar ao céu. — Eu te dei um belo presente. Não é assim que se agradece.

— Eu sei, querido. Eu sei. Mas...

— Se Flora quisesse que você soubesse quem era o pai, não acha que teria contado? Além disso, eu não sei.

— Mas ela *contaria* para você.

— Você está testando minha amizade — declarou Leo. — Não me peça coisas que sabe que não posso dar.

Ela se levantou, envolvendo-se com o casaco enquanto atravessava o gramado a passos largos em direção à porta da frente. Leo lhe dera o pó para ajudar a aliviar o tédio; pequenas doses de vez em quando, na mesma quantidade que ele usava. Nos últimos tempos, ele notou que o comportamento dela havia mudado: estava instável, impaciente, misteriosa. Estava arranjando mais em outro lugar, usando com mais frequência e ficando ansiosa quando acabava. Estava ficando viciada. Albert não fazia ideia, é claro. E isso era grande parte do problema. Albert comandava seu reino e se entretinha enquanto Iris decaía com o pouco que tinha para ocupar sua mente ágil.

Talvez ele pudesse voltar a Nova York. Ele, Flora, Iris e Alice. Era a única atitude sensata. Levá-la de volta a um lugar que a estimulasse, levá-la a um bom médico que ele conhecia na Quinta Avenida e que resolvia esse tipo de problema.

Albert se recusaria. Não aguentava ficar longe de Iris e Alice. Mesmo uma noite era demais. Sua devoção à esposa e à filha era admirável. A maioria dos homens na posição de Albert tinha dezenas de casos, amantes por todas as cidades. Albert parecia fiel, o que significava que ele provavelmente só tinha uma. Que talvez morasse em Burlington.

Leo olhou para a cena retratada à sua frente: a casa soturna com a cortina rochosa se erguendo por trás. O sol da tarde do fim de fevereiro tinha um tom branco arroxeado; as árvores sem folhas impressas no horizonte pareciam enormes sistemas circulatórios expostos de criaturas colossais e misteriosas. Ele tocou na pintura e se afastou. As três figuras na imagem o encararam com expectativa. Havia algo errado na cena, algo incompreensível.

Existe um conceito errôneo de que a riqueza deixa as pessoas contentes. Geralmente, é o oposto. Ela cria um apetite em muitos e, não importa o que comam, nunca se saciam. Um buraco se abre em algum lugar. Leo viu isso tudo de repente naquele pôr do sol moribundo, no rosto de seus retratados e na cor do horizonte. Examinou sua paleta por um momento, concentrando-se no azul-prussiano e em como poderia usá-lo para fazer um céu devastador.

— Sr. Holmes Nair?

Dois alunos haviam se aproximado de Leonard enquanto ele encarava a pintura, um garoto e uma garota. O garoto, com cabelos genuinamente dourados, era lindo; uma cor sobre a qual os poetas escreviam, mas raramente viam. O sorriso da garota era como uma pergunta perigosa. A primeira coisa que o surpreendeu foi como eles pareciam vivos. Em contraste com os arredores, estavam iluminados e corados. Tinham até traços de suor nas sobrancelhas e sob os olhos. Roupas levemente desalinhadas. Cabelos rebeldes.

Estavam tramando alguma coisa e não se importavam em deixar transparecer.

— Você é Leonard Holmes Nair, não é? — perguntou o garoto.

— Sou, sim — respondeu Leo.

— Vi seu Orpheus One em Nova York ano passado. Gostei muito, até mais do que do Hércules.

O garoto tinha bom gosto.

— Tem interesse em arte? — perguntou Leo.

— Sou poeta.

Leo geralmente tinha apreço por poetas, mas era importante não deixar que eles começassem a falar de seu trabalho se você quisesse continuar gostando de poesia.

— Se importaria muito se eu tirasse uma foto sua? — perguntou o garoto.

— Acho que não — disse Leo com um suspiro.

Enquanto o garoto erguia a câmera, Leo observou sua acompanhante. O garoto era bonito; a garota era interessante. Os olhos dela eram tão inteligentes que chegavam a parecer ferozes. Ela carregava um caderno apertado contra o peito de uma forma que sugeria que seu conteúdo, fosse o que fosse, era precioso e provavelmente quebrava algumas regras. Seu olhar de pintor e alma transgressora lhe disseram que, entre os dois, era a garota que precisava ser vigiada. Se havia alunos como aqueles dois no Instituto Ellingham, talvez o experimento não fosse um completo desperdício.

— Você também é poeta? — perguntou Leo à garota com educação.

— De jeito nenhum — respondeu ela. — Mas gosto de alguns poemas. Gosto de Dorothy Parker.

— Fico feliz em saber. Sou amigo de Dorothy.

O garoto estava remexendo na câmera. Uma coisa era esperar Cecil Beaton ou Man Ray encontrar o ângulo certo, mas era bem diferente esperar por esse garoto, não importava que tivesse bom gosto. A garota pareceu perceber e também perdeu a paciência.

— Tira logo, Eddie — mandou ela.

O garoto tirou a foto imediatamente.

— Não quero ser grosseiro — disse Leo, com toda a intenção de ser grosseiro —, mas estou perdendo a luz.

— Vem, Eddie, é melhor a gente voltar — falou a garota, sorrindo para Leo. — Muito obrigada, sr. Nair.

Os dois seguiram caminho, o garoto numa direção e a garota em outra. Leo seguiu a garota com o olhar por um momento enquanto ela se apressava para uma pequena construção chamada Casa Minerva. Fez uma nota mental para comentar sobre ela com Dorothy, mas logo perdeu-a numa mesinha de cabeceira bagunçada do seu cérebro. Ele esfregou a área entre os olhos com um retalho impermeável. Perdera sua visão da casa e seus segredos. O momento havia passado.

— Hora de tomar um drinque — disse ele. — Já está mais do que bom por hoje.

2

— Quero falar sobre como estou — mentiu Stevie.

Stevie estava sentada em frente à enorme mesa que ocupava uma grande parte do cômodo, um dos mais adoráveis do Casarão. Originalmente, fora o quarto de vestir de Iris Ellingham. A seda prata-clara continuava nas paredes. Combinava com a cor do céu. Mas, em vez de uma cama e penteadeiras, o cômodo encontrava-se entulhado de estantes de livros do chão ao teto.

Ela tentava não olhar diretamente para a pessoa atrás da mesa, a que usava camiseta do Homem de Ferro e casaco esportivo bem-ajustado, a de óculos estilosos e cabelo loiro-grisalho caído sobre o rosto. Em vez disso, concentrou-se na imagem entre as janelas, uma impressão emoldurada na parede. Ela a conhecia bem. Era um mapa ilustrado do Instituto Ellingham impresso em todos os materiais de admissão. Tinha uma versão em pôster disponível para venda. Era uma daquelas coisas que viviam ao redor, mas que ninguém prestava atenção. Não era muito preciso; tratava-se mais de uma adaptação artística. As construções eram gigantescas, para começar, e muito embelezadas. Ela ouvira dizer que o autor era um antigo aluno que acabara virando ilustrador de livros infantis. Essa era a ilusão do Instituto Ellingham; a imagem delicada pintada para o mundo.

— Fico feliz de verdade por você ter vindo conversar comigo — disse Charles.

Stevie acreditava. Afinal, tudo sobre Charles sugeria que ele queria ser divertido e acessível, das placas na porta do escritório, nas quais se lia QUESTIONE TUDO; EU REJEITO SUA REALIDADE E SUBS-

TITUO PELA MINHA, ao grande letreiro feito a mão que dizia ME DESAFIE. Também havia os bonecos Funko Pop! que abarrotavam os peitoris das janelas de Iris Ellingham, ao lado de fotos do que Stevie presumia ser os times de remo de Charles em Cambridge e Harvard. Porque, apesar do quanto Charles fosse agitado e empolgado, ele era altamente qualificado. Assim como todos os docentes de Ellingham. Eles vinham, esbanjando diplomas, louvores e experiência, para lecionar nas montanhas.

A questão era a seguinte: ela não tinha ido até ali para falar de seus sentimentos. Algumas pessoas não tinham problema com isso; conseguiam se abrir para qualquer um e derramar suas preocupações. Stevie preferiria comer abelhas a compartilhar as fraquezas do seu âmago com qualquer um; ela não queria nem compartilhá-las consigo mesma. Então, precisava encontrar o meio-termo entre parecer vulnerável e mostrar emoções na frente de Charles, porque demonstrar emoções verdadeiras seria nojento. Stevie não chorava, e a regra valia em dobro na frente de professores.

— Estou tentando... processar — disse ela.

Charles fez que sim. *Processar* era uma boa palavra, do tipo que alguém cuja profissão era *administrar* poderia se interessar e querer analisar; e era clínica o suficiente para impedir Stevie de sentir ânsia de vômito.

— Stevie — respondeu ele. — Nem sei mais o que dizer. Houve tanta tristeza aqui este ano. Boa parte envolveu você de alguma forma. Você tem sido tão forte. Mas não precisa ser. É importante se lembrar disso. Você não precisa ser corajosa.

As palavras quase surtiram efeito. Ela não queria mais ser corajosa. Era exaustivo. A ansiedade rastejava por baixo da sua pele o tempo todo, feito uma criatura alienígena que poderia rasgá-la a qualquer momento. Stevie tomou consciência do tique-taque alto no cômodo. Ela se virou para a cornija da lareira, onde havia um grande relógio de mármore verde. O relógio antigamente ficava no andar de baixo, no escritório de Albert Ellingham. Era um exemplar requintado e claramente valioso, com cor de floresta e veios dourados. Reza a lenda que o relógio pertencera a Maria Antonieta. Será que era apenas história? Ou, como tantas coisas por aqui, uma verdade improvável?

Agora, com Charles preparado e atento, estava na hora de Stevie conseguir o que viera buscar: informação.

— Posso perguntar uma coisa? — disse ela.

— Claro.

Ela encarou o relógio verde enquanto os ponteiros delicados e antiquíssimos se moviam com perfeição ao redor do mostrador.

— É sobre Albert Ellingham.

— Você provavelmente sabe mais dele do que eu.

— É sobre algo no testamento dele. Há boatos de que tem uma coisa lá, algo que diz que, se alguém encontrasse o corpo de Alice, esse alguém ficaria com todo o dinheiro. Ou muito dinheiro. Uma recompensa. E, se ela não fosse encontrada, o dinheiro seria investido na escola. Sempre pensei que fosse um boato... mas a dra. Fenton acreditava nisso. Você é do conselho, não é? Talvez saiba. E não tem um papo sobre a escola estar prestes a receber mais dinheiro?

Charles se reclinou para trás na cadeira e pousou as mãos na cabeça.

— Não quero falar mal de ninguém — começou ele —, principalmente de alguém que acabou de falecer em circunstâncias tão trágicas, mas parece que a dra. Fenton tinha algumas questões sobre as quais não tínhamos total noção.

— Ela tinha um problema com álcool. Isso não a torna errada.

— Não — respondeu ele, assentindo com a cabeça. — Não há nada no testamento sobre uma recompensa pela descoberta de Alice. Existem reservas que teriam ido para Alice se ela estivesse viva. Essas reservas serão liberadas. É assim que vamos construir o celeiro da arte e alguns dos nossos prédios.

Era tão óbvio e simples. Com essa simples explicação, as ideias implausíveis de Fenton pareceram virar fumaça.

Assim como a casa dela.

— Agora eu posso perguntar uma coisa? — pediu ele. — David Eastman foi para Burlington e não voltou mais para o campus. Eu não queria envolvê-la nisso. Você já passou por coisas demais. Mas o pai de David...

— É o senador King.

— Presumi que soubesse — disse ele, assentindo com seriedade. — É uma informação que mantemos em sigilo por aqui. É por motivos de segurança: o filho de um senador exige certo nível de proteção. E esse senador...

— É um monstro — completou Stevie.

— Tem crenças políticas muito polarizadoras com as quais nem todo mundo concorda. Mas você definiu melhor.

Stevie e Charlie trocaram um meio-sorriso.

— Estou confiando em você, Stevie. Sei que o senador King teve influência em seu retorno para a escola. Não imagino que você tenha gostado muito disso.

— Ele foi lá em casa.

— Você é próxima de David? — perguntou ele.

— A gente...

Ela se lembrava perfeitamente de cada momento. Do primeiro beijo deles. De rolar no chão do quarto dela. Da vez em que os dois estiveram no túnel. Da sensação dos cachos dele entre seus dedos. Do corpo dele, magro, forte, quente e...

— Sim — completou ela.

— E você não faz ideia de onde ele esteja?

— Não — respondeu ela. O que era verdade. Ela não fazia ideia. Ele não respondera suas mensagens. — Ele não é... de falar muito.

— Vou ser sincero, nós estamos por um fio aqui, Stevie. Se mais alguma coisa acontecer, não sei como vamos continuar abertos. Então, se ele entrar em contato com você, poderia me contar?

Era um pedido justo, razoável. Ela fez que sim.

— Obrigado — respondeu ele. — Você sabia que a dra. Fenton tinha um sobrinho? Ele estuda na universidade e morava com ela.

— Hunter — disse Stevie.

— Bom, ele está sem casa. Então a administração decidiu que, já que a dra. Fenton era mentora de um dos nossos alunos e tinha tanto interesse por Ellingham, ele pode ficar aqui até encontrar outro lugar para morar. E, como sua casa está mais vazia do que o normal...

Era verdade. O lugar chacoalhava e rangia à noite agora que metade de seus residentes estava desaparecido ou morto.

— Ele irá de carro ao campus quando precisar. Mas pareceu o mínimo que a gente poderia fazer como escola. Fizemos uma oferta, e ele aceitou. Acho que, assim como a tia, ele se interessa por esse lugar.

— Quando ele chega?

— Amanhã, quando receber alta no hospital. Ele está bem, mas ficou sob observação e para que a polícia pudesse conversar com ele. Perdeu tudo no fogo, então a escola está o ajudando a comprar algumas coisas básicas. Tive que cancelar viagens a Burlington por causa de David, mas tudo bem se eu poderia autorizar uma viagem para você comprar alguns itens necessários para ele? Imagino que você seria melhor em escolher peças do gosto dele do que alguém velho feito eu.

Ele abriu a carteira, pegou um cartão de crédito e o entregou a ela.

— Ele precisa de um casaco novo, algumas botas e roupas quentes, tipo peças de lã, meias e pantufas. Tente não passar de mil. Posso pedir para alguém da equipe de segurança levá-la à L.L. Bean, e você pode passar uma horinha na cidade. Acha que um passeio poderia te fazer bem?

— Com certeza — respondeu Stevie.

Era uma mudança de planos inesperada e muito bem-vinda. Talvez se abrir tenha sido a melhor decisão.

Assim que saiu do prédio, Stevie pegou o celular e digitou uma mensagem.

A caminho de Burlington. Pode me encontrar?

A resposta veio depressa.

Onde e quando?

Estava na hora de conseguir umas informações de verdade.

3

Burlington é uma cidadezinha de Vermont, encarapitada acima do lago Champlain, um corpo d'água que se estende entre Vermont e Nova York. O lago é pitoresco, vasto e sobe em direção ao Canadá. Quando o tempo está melhor, as pessoas velejam nele. Na verdade, foi naquele mesmo corpo d'água que Albert Ellingham partira em seu fatídico passeio de veleiro. A cidade ao redor já fora séria e industrial; nos últimos anos, porém, tinha assumido um quê artístico. Havia muitos estúdios de ioga e lojas de produtos esotéricos. Por todo lado, havia alusões a esportes de inverno. Isso era ainda mais visível na gigantesca L.L. Bean, e seus estoques de sapatos para neve, bastões para neve, casacos enormes, equipamento de esqui e grandes botas passavam a mensagem: *"Vermont! Você não vai acreditar como fica frio aqui! É bizarro!"*

Stevie foi deixada na frente da loja, agarrada ao cartão de crédito que recebera havia mais ou menos uma hora. Era bem estranho fazer compras para um cara que ela mal conhecia. Hunter até parecia gente boa. Morava com a tia enquanto fazia faculdade. Estudava ciência ambiental. Tinha cabelo claro, sardas e nutria um interesse sincero pelo caso Ellingham. Talvez não tanto quanto Stevie ou sua tia, mas o suficiente. Ele até tinha deixado Stevie olhar alguns dos arquivos da tia. Stevie não vira muito, mas fora lá que tinha conseguido a dica sobre a gravação.

Agora o resto tinha literalmente virado cinzas. Todo o trabalho de Fenton, fosse lá o que ela tivesse reunido ou soubesse.

De qualquer forma, Stevie precisava comprar, e rápido, coisas para um cara que mal conhecia. Charles lhe dera uma listinha com tamanhos, começando por um casaco. O que não faltava eram casacos pretos que custavam bem mais do que Stevie jamais gastara em qualquer coisa. Depois de um momento confuso indo de arara em arara, conferindo etiquetas, ela pegou o primeiro da última fileira. Pantufas sempre lhe pareceram meio sem sentido até que ela foi para Ellingham e sentiu o chão do banheiro no primeiro dia de um inverno de verdade. Depois que sua pele tocou o azulejo e parte da sua alma morreu, ela descobriu para que serviam as pantufas. Pegou algumas com pelinhos por dentro que meio que pareciam sapatos e tinham solas antiderrapantes; Hunter às vezes usava muletas por causa da artrite, então ter uma força de atrito seria mais seguro. Ela levou a pilha inteira para o caixa, onde um funcionário simpático tentou conversar com ela sobre esqui e o tempo, e Stevie o encarou sem expressão até o fim da transação. Quinze minutos e várias centenas de dólares depois, saiu da loja com uma bolsa enorme que batia nos joelhos a cada passo que dava. Tinha pouco tempo para fazer o que fora ali fazer.

Por mais que ainda fosse fim de tarde, as luzes das ruas de Burlington se acenderam. Havia luzinhas de Natal penduradas sobre a Church Street, fechada para carros. Vendedores de rua anunciavam cidra quente e pipoca de bordo. Havia cachorros por todo lado, puxando seus donos pelas ruas. Stevie abriu caminho em meio à multidão e seguiu em direção ao seu destino — um cafezinho simpático perto de um dos muitos estúdios de ioga e lojas de rua. Larry já estava lá quando ela chegou, sentado sozinho a uma mesa com seu casaco de flanela xadrez vermelho e preto, inexpressivo.

Larry, ou, para usar seu nome completo, Segurança Larry, era o antigo chefe da equipe de segurança do Instituto Ellingham. Fora demitido depois da descoberta do corpo de Ellie no porão do Casarão. O que aconteceu com Ellie certamente não foi culpa de Larry, mas alguém precisava pagar. Em sua vida antes de Ellingham, Larry havia trabalhado como detetive de homicídios. Agora estava desempregado, mas com uma aparência séria e inteligente. Não havia nenhuma bebida à sua frente. Stevie supunha que Larry fosse o tipo de homem que nunca pagaria mais de dois dólares por um copo de café e que não estava disposto a começar agora. Stevie se sentiu mal de ocupar a mesa sem comprar nada, então foi até o balcão e comprou o café mais barato que eles tinham: puro e simples, numa xícara simples, sem espumas nem qualquer outra coisa sem pé nem cabeça.

— Então — disse ele enquanto ela se sentava. — Dra. Fenton.

— É.

— Você está bem?

Stevie não gostava de café puro, mas deu um gole mesmo assim. Ocasiões como essa pediam bebidas quentes e amargas que não necessariamente eram do seu gosto. Ela só precisava ficar acordada.

— A gente não se conhecia muito bem — respondeu depois de um momento. — Só nos vimos algumas vezes. O que aconteceu? Sei que você deve saber de alguma coisa.

Larry inspirou alto e esfregou o queixo.

— O fogo começou na cozinha — contou ele. — Parece que uma das bocas do fogão ficou parcialmente aberta. O cômodo estava cheio de gás, ela acendeu um cigarro... Dizem que a cozinha explodiu numa bola de fogo. Foi feio.

Larry não amenizava nada.

— Teria sido difícil não notar algo desse tipo — continuou ele —, mas a dra. Fenton tinha problema com álcool. Pela quantidade de garrafas vazias encontradas na varanda, o problema ainda existia.

— Hunter me contou — confirmou ela. — E eu vi as garrafas. Além disso, ela me disse que fumar acabou com o olfato dela. A casa fedia, mas ela não sentia nada.

— O sobrinho teve sorte. Estava no andar de cima, do outro lado da casa. Desceu quando sentiu cheiro de fumaça. As chamas estavam se alastrando pelo primeiro andar. Ele tentou entrar na cozinha, mas não conseguiu. Ficou com algumas queimaduras, inalou um pouco de fumaça, mas cambaleou para fora e desabou. Coitado. Poderia ter sido pior, mas...

Ficaram em silêncio por um momento, absorvendo o horror da situação.

— Ela tinha gatos — disse Stevie. — Eles estão bem?

— Os gatos foram encontrados. Eles saíram por uma portinha.

— Que bom — disse Stevie, assentindo com a cabeça. — Não... quer dizer... que bom para os gatos. Não é...

— Eu entendi — respondeu Larry.

Ele se recostou, cruzou os braços e a encarou com o olhar gélido que deve ter apavorado suspeitos por duas décadas. Então continuou:

— Tem um limite para a sorte. Três pessoas já morreram: Hayes Major e Element Walker da escola, e agora a dra. Fenton. Três pessoas associadas a Ellingham. Três pessoas que você conhecia. Três pessoas em três meses. São muitas mortes, Stevie. Vou perguntar de novo: você pensa em sair de Ellingham?

Stevie encarou a superfície oleosa e serpeante do café. Pessoas numa mesa próxima riam alto demais. As palavras estavam ali, na ponta da língua. *Solucionei. Solucionei o crime do século. Sei quem é o culpado.* As palavras avançaram em sua boca, tocaram a parte de trás dos dentes, mas então... se retraíram.

Não se falava para um oficial da lei que você sabia quem cometera um dos assassinatos mais infames da história dos Estados Unidos só porque encontrou uma gravação antiga e tinha fortes pressentimentos. É assim que se queima a própria credibilidade.

— O que foi? — perguntou ele. — O que você não está me contando?

Já que guardaria a informação mais importante para si, ela olhou ao redor em busca da segunda melhor opção, algo que valesse a pena comentar. Sua mente agarrou a informação mais próxima que conseguiu e a empurrou para a frente antes que ela conseguisse avaliar se queria compartilhá-la ou não.

— David — disse ela. — Ele arrumou uma surra. E sumiu.

— Eu vi o vídeo — afirmou ele.

— Viu?

— Tenho um celular — respondeu ele. — Sou velho, mas acompanho eventos relacionados a Ellingham. O que quer dizer com *arrumou* uma surra? E sumiu?

— Quero dizer que ele pagou uns skatistas para espancá-lo. E filmou. Postou o vídeo logo em seguida. Eu estava lá. Vi tudo.

Larry apertou o nariz, pensativo.

— Então você está me dizendo que ele pagou para apanhar e postou o vídeo logo em seguida?

— Isso.

— E sumiu por Burlington.

— Isso.

— Na mesma hora em que a casa da dra. Fenton pegou fogo.

— Essas coisas não têm a ver uma com a outra — disse ela. — Ele nem conhecia a dra. Fenton.

Mesmo enquanto as palavras saíam de sua boca, algo lhe veio à cabeça. Se não estivesse tão perdida em pensamentos, teria feito essa conexão antes. Por mais que David não conhecesse a dra. Fenton, tinha acabado de conhecer o sobrinho dela, Hunter. Hunter e Stevie estavam caminhando juntos. *Você trabalha rápido*, dissera. *Seu novo amiguinho. Fico muito feliz pelos dois. Quando vão anunciar o grande dia?*

Será que David estava com ciúmes? O bastante para... botar fogo na casa de Hunter?

Não. O tom dele tinha sido tão inexpressivo, como se sentisse que precisava ser sarcástico. Não tinha?

Larry pôs os óculos de leitura e sacou o celular. Assistiu ao vídeo de David e pausou no fim.

— Stevie — disse Larry, mostrando uma imagem do rosto sangrento de David —, uma pessoa disposta, como você me disse, a pagar alguém para fazer isso com ela e depois postar o vídeo na internet é capaz de muita coisa. Os King... — Ele baixou a voz depressa. — Aquela *família*... Tem coisa errada com eles.

— Ele fez isso — Stevie apontou para a tela — para provocar o pai.

— Você não está ajudando — argumentou Larry. — Olha, eu tenho pena do garoto. Ele não é de todo mau. Acho que o pai é o problema. Mas ele sempre aprontou. Sei que era bem amigo de Element Walker. Aposto que lidou mal com o fato de ela ter aparecido morta e ele ter encontrado o corpo. Isso pode mexer com uma pessoa.

E tinha mexido mesmo. David desabara por completo, e Stevie, incapaz de processar o que estava acontecendo, surtou. Ela o decepcionara por não conseguir lidar com tudo aquilo. Um sentimento de culpa encobriu todos os seus sentidos: o gosto do café, o cheiro do cômodo e o frio que entrava pela janela. Culpa e paranoia. Ela sentiu o coração acelerar e a engrenagem da ansiedade ressoar e se tornar perceptível.

— Tem alguma ideia de onde ele possa estar?

Ela fez que não com a cabeça.

— Vocês têm contato?

Ela repetiu o movimento.

— Está disposta a me mostrar o celular para provar? — perguntou ele.

— É a verdade.

— Você precisa me prometer uma coisa: se ele entrar em contato, você vai me contar. Não estou dizendo que ele teve alguma coisa a ver com o incêndio; estou dizendo que ele pode ser um perigo para si próprio.

— Tá — respondeu Stevie. — Prometo.

O cômodo começava a pulsar de leve; os cantos dos objetos se destacavam um pouco em sua visão. Um ataque de pânico estava prestes a chegar, e rápido. Ela enfiou a mão na bolsa discretamente e pegou o chaveiro. Guardava um frasquinho de tampa preso nele. Desenroscou a tampa com a mão trêmula e derramou o conteúdo em sua palma embaixo da mesa. Um Ativan de emergência, sempre ali se fosse preciso. Respira, *Stevie. Inspira por quatro, segura por sete, expira por oito.*

— Preciso voltar — disse ela, se levantando.

— Stevie — falou Larry. — Prometa que vai tomar cuidado.

Ele não precisava dizer com o que ela precisava tomar cuidado. Era tudo e nada. Era o espectro na floresta. Era o rangido do chão. Era qualquer coisa que estivesse por trás de todos esses acidentes.

— A gente vai se falando — prometeu ela. — Vou te contar se tiver notícia dele. Prometo. Só preciso usar o banheiro.

Ela agarrou a bolsa e cambaleou na direção dos banheiros. Ao entrar, jogou o comprimido na boca e enfiou o rosto embaixo da torneira para tomar um gole d'água. Ergueu as costas, secou a água que pingava da boca e olhou para o rosto pálido. O cômodo latejava. O comprimido não faria efeito imediatamente, mas daqui a pouco.

Ela saiu do banheiro, mas esperou no corredor até que Larry fosse embora. Enquanto esperava, passou os olhos pelo quadro de avisos comunitário, com seus cartões de instrutores de ioga, massagistas, aulas de música, aulas de cerâmica. Estava prestes a se virar e sair quando alguma coisa no panfleto azul na parte de baixo chamou sua atenção. Ela parou e leu com mais cuidado:

CABARÉ DE BURLINGTON VON DADA DADA
DADA DADA
Venha ver nada. Tome um barulho.
Dançar é obrigatório e proibido. Tudo é nham.
Casa de Ação de Arte Coletiva de Burlington
Todo sábado, 21 horas
Você é o ingresso

Havia a imagem de uma pessoa pintada de dourado e azul tocando um violino com um cinzel, outra pessoa com caixas de papelão nos pés e nos punhos e, no fundo, segurando um saxofone...
Havia Ellie.

4 de abril, 1936

O Instituto Ellingham era rico em dinamite.

Havia uma pilha alta de caixas, com belos bastões de cor bege sem graça com mensagens de alerta na lateral. Dinamites para túneis. Dinamites eram as donas do seu coração. Não Eddie. Dinamites.

Assim que ela chegou, Albert Ellingham a provocou com um explosivo e riu do interesse dela. Depois disso, Francis se manteve alerta. Havia menos deles agora que a maior parte do campus já fora construída, mas de vez em quando ela ainda escutava um trabalhador mencioná-los, então o seguia. Foi durante uma dessas caminhadas que escutou alguém perguntar o que fazer com alguns pedaços de madeira.

— Jogue-os no buraco — respondeu um colega de trabalho.

Ela observou enquanto o homem se aproximava de uma estátua. Um momento depois, ele se sentou no chão e começou a se baixar para dentro de uma abertura.

Francis foi investigar imediatamente quando a barra ficou limpa. Levou algum tempo para descobrir aonde o homem tinha ido. Bem embaixo da estátua, havia uma pedra. Ela tinha certeza de que se tratava de um alçapão disfarçado. Precisou de algum tempo para entender como abri-lo; Albert Ellingham gostava de jogos e piadas arquitetônicas. Quando descobriu, a pedra afundou e revelou uma abertura e uma escada de madeira para ajudar na descida.

O espaço onde entrou tinha a aparência de um projeto inacabado: bem parecido com a ocasião em que a mãe de Francis decidiu que queria uma sala de música antes de lembrar que nem tocava nem gostava muito de música. A ideia pela metade, os primeiros golpes do cinzel antes que o escultor decidisse que a obra e a pedra não eram de seu gosto... Pessoas ricas faziam isso. Deixavam projetos por fazer.

Esse projeto tinha uma escala maior do que a sala de música da mãe. A primeira parte era escavada e tinha as paredes cobertas com pedra áspera para simular uma caverna. O espaço se estreitava no final e fazia uma curva. Havia uma passagem rústica feita de pedra. Do outro lado, ela encontrou um país das maravilhas subterrâneo: uma gruta. Havia uma grande vala escavada, de mais de um metro e oitenta. Lá dentro ficavam sacos de concreto e pilhas de tijolos esperando para serem usados. A parede dos fundos era coberta por um afresco, que Eddie mais tarde identificaria como uma pintura das Valquírias. No canto mais distante, havia um barco em formato de cisne, pintado em dourado, vermelho e verde, tombado de lado. Estalagmites e estalactites construídas pela metade cercavam a área, deixando-a parecida com uma boca cheia de dentes quebrados. Havia lixo espalhado pelo chão: garrafas de cerveja, pás quebradas e maços de cigarro.

Por meses, a pedra ficara congelada, mas agora o solo estava cedendo e Francis poderia apresentar Eddie ao covil. Eles se esgueiravam para a gruta várias vezes por semana para trabalhar em suas atividades secretas. Havia as atividades físicas, é claro, mas a privacidade da gruta também era muito útil para o desenvolvimento do plano deles.

No dia em que decidissem sair de Ellingham de vez, seria função de Eddie conseguir as armas. Era muito fácil arranjar espingardas; havia um monte delas armazenadas pela escola. Francis providenciaria a dinamite. Eles roubariam um carro da garagem atrás do Casarão para a fuga inicial, mas arranjariam outro assim que chegassem a Burlington. Arrumaram mapas e os espalharam pelo chão da gruta a fim de planejar a rota para fora de Vermont. Seguiriam pelo sul, passando por Nova York, Pensilvânia, Virgínia Ocidental, Kentucky... atravessando o país do carvão. Começariam com cidades pequenas. Entrariam à noite, explodiriam o cofre. Nenhum derramamento de sangue, se conseguissem evitar. Continuariam até chegarem à Califórnia, e então...

Se jogariam, talvez. Até Bonnie e Clyde chegaram ao fim da linha lá em Louisiana, quando os policiais os emboscaram e encheram o Ford

Deluxe de balas até que houvesse mais buraco do que carro. Bonnie e Clyde entendiam. Eles eram poetas, dizia Eddie, e escreviam com balas.

Todo esse planejamento ia para o diário de Francis: possíveis rotas, explosivos caseiros, truques que ela aprendera lendo revistas sobre crimes reais.

Naquela tarde de abril, Francis e Eddie haviam descido novamente ao lugar secreto. Eddie fez um círculo de velas no chão e desenhou um pentagrama na terra. Ele vivia fazendo essas coisas: brincando com o paganismo. Esse tipo de espetáculo irritava Francis; aquilo era um esconderijo, não algum tipo de templo subterrâneo. Mas, se ela quisesse ter sua dose de diversão, Eddie também precisava de uma, então ela tolerava.

— Hoje — disse Francis, acomodando uma bolsa de suprimentos no chão — é dia de brincar.

— Uh. Gostei. — Eddie rolou de barriga para cima dentro do círculo e levantou um pouco a camisa. — Em que brincadeira você está pensando?

— Hoje brincaremos de "Vamos Assustar Albert Ellingham".

— Ah, é? — Eddie se apoiou nos cotovelos. — Não era o que eu esperava, mas sou todo ouvidos.

— Ele foi grosso comigo — contou Francis. — Quando me mostrou a dinamite. Riu de mim como se eu não fosse capaz de lidar com explosivos por ser garota. Então vamos nos divertir um pouco com ele. Vamos fazer um enigma. Ele gosta de enigmas. Só que vai ser um assim.

Francis enfiou a mão na bolsa e pegou uma pilha de revistas. Pegou uma do topo intitulada *Histórias Reais de Detetives* e abriu numa página com a ponta dobrada que mostrava uma imagem de um bilhete de resgate feito de letras recortadas. Eddie virou de barriga para baixo para olhar a revista.

— Um poema — disse ele.

— Um alerta em forma de poema.

— Todos os bons poemas são alertas — falou ele. (Francis se segurou para não revirar os olhos.) — Poderíamos começar tipo: *Charada, charada, hora de brincar...*

Francis pegou seu caderno e escreveu essa frase. *Charada, charada, hora de brincar.* Um começo perfeito. Eddie era bom nesse tipo de coisa.

— Então a gente podia fazer alguma coisa tipo o poema "Resumé", de Dorothy Parker — continuou ele. — É uma lista de maneiras de morrer. Poderíamos fazer maneiras de matar.

— Uma corda ou uma arma, qual devemos usar? — ofereceu Francis.

Versos foram adicionados... *Facas são afiadas e têm um brilho tão lindo... Veneno é lento, o que é um castigo...* Cordas, batidas de carro, cabeças quebradas... A assinatura: *Cordialmente, Cruel*, que representava os dois.

Então a segunda parte começou. Ela espalhou as revistas e os jornais pelo chão. Vinha os juntando havia semanas, catando do lixo, pegando da biblioteca, roubando de Gertie; *Photoplay, Movie News, New York Times, Life, New Yorker*. Ela pegou a tesoura de costura que roubara da criada da mãe quando foi passar o Natal em casa e um par de pinças. O papel e o envelope eram da loja Woolworth. Revistas, tesouras, papel, cola. Coisas tão simples, tão inofensivas.

Trabalharam com cuidado, cortando cada letra e palavra, passando cola, posicionando-a na folha. Levaram várias horas para encontrar as letras certas, para colá-las nos ângulos corretos. Francis insistiu que usassem luvas. Era improvável que a carta fosse examinada em busca de impressões digitais, mas era sensato se precaver.

Quando ficou pronta, eles a deixaram para secar e endurecer e se ocuparam um com o outro, animados pela empolgação do trabalho. Certamente outros casais já haviam transado no campus de Ellingham; um ou dois. Mas aquelas pessoas o faziam com insegurança, timidez e puro pavor. Eddie e Francis se entregavam sem medo ou hesitação. Quando seu plano para o futuro é uma onda de crimes, ser pego com o namorado não representa preocupação alguma, e o esconderijo era literalmente subterrâneo, embaixo de uma pedra. Não havia lugar mais privado.

Quando estavam satisfeitos e suados, Francis pegou as roupas e as sacudiu antes de se vestir.

— Hora de ir — disse ela.

— Eu me recuso.

— Levanta.

Eddie se levantou. Estava relutante, mas obedeceu.

Quando terminou de se vestir, Francis guardou os suprimentos. Então, depois de colocar as luvas, dobrou o papel.

— Conheço uma pessoa que vai postar isso pra gente — anunciou ela, deslizando-o cautelosamente para dentro do envelope. — Vai receber um selo de Burlington.

— Como vamos saber que ele a recebeu?

— Ele provavelmente vai contar a Nelson. Ele conta tudo para ela. Falando nisso, preciso voltar agora. Nelson vive me vigiando. Não confia em mim.

— Com razão.

O par reemergiu à luz do dia. Francis piscou e olhou o relógio.

— Estamos atrasados — comentou ela. — Nelson vai estar atrás de mim. É melhor a gente se apressar.

— Mais uma vez — disse Eddie, agarrando sua cintura —, contra uma árvore, que nem animais.

— Eddie... — Era tentador, mas Francis o empurrou. Ele rosnou baixinho e brincou de persegui-la. Francis saiu correndo na frente, segurando seus materiais com força embaixo do braço. O ar estava denso e fresco. Tudo se encaminhava. Em breve, dariam o fora dali, Eddie e ela, e partiriam em sua aventura. Para longe de Nova York, para longe da sociedade... em direção à estrada, em direção à liberdade, em direção à loucura e à paixão, onde os beijos nunca parariam e as armas se incandesceriam.

Quando chegaram à parte mais populosa do campus, Eddie se afastou para cumprimentar alguns garotos da casa dele. Francis seguiu o caminho para a Minerva. Por mais que houvesse mais igualdade ali do que na maioria dos lugares, ainda havia mais regras para as garotas. Elas tinham que voltar mais cedo para descansar, ler e se preparar para o jantar.

Francis abriu a porta da casa e encontrou a srta. Nelson sentada com as costas aprumadas no sofá e um grande livro no colo. Gertie van Coevorden também estava ali, com seu sorriso idiota e lendo uma revista sobre filmes, o único tipo de leitura que ela parecia fazer. Se Gertie van Coevorden tinha dois neurônios, um ficaria maravilhado ao descobrir a existência do outro. No entanto, ela tinha um pressentimento perturbador para saber quando outra pessoa estava prestes a entrar em apuros, e se certificava de estar presente para assistir.

— Está um pouco atrasada, não está, Francis? — disse a srta. Nelson como forma de cumprimento.

— Desculpe, srta. Nelson — respondeu Francis, sem parecer nem um pouco arrependida. Ela era fisicamente incapaz de parecer arrependida de qualquer coisa. — Perdi a hora na biblioteca.

— A biblioteca é muito mais suja do que eu me lembrava. Seu cabelo está cheio de folhas.

— Li um pouco ao ar livre — disse Francis enquanto passava a mão de leve sobre a cabeça. — Vou tomar um banho para o jantar.

Ela lançou um olhar para Gertie ao passar, um olhar que sugeria que era melhor a garota apagar aquele sorriso presunçoso da cara se quisesse continuar com todos os fios do sedoso cabelo loiro. Gertie imediatamente voltou a atenção para a revista.

Na segurança do quarto, Francis deixou suas coisas em cima da cama. Por mais que Albert Ellingham tivesse mobiliado bem os quartos, os móveis eram simples. A família de Francis a mandara para a escola com uma van inteira de mobília particular: roupa de cama de Bergdorf, um biombo de seda, tapetes de pele, espelhos de corpo inteiro, um roupeiro francês, uma pequena penteadeira de vidro e madeira de nogueira para maquiagem e óleo para banho, um conjunto de cômoda de prata com outra cômoda que se encaixava sobre a maior. Suas cortinas eram feitas à mão, assim como os babados de renda da cama. Ela tirou o casaco, jogou-o na cadeira de balanço e então se analisou no espelho. Suada. Suja. Sua blusa toda amarrotada e mal abotoada. Não poderia ter ficado mais óbvio o que ela estava fazendo.

Isso a satisfez. Deixe que vejam.

Ela se voltou para os itens sobre a cama. Certificou-se de que todas a revistas estivessem bem guardadas dentro da sacola de papel. Queimaria tudo mais tarde. Enfiou-as embaixo da cama. O caderno era a parte importante. Precisava estar sempre seguro. Ela passou os olhos pelo trabalho daquela tarde, leu o enigma com satisfação e checou o envelope que havia colocado entre as páginas. Mas alguma coisa... alguma coisa estava faltando. Ela folheou o livro em pânico.

— Francis! — chamou a srta. Nelson.

— Estou indo!

Mais folheadas frenéticas. Suas fotografias estavam dentro daquele livro. Aquelas que Eddie tirou deles posando como Bonnie e Clyde. Suas imagens secretas. Elas tinham se soltado da moldura e sumido. Deviam ter caído no mato enquanto ela corria. Maldito e estúpido Eddie! Era por isso que ela precisava ficar no controle. Ele não tinha disciplina. Quem se apressa, comete erros.

— Francis!

— Sim! — gritou ela de volta.

Não havia tempo agora. Ela abriu a porta do armário, abaixou-se e levantou um pedaço do rodapé. Enfiou o caderno no espaço dentro da parede e empurrou o pedaço de madeira de volta. Depois se ajeitou o melhor que pôde e voltou para encarar o mundo.

4

A Casa de Ação de Arte Coletiva de Burlington ficava a dez minutos a pé do café na Church Street ou a sete minutos de quase corrida com uma sacola gigante de casacos e botas. Stevie tomou muito cuidado para não checar o relógio, porque não havia dúvidas de que não daria tempo. Não tinha nenhum motivo racional para ir, exceto a necessidade de tomar uma atitude, então quanto menos impedimentos (como praticidade e autopreservação básica, por exemplo), melhor.

Não precisou checar o número da casa para saber que chegara ao lugar certo. O Coletivo de Arte ficava perto da casa de Fenton; um bairro de grandes casas vitorianas em vários estados de reparação, algumas compradas pela faculdade, outras transformadas em apartamentos. Por mais que o tamanho, o formato e o estilo básicos da casa do Coletivo de Arte fosse compatível com os das casas vizinhas, todo o resto se destacava. A casa fora pintada num tom escuro, meio sujo de lilás, com raios solares roxos no telhado triangular. A varanda estava afundada. Havia dez ou mais móbiles pendurados nas vigas do teto da varanda, feitos de latas, cacos de vidro, cerâmica, engrenagens enferrujadas, partes de máquinas e, em um dos casos, pedras. Havia um suporte de macramê que, em vez de exibir uma planta, exibia uma cabeça de manequim que girava suavemente ao vento. A perna do manequim estava sozinha num canto da varanda e servia de apoio para um cinzeiro. Uma caixa de madeira perto da porta continha uma pá de neve e areia de gato.

Stevie puxou a tela e bateu na porta interna, que era pintada de vinho. Um cara sem camisa vestindo uma calça de retalhos e um gorro enorme de tricô abriu.

— Oi — disse Stevie, sentindo a cabeça quase dando branco ao perceber que viera a uma casa estranhíssima para falar com estranhos esquisitos sobre algo que ela própria ainda não definira com clareza. Sem discurso preparado, ela ergueu o panfleto e apontou para Ellie na foto. — Ellie era minha amiga, e acho que ela veio aqui...

O cara não respondeu.

— Fiquei pensando se... Eu... eu só queria descobrir...

Ele deu um passo para trás e abriu a porta para ela entrar.

A Casa de Ação de Arte Coletiva de Burlington era um lugar grande. Havia uma parede tomada por estantes lotadas de livros do chão ao teto e um pequeno palco nos fundos, com um piano antigo e uma pilha de outros instrumentos. Tinha *troços* por todos os lados. Boás de pena e cartolas, peças de cerâmica pela metade, uma bateria, tapetes de ioga, livros de arte, uma flauta abandonada num aquário vazio... Um canto do chão era ocupado por um colchão com roupa de cama bagunçada; alguém chamava aquela área de quarto. O segundo andar era aberto, com uma grande sacada protegida por um parapeito branco de ferro forjado, de onde vários lençóis pintados se penduravam. O cheiro de sálvia imperava no ambiente.

Também havia uma árvore dentro da casa. Não parecia estar viva; estava mais para uma árvore cortada e, de alguma forma, levada inteira para dentro. Ela dominava um canto do primeiro andar e se estendia para o segundo. Stevie não teve dúvida de que aqueles eram os amigos de Ellie. O interior da cabeça de Ellie devia ser bem daquele jeito.

— É que eu...

O cara apontou para o sótão no segundo andar. Stevie inclinou a cabeça, confusa.

— É para eu...

Ele apontou de novo.

— Lá em cima? — perguntou ela.

Ele fez que sim.

— Ir? É para eu ir lá em cima?

Ele fez que sim de novo e apontou para uma escadinha em espiral nos fundos do cômodo, então se aproximou de uma parede e fez uma invertida sobre a cabeça. Enquanto subia a escada, Stevie notou que havia etiquetas de papel penduradas nos galhos da árvore, com frases como "Pense o céu" e "Esse não é o momento; esse é o momento". No andar de cima, sentada numa pilha de almofadas, havia uma garota. Stevie quase a confundiu com Ellie por um momento. O cabelo dela estava preso em montinhos embaraçados. Ela usava uma camiseta esgarçada na qual se lia *Os desajustados* e uma legging desbotada do Mickey. Quando Stevie se aproximou, a garota ergueu o olhar do laptop e tirou os fones dos ouvidos.

— Oi — disse Stevie. — Desculpa.

— Nunca cumprimente alguém com "desculpa" — respondeu a garota. Fazia sentido.

— O cara lá de baixo me deixou entrar. Ele me mandou para subir. Ou melhor, apontou...

— Paul está numa fase de silêncio — falou a garota, como se isso explicasse tudo.

— Ah. Eu me chamo Stevie. Sou... era... amiga de Ellie...

Stevie mal terminara a frase quando a garota se levantou de um salto e a abraçou. Ela exalava uma mistura adocicada de cecê e incenso. O corpo dela era firme, provavelmente graças a sessões diárias e intensas de ioga. Era como ser abraçada por uma mangueira de jardim quente e fedida.

— Você veio até nós! Você veio! Ela ficaria tão feliz! Você veio!

Stevie não sabia que tipo de recepção receberia no Coletivo de Arte, mas essa não estava na lista de possibilidades.

— Eu sou a Bath — disse a garota, dando um passo para trás.

— Bath?

— Bathsheba. Todo mundo me chama de Bath. Senta, senta!

Era estranho, porque, quando Stevie conheceu Ellie, a amiga entrou numa banheira totalmente vestida para se tingir de rosa, provavelmente para esse mesmo cabaré. A palavra *bath*, ou "banheira", sempre lembraria Stevie de Ellie.

Bath apontou para outra pilha de almofadas no chão. Elas estavam desbotadas, manchadas e pareciam infestadas de percevejos, mas Stevie se sentou mesmo assim. No chão, notou que o rodapé de uma parede quase inteira do andar de cima estava coberto por uma fileira de garrafas de vinho francês com velas derretidas dentro.

— Da Ellie — explicou Bathsheba, sentando-se de pernas cruzadas direto no chão. — É claro. Vinho francês. Poesia francesa. Teatro alemão. Era assim que a minha garota era.

Com essas palavras, Bath começou a chorar. Stevie se remexeu nas almofadas e mexeu na sacola por um momento.

— Estou feliz por você ter vindo — disse Bath, fungando e se acalmando. — Ela gostava de você e me contou tudo. Você é a detetive.

Stevie sentiu um nó na garganta. Desde o início, Ellie levara Stevie a sério quando ela disse que era detetive. Ellie parecia ter muito mais confiança em Stevie do que Stevie tinha em si mesma. Ellie a acolhera, fizera amizade desde o começo, bem como Bathsheba estava fazendo. Agora, ao olhar para Bathsheba, Stevie pensou que Ellie talvez tivesse copiado um pouco sua aparência, assim como alguns dos trejeitos.

— Como Ellie veio parar aqui? — perguntou Stevie. — Essa casa faz parte da universidade, não faz?

— Não faz parte, não — disse Bath. — A maioria do pessoal que mora aqui estuda lá. A casa é de um patrono que quer apoiar as artes locais. É um lugar aberto a artistas. Ellie encontrou a gente uma semana depois de entrar em Ellingham. Ela apareceu na porta e disse: "Faço arte. Vocês me deixam entrar?" E nós deixamos, é claro.

— Estou aqui tentando descobrir... — Que erro de principiante. Sempre prepare suas perguntas de antemão. Mas, pensando bem, nem sempre um detetive tem como saber com quem vai acabar falando. *Então fale*, pensou ela. *Comece a falar, e o resto virá.* — Sobre Ellie. Sobre como ela era e...

— Ela era verdadeira — respondeu Bath. — Era dadaísta. Espontânea. Divertida.

— Ela comentou alguma vez sobre Hayes com você? — perguntou Stevie.

— Não — respondeu Bath, esfregando os olhos. — Hayes é o cara que morreu, não é? É esse o nome dele?

Stevie fez que sim.

— Não. Ela comentou que o conhecia, mas só. E que estava triste.

— Ela mencionou alguma vez que o ajudou a escrever um roteiro?

— Ela o ajudou a escrever um roteiro? Tipo, para um espetáculo de cabaré? Ei, você já viu o nosso cabaré?

— Não, eu...

Bath já estava no laptop abrindo um vídeo.

— Você precisa ver isso — disse ela. — Vai amar. É uma das melhores performances de Ellie.

Stevie obedeceu e assistiu a dez minutos de uma gravação escura e confusa de saxofones desafinados, poesia, paradas de mão e batuques. Ellie aparecia no vídeo, mas estava escuro demais para vê-la direito.

— Pois é — disse Bath quando o vídeo terminou. — Ellie. Não consigo fazer muita coisa desde que ela morreu. Tento trabalhar, mas basicamente fico em casa. Sei que ela ia querer que eu fizesse arte sobre o que aconteceu. E eu tentei. Estou tentando. Não quero decepcioná-la.

Nem eu, pensou Stevie.

— Quando penso nela... — continuou Bath. — Em como ela morreu. Não consigo.

Stevie também não conseguia. A ideia de ficar presa no escuro, no subterrâneo, sem ser escutada por ninguém... era horrível demais. Ela deve ter entrado em pânico ao descer naquele túnel em completo breu e perceber que não havia saída. A certa altura, soube que ia morrer. Stevie estava grata pelo Ativan que corria por sua corrente sanguínea, reprimindo o enjoo pulsante e o desespero por ar que ela sentia sempre que imaginava essa cena.

A morte de Ellie não foi culpa dela. Não mesmo. Certo? Stevie não fazia ideia de que havia uma passagem na parede ou um túnel no porão. Stevie certamente não havia selado o túnel. Tudo que Stevie fez foi expor os fatos envolvidos na morte de Hayes, e o fizera em público, num lugar que parecia perfeitamente seguro.

Bath tinha se aproximado e segurado a mão de Stevie. O gesto pegou Stevie de surpresa, e ela quase se encolheu.

— É bom relembrá-la — disse Bath.

— É — respondeu Stevie com a voz áspera.

Ela olhou ao redor, buscando um novo ponto para focar. O que via? Que informações havia ali? Respingos de tinta, luzinhas de Natal, purpurina, um pouco de roupa suja no canto, telas amontoadas contra a parede, um monte de garrafas de vinho...

Eles tinham feito festas ali. E David também. É isso. Ele contara para Stevie que costumava visitar os amigos artistas de Ellie em Burlington. Esses eram os amigos. Então talvez soubessem alguma coisa sobre o paradeiro dele. Stevie se agarrou à ideia.

— Acho que outro amigo nosso já veio aqui. David?

— Não nos últimos tempos — disse Bath. — Ele costumava vir com Ellie.

— Mas não nos últimos tempos?

— Não — confirmou Bath. — Ele não vem desde o ano passado.

Então, nenhuma pista sobre Hayes, nenhum sinal de David. Tudo que ela conseguiu de fato foi se atrasar e fazer uma garota chorar.

— Obrigada pelo seu tempo — disse Stevie, levantando-se e balançando uma perna dormente. — Gostei muito de te conhecer.

— Eu também — respondeu Bath. — Por que você não volta um dia desses, quem sabe para o cabaré? Ou quando quiser. Será bem-vinda.

Stevie agradeceu com um aceno de cabeça e recolheu suas coisas.

— Sinto muito que você tenha passado por isso tudo — falou Bath quando Stevie chegou à escada. — Por todas essas coisas ruins. E aquele negócio na sua parede.

Stevie parou e se virou para Bath.

— Minha parede? — repetiu ela.

— Alguém colocou uma mensagem na sua parede, não foi? — perguntou Bath. — Foi horrível. Ellie ficou muito puta com isso.

Se Bath tivesse dito "Aliás, eu sei me transformar numa borboleta, olha só!", Stevie dificilmente teria ficado mais surpresa. Na noite antes de Hayes morrer, Stevie acordou no meio da madrugada e viu algo brilhando na parede; algum tipo de enigma, escrito no estilo do enigma de Cordialmente Cruel. Stevie sentiu um tremor pelo corpo, em parte pela lembrança da estranha mensagem que aparecera naquela noite.

— Aquilo foi um sonho — explicou Stevie, ignorando o celular que vibrava no bolso.

— Ellie não achava que tinha sido um sonho. — Bath se inclinou para trás, e a regata revelou, de maneira casual e confiante, um pouco da lateral do seu peito e dos pelos da axila. — Ela disse que estava puta com a pessoa que fez aquilo.

— Ela sabia *quem* fez aquilo?

— Aham, parecia saber.

— Pensei que... — O cérebro de Stevie estava a toda. — Pensei que, se é que aquilo tivesse mesmo acontecido, talvez *ela* fosse a responsável? Como uma piada?

— Ellie? — Bath meneou a cabeça. — Não. Com certeza não. De jeito nenhum. A arte de Ellie era *participativa*. Ela nunca trabalhava com medo. A arte dela era baseada em *consentimento*. A arte dela era *acolhedora*. Ela não criaria algo no seu espaço, muito menos se achasse que fosse assustar ou zombar de você. Ela não era assim.

Stevie lembrou de Ellie soprando Roota, seu amado saxofone. Ela não descreveria o som como acolhedor, mas também não era agressivo. Era cru e amador. Divertido.

— Não — concordou Stevie. — Não, acho que não era mesmo.

— Aquele negócio da parede é zoado — comentou Bath. — É tipo o banquete de Belsazar.

— O quê?

— A escrita na parede. Sabe... a escritura? Da Bíblia. Eu me chamo Bathsheba. Com um nome como o meu, você acaba lendo muitas histórias bíblicas. Acontece um grande banquete e uma mão aparece na parede e começa a escrever alguma coisa que ninguém consegue entender.

Stevie não tinha um conhecimento estupendo da Bíblia. Tivera algumas aulas na escola dominical quando era pequena, mas que se baseavam basicamente em colorir imagens de Jesus e cantar junto quando o professor tocava "Jesus Me Ama" no piano. E havia um garoto chamado Nick Philby que gostava de comer punhados de grama e sorrir com os dentões verdes. Não era uma educação muito completa. Mas ela tinha uma vaga lembrança de palavras escritas numa parede.

— Rembrandt usou essa história como tema — continuou Bath, digitando no laptop.

Ela virou a tela para Stevie. Havia a imagem de uma pintura; a figura central era um homem, pulando de uma mesa com os olhos arregalados de pavor. Uma mão despontava de uma nuvem de névoa e gravava caracteres hebraicos reluzentes na parede.

— A escrita na parede — disse Bath.

O celular voltou a vibrar. Stevie pôs a sacola de compras em cima dele para abafar o som.

— Mas ela não disse quem foi? — perguntou Stevie.

— Não. Só que estava irritada porque alguém estava tentando mexer com você.

Bzz.

Alguém projetou uma mensagem. Tinha acontecido. Se não foi Ellie, quem foi? Hayes? O preguiçoso do Hayes que não fazia nada sozinho? Quem mais sequer se importava tanto com ela a ponto de querer atrair sua atenção daquele jeito?

Só David. Poderia ter sido David. Mas David sumira.

— É — disse Bathsheba, assentindo para si mesma. — Ellie sempre falava das paredes.

— As paredes?

Bzz.

O celular poderia ter se levantado e andado até ela nesse momento. Poderia ter explodido. Não faria diferença.

— É. Ela disse que tinha umas merdas estranhas dentro das paredes de Ellingham. Coisas e espaços vazios. Troços. Ela já tinha encontrado coisas. Umas merdas nas paredes.

Umas. Merdas. Nas. Paredes.

Ela tinha uma pista agora, um ponto onde focar. *Havia coisas nas paredes.* Ela não tinha certeza do que aquilo significava, ou do que deveria procurar. Mas muito dessa história tivera a ver com paredes. Com escrever nelas. Desaparecer dentro delas.

E, a certa altura, uma mão *tinha* escrito na parede dela.

5

Havia escuro e havia *o escuro*. O breu do alto das montanhas era do segundo tipo.

Stevie precisou se forçar a se acostumar com isso quando o outono virou inverno em Ellingham. Em Pittsburgh, sempre havia luz ambiente em algum lugar: um poste de rua, carros, televisões em outras casas. Mas, quando se estava no topo de uma montanha tão próxima do céu e cercado por florestas, o escuro o envolvia. Esse era um dos motivos pelos quais Ellingham fornecia lanternas de alta potência para todo mundo. Caminhar à noite podia ser intenso. Aquela noite estava encoberta por nuvens, então só havia algumas estrelas visíveis; não havia nada entre Stevie e o vazio enquanto ela caminhava em direção ao celeiro da arte. Ela se manteve o quanto pôde nas trilhas, e até ficou um pouco grata pelo brilho azul sinistro das câmeras e dos postos de segurança que Edward King instalara pelo campus.

O caminho de volta fora ligeiramente desconfortável. Stevie tinha ido à cidade de carona com Mark Parsons, coordenador da propriedade e da manutenção. Mark era um homem grande e sério com cabeça quadrada e uma jaqueta John Deere. Dirigia uma SUV com um daqueles suportes de celular no painel para poder monitorar e responder ao que parecia ser uma onda interminável de mensagens sobre canos, materiais e pessoas indo e saindo do trabalho. O atraso tinha ferrado o dia dele, e ela tentou ficar bem diminuta e com cara de arrependida no banco do carona.

A desculpa de Stevie para o atraso foi que precisara tirar um momento para digerir as emoções e caminhar pelo bairro da dra. Fenton. Mentir desse jeito era péssimo e estranho, mas, como já dito, não eram tempos normais. Ela tinha feito o necessário. Assim como Rose e Jack no final de *Titanic*. A porta não era uma jangada muito boa, mas quando as opções são uma porta ou o oceano frio e profundo, o certo é ficar com a porta. (O outro grande interesse de Stevie, além de crimes, era desastres, então ela assistira a *Titanic* muitas vezes. Era claro para ela que havia espaço de sobra naquela porta para duas pessoas. Jack fora assassinado).

Então, durante os vinte minutos de viagem, Stevie tentou parecer triste até que Mark não aguentasse mais o clima constrangedor palpável e ligasse o rádio. A estação anunciava a chegada de neve. Muita neve. Nevascas e baixíssima visibilidade.

— Essa tempestade que está para chegar daqui a alguns dias vai ser fortíssima — disse ele enquanto entrava no caminho íngreme e tortuoso pelo meio da floresta em direção à escola. — Uma das piores dos últimos vinte anos.

— O que acontece aqui em cima durante tempestades fortes? — perguntou Stevie.

— Às vezes ficamos sem luz por um tempinho — disse ele —, mas é para isso que temos fogueiras e sapatos para neve. E é por isso que tive que ir à cidade para comprar uns mantimentos a mais e é por isso que preciso voltar.

Havia um *"E agora eu estou atrasado"* implícito no final da frase.

Mark deixou Stevie na entrada, de onde ela começou a caminhada até o celeiro de arte, onde deveria assistir ao teste de Janelle. Ela avançou com passos ruidosos pela trilha escura, passando pelas cabeças de estátuas. Stevie ouvia os sons da noite com os quais ainda não sabia lidar muito bem — o farfalhar no chão e, acima, o pio das corujas —, coisas que insinuavam que muito mais acontecia aqui à noite do que durante o dia. (Mesmo assim, Stevie ainda não tinha visto a única criatura que fora prometida por sucessivas placas pela estrada, aquelas em que se lia ALCE. Um alce. Era tudo o que ela queria. Será que era pedir demais? Em vez disso, só havia essas insinuações de corujas, e a única coisa que Stevie já ouvira sobre corujas era que elas gostavam de objetos brilhantes e comeriam seus olhos se tivessem meia chance.)

Ela estava tão imersa em seus pensamentos cíclicos sobre Ellie, paredes, corujas e alces que não notou alguém se aproximando por trás.

— Oi — disse uma voz.

Stevie pulou para fora da trilha, girou e meio que ergueu os braços em defesa. Ela se deparou com uma pessoa que parecia uma coruja: olhos grandes e investigativos e uma expressão aguçada e contida.

— Então — continuou Germaine —, sua mentora morreu.

Germaine Batt não perdia tempo com gentilezas. Stevie tinha um caso para resolver; Germaine tinha histórias a seguir. Ela entrara em Ellingham por causa do seu trabalho como jornalista e seu site, *O Relatório de Batt*, que tinha passado de um pequeno blog para um médio graças às informações exclusivas sobre a morte de Hayes Major e Element Walker, e ao azar generalizado do Instituto Ellingham. Assim como as corujas, ela também caçava no escuro e nas sombras, buscando uma novidade que pudesse lhe angariar mais cliques.

— Foi um acidente — respondeu Stevie.

— Foi o que disseram sobre Hayes até que você contasse outra versão. Muita coisa acontece ao seu redor, né?

— Ao nosso redor — corrigiu Stevie. — E sim. Coisas acontecem.

Ela seguiu em direção ao celeiro de arte e Germaine a acompanhou. Por mais que não estivesse a fim de ser soterrada pelas perguntas de Germaine, Stevie precisava admitir, só para si mesma, que era bom ter companhia no meio do mato.

— Ouvi dizer que você vai ganhar um colega de casa — comentou Germaine.

— Ouviu dizer? Onde?

Germaine deu de ombros para indicar que às vezes simplesmente nunca saberemos de onde vem o conhecimento. Talvez do vento.

— Não um aluno. Um cara.

— O nome dele é Hunter. Era sobrinho de Fenton.

— Fenton? — perguntou Germaine.

— Era o nome dela. Dra. Fenton.

— E aí, por que esse cara que não é aluno vai poder morar aqui?

— Porque a escola está se sentindo mal — respondeu Stevie.

— Escolas se sentem mal?

— Esta escola, sim — disse Stevie. — A dra. Fenton escreveu um livro sobre este lugar. E acho que pega bem para a gente apoiar a comunidade ou algo assim depois...

— De um monte de gente morrer aqui?

Stevie deixou para lá e se concentrou nas luzes aconchegantes do celeiro de arte à frente.

— Quer uma história? — perguntou ela. — Janelle vai fazer um teste da máquina dela. Escreva sobre isso.

— Não trabalho com histórias de interesse humano — insistiu Germaine. — E quanto a David? Todo mundo está dizendo que ele foi para casa por alguma questão familiar, mas isso me parece balela. Vocês estão namorando ou algo assim, não estão? Cadê ele?

— Você não acabou de dizer que não trabalha com histórias de interesse humano? — respondeu Stevie, andando mais rápido.

— E não trabalho. Ele foi espancado, agora sumiu e ninguém sabe direito onde ele está. Pronto, isso pode querer dizer alguma coisa. A última pessoa que simplesmente foi embora acabou morta num túnel. Então, onde ele está? Você sabe?

— Não faço a menor ideia — falou Stevie.

— E ele era amigo de Ellie. Acha que David também pode estar num túnel?

Stevie passou o crachá no painel da porta e entrou silenciosamente no celeiro de arte, deixando Germaine no escuro.

A oficina do celeiro de arte agora abrigava uma engenhoca grande e estranha. Vi estava pendurando uma placa de madeira onde se lia "LANCHONETE DE RUBE" enquanto Janelle andava de um lado para o outro, verificando coisas com um nível. Janelle tinha usado o orçamento que a escola lhe cedera e também surrupiara materiais descartados do refeitório para criar a máquina. Os postes tinham sido posicionados para criar uma moldura que dava suporte a prateleiras ligeiramente inclinadas, onde pilhas de pratos e copos foram colados em arranjos cuidadosamente calculados. Havia pequenas mesas, cadeiras inclinadas de propósito com mais pilhas de pratos e copos equilibrados sobre elas. Havia várias torradeiras velhas e uma tábua pintada para representar uma máquina de refrigerante. Tudo conectado por tubos de plástico que pareciam o sistema circulatório dessa versão em lanchonete de um mostro de Frankenstein.

Nate ergueu o olhar do computador.

— Que conversa longa, hein — disse ele.

— Fui a Burlington.

— Como? Cortaram os ônibus desde que David apanhou e sumiu.

— Muito bem! — disse Janelle. — Estou pronta para começar.

Vi se aproximou e sentou perto de Nate e Stevie. Nate olhou para Stevie com ansiedade, mas ela voltou a atenção para a frente.

— Muito bem — repetiu Janelle, entrelaçando as mãos com nervosismo. — Vou fazer meu discurso e depois ligar a máquina. Então, lá vamos nós. O objetivo da engenharia é transformar algo complexo em algo simples. O objetivo de uma máquina de Rube Goldberg é transformar algo simples em algo complexo...

— Por quê? — perguntou Nate.

— Por diversão — respondeu Janelle. — Porque dá. Não interrompa. Preciso terminar. O objetivo da engenharia é transformar algo complexo em algo simples. O objetivo da máquina de Rube Goldberg é transformar algo simples em algo complexo. A máquina de Rube Goldberg começou como uma história em quadrinho. Rube Goldberg era cartunista e engenheiro. Ele criou um personagem chamado Professor Butt... Alguém vai rir disso, não vai?

Vi fez um joinha.

— Tudo bem, vou fazer uma pausa para risadas. Um personagem chamado Professor Butt, que criava máquinas ridículas para fazer coisas como limpar a boca dele com um guardanapo. As pessoas gostaram tanto que as máquinas de Rube Goldberg se tornaram uma parte essencial dos quadrinhos dele e, mais tarde, uma competição periódica...

A mente de Stevie já estava vagando. Será que assassinato era isso? Algo simples que se tornava complexo?

— ... as dimensões não podem exceder três por três metros e só podem usar um sistema hidráulico...

Quem pôs aquela mensagem na parede? Qual era o objetivo? Só para mexer com a cabeça dela? Se Hayes ou David tinham sido os responsáveis e Ellie sabia, por que não contara para Stevie?

— ... e o desafio desse ano é quebrar um ovo.

Janelle posicionou delicadamente um ovo num copinho numa mesa próxima à parede mais distante, onde um tecido branco plastificado havia sido pendurado.

— Então — disse Janelle, voltando para a frente da máquina comprida e tortuosa. — Lá vamos nós!

Ela baixou a alavanca de uma das torradeiras, que saltou para cima um segundo depois e propeliu um pedaço de pão de plástico. Isso levou uma alavanca de madeira acima a se inclinar, o que fez uma bolinha de metal sair rolando por uma série de canos cortados pela metade presos a um quadro de menu. A bola continuou rolando, seguindo por cima de uma bandeja na mão de uma estátua de chef. De lá, caiu e aterrissou numa cumbuca de um dos lados de uma balança. Isso fez o lado oposto se elevar, o que liberou outra bola.

A máquina fazia muito sentido. Um gatilho aparentemente sem sentido dava início a uma série de eventos. A bola rolava e derrubava cada pecinha estranha, encaixando-as em seu devido lugar. *Hayes fazendo um vídeo sobre o caso Ellingham. O crachá de Janelle sendo roubado para conseguir gelo seco. A mensagem na parede. Hayes dando meia-volta no último momento no dia em que estavam gravando, dizendo que tinha que voltar por um minuto para fazer alguma coisa e nunca mais voltando. Stevie descobrindo que Ellie tinha escrito o roteiro. Ellie correndo para dentro das paredes, depois entrando no túnel e nunca mais voltando.*

Outra bola foi liberada, descendo pela borda de uma pilha de copos, que tombou dentro do máquina de refrigerante. Ela começou a derramar um líquido em três jarros de plástico. Eles baixaram algo com seu peso e...

Stevie piscou com surpresa quando três armas de paintball dispararam ao mesmo tempo, todas apontadas para o ovo, que explodiu em vermelho, azul, amarelo e albume.

Vi gritou de empolgação e levantou num pulo para abraçar Janelle.

— Bem maneiro — disse Nate.

Distraída, Stevie assentiu com a cabeça. É óbvio que não tinha visto o que causou o disparo da arma. Ela estava olhando diretamente para *alguma coisa*, mas não conseguiu vê-la. *Onde você procura alguém que não está ali de verdade...*

Em algum momento, a arma posicionada no primeiro ato dispara, geralmente no terceiro ato.

Essa era uma das partes mais importantes de ser um detetive: nunca perder a arma de vista.

4 de abril de 1936

DOTTIE EPSTEIN NÃO TINHA A INTENÇÃO COMEÇAR A OBSERVAR FRANCIS E EDDIE naquele dia. Ela estava cuidando da própria vida, na curva de um galho alto de uma árvore, aninhada num grande suéter marrom tricotado para ela pela tia Gilda e com um livro aberto na perna. O clima de abril significava que não estava quente, mas que as montanhas não estavam mais congeladas. Era possível ficar em área aberta de novo, e era bom estar na floresta, ao ar livre. A árvore era o lugar perfeito para ler, para passar um tempo com Jason e os Argonautas.

Era ali que ela por acaso estava, quieta e fora de vista, quando Francis e Eddie se aproximaram. Eles estavam perto um do outro, unidos, com as cabeças quase encostadas enquanto andavam. (Como as pessoas *andavam* desse jeito, com as cabeças tão coladas? Era fascinante de ver, parecia algo saído do circo). E havia algo na *maneira* com que andavam: silenciosos, sorrindo, rápidos, mas não apressados. Era um caminhar que sugeria que não queriam ser notados.

Ao contrário das outras garotas ricas, Francis era legal com Dottie. Não era igual a Gertie van Coevorden, que olhava para Dottie como se ela fosse uma trouxa de trapos ambulante, encarando sem parar todos os retalhos nas roupas dela. (A mãe de Dottie tinha se esforçado muito para costurar aqueles retalhos no casaco. "Olha, Dot, mal dá para ver a costura! Olha como esse fio casou bem. Comprei na Woolworth. Não casou direitinho? Passei a noite toda fazendo.") Gertie abria as costuras da mãe de Dottie e julgava toda a família, que era a razão da vida dela, com um único olhar passageiro dos pequenos olhos azuis. "Minha nossa, Dottie!", dizia ela. "Você deve estar morrendo de frio com essa coisa.

Lã não é assim *tão quente* quanto pele. Eu tenho um casaco antigo que posso te emprestar."

Poderia ter sido diferente se Gertie tivesse, de fato, emprestado o casaco. Mas isso fazia parte do jogo. Eles mencionavam coisas, então esqueciam. Era uma provocação.

Francis, no entanto, era legal do jeito verdadeiro; ela deixava Dottie em paz. E era só isso que Dottie queria. Quando as duas se falavam, o que não acontecia muito, era sobre um bom assunto, como histórias de detetives. Francis amava ler, quase tanto quanto Dottie, e tinha paixão por crimes. Este era, na opinião de Dottie, um interesse nobre. Francis também gostava de se esgueirar por aí. Dottie ouvia seus movimentos à noite e, ao espiar pela porta, via Francis saindo de fininho pelo corredor ou, às vezes, pela janela.

Foi essa característica que fez com que Dottie descesse da árvore e, de modo quase automático, os seguisse de longe. Talvez, pensou ela, fosse por causa do tio policial dela. "Às vezes, Dot", dizia ele, "você simplesmente sabe. Siga seus instintos."

Francis e Eddie voltaram para a parte intocada e selvagem da propriedade, onde a floresta densa era cortada apenas por trilhas muito rústicas. Eles serpentearam até o lugar onde as montanhas ainda estavam sendo escavadas. Havia uma pilha gigantesca de rochas, das quais algumas pareciam estar no processo de serem quebradas em pedaços menores para materiais de construção. A trilha era extremamente irregular, numa subida íngreme. Dottie os seguiu o mais silenciosamente que pôde, usando as árvores para se impulsionar pelos degraus pedregosos. Francis e Eddie eram dois borrões de cor na paisagem, e então... eles sumiram.

Simples assim. Sumiram. Sumiram entre as árvores, a rocha e a vegetação.

Claramente, tinham entrado num dos buracos-esconderijos do sr. Ellingham, um que a própria Dottie ainda não encontrara. Ela estava cheia de medo pela descoberta e empolgação pelo mistério em medidas iguais. Pensou em voltar para seu cantinho de leitura, mas sabia que não conseguiria. Então recuou alguns passos, para um ponto onde sabia que eles não podiam ter desaparecido, e se encolheu atrás de uma árvore.

Esperou por mais de duas horas. Tinha chegado até a voltar ao livro quando ouviu o farfalhar de passos e se abaixou bem a tempo. Eles saíram sussurrando, rindo, andando depressa. Francis carregava um livro embaixo do braço.

— Ai, meu Deus, estamos tão atrasados — disse Francis.

— Mais uma vez, contra uma árvore, que nem animais...

— Eddie... — Francis o empurrou com uma risada e se apressou. Na brincadeira, algumas fotos caíram do livro de Francis. Quando os dois se afastaram, Dottie se aproximou e as pegou. Uma era de Francis e Eddie posando. Dottie identificou na hora o que estavam fazendo; todo mundo já tinha visto aquela pose. Era uma representação daquela foto famosa de Bonnie e Clyde, os gângsteres. Francis estava como Bonnie, apontando o que devia ser uma espingarda de brinquedo (ou talvez fosse uma espingarda de verdade de um dos funcionários?) diretamente para o peito de Eddie. O braço dela estava estendido na direção dele e quase tocava a camisa com a ponta dos dedos. Eddie estava com um meio--sorriso estranho, usava um chapéu inclinado para trás na cabeça e olhava para ela com desejo. Era tão parecida com a foto real que as minúsculas diferenças se destacavam com profundo alívio. Eles não eram Bonnie e Clyde, mas queriam tanto sê-los que Dottie era capaz de sentir.

A outra foto era de Leonard Holmes Nair de pé no gramado, com o pincel na mão, parecendo talvez um pouco aborrecido com a interrupção. Havia uma pintura do Casarão no cavalete à sua frente. As fotos estavam um pouco grudentas. Parecia haver um pouco de cola nas bordas.

Dottie se recostou contra uma árvore e estudou as imagens por vários minutos, absorvendo-as. Essas pistas reluzentes para a vida de outras pessoas... elas lhe apontavam um caminho. Para onde, ela não sabia.

Estava na hora de ir. O jantar seria servido em breve. Ela guardou as fotos no bolso e correu para a Minerva. Quando entrou, pensou em deslizá-las por baixo da porta de Francis. Pertenciam a ela.

Mas não. Seria estranho fazer isso. Acabaria deixando muito na cara. E, por alguma razão... ela precisava dessas fotos em sua coleção. Entrou no quarto, fechou a porta, depois se sentou no chão e puxou o rodapé.

Francis tinha falado para Dottie sobre usar as paredes para esconder coisas que não queria que mais ninguém visse. A moldura saiu com facilidade. Era ali que as meninas ricas guardavam gim e cigarros. Dottie guardava sua lata ali; a coleção de objetos maravilhosos que havia encontrado. Ela guardou as fotos e empurrou a lata de volta para o lugar.

Devolveria as fotografias em algum momento, decidiu. Em breve. Talvez antes de acabar a escola.

Sempre haveria tempo.

6

ORGANIZE OS PENSAMENTOS. PASSE TUDO PARA O PAPEL. DESENVOLVA AS IDEIAS. Escreva o que se lembra. Escreva suas primeiras impressões antes que sua memória tenha oportunidade de brincar com elas e mudá-las de lugar, botando uma perna onde antes havia um braço.

Stevie abriu a gaveta da escrivaninha e pegou um punhado de bloquinhos de papel adesivos sem marca (que havia surrupiado dos materiais de campanha de Edward King no escritório da casa dos pais). A parede já estava sendo usada; ela tinha prendido vários ganchos autoadesivos, onde o casaco e as roupas estavam pendurados. Tirou tudo dali e começou a colar os papéis. As vítimas dos anos 1930 ficaram nos amarelos:

Dottie Epstein: traumatismo craniano
Iris Ellingham: tiro
Alice Ellingham: motivo desconhecido

Então, do outro lado, pessoas do presente, em azul-claro:

Hayes Major: intoxicação por CO_2/gelo seco
Ellie Walker: hipotermia/desidratação/clausura
Dra. Irene Fenton: incêndio doméstico

Ela se sentou na beira da cama, encarou os seis quadrados e deixou a mente se esvaziar e os olhos perderem o foco.

Havia um padrão, algo que não estava enxergando. Ela se levantou e olhou as lombadas dos seus livros de mistério. Puxou um da prateleira:

O assassinato de Roger Ackroyd, de Agatha Christie. Esse livro, que estrelava Poirot como detetive, foi muito comentado na época de sua publicação. O método de Poirot era usar suas "pequenas células cinzentas" para solucionar crimes; sentar e pensar, contemplar a psicologia do assassino...

Stevie se voltou para a parede, olhou papel por papel e repetiu as informações em ordem, demorando-se nas vítimas do presente. Gelo seco, clausura. Incêndio. Gelo seco tem um certo eco de um mistério de portas trancadas, onde a arma é o gelo e o assassino nunca está presente. Clausura... emparedamento. Outro cômodo fechado. Incêndio, onde a arma é o próprio ambiente.

Stevie começou a enxergar uma linha ligando essas coisas; até quase dava para ver, feito um pedaço de barbante numa daquelas paredes onde a polícia cola fotos dos suspeitos. A psicologia do assassino. Era isso o que ela estava vendo. Os dois lados não estavam apenas separados pelo tempo; estavam separados pela *própria separação*. A morte de Dottie fora brutal e direta. Iris levara um tiro. Eram armas palpáveis, com sangue, onde o agressor precisava estar presente, acima da vítima. Mas Hayes, Ellie e Fenton tinham morrido em espaços contidos, onde alguém poderia preparar a armadilha e ir embora. Hayes entrou num cômodo cheio de dióxido de carbono. Ellie entrou num túnel cuja saída estava bloqueada. A dra. Fenton... Bem, talvez ela tivesse mesmo esquecido o gás aberto e acendido um cigarro. Mas talvez houvesse outra pessoa com ela, conversando. Alguém que abriu o gás, saiu e fechou a porta. Então a dra. Fenton, sem olfato e fumante assumida, acendeu uma chama.

Dar corda e deixar rolar, como a máquina de Janelle. Abaixar a alavanca da torradeira e, ao final, a arma dispara.

Tratava-se de alguém inteligente. Alguém que planejava. Alguém que talvez não quisesse sujar as mãos. E todas essas coisas eram quase contestáveis. Hayes entrou no cômodo por conta própria, sem saber sobre o gelo seco sublimado que intoxicara o espaço. Ellie engatinhou para dentro daquele túnel por conta própria. E Fenton acendeu a chama que incendiou a própria casa. Três coisas que pareciam acidentes, que aconteceram quando não havia mais ninguém por perto.

Quem era inteligente? David.

Quem pregava peças? David.

Quem conseguiria roubar o crachá de Janelle e pegar o gelo seco? Quem sabia de túneis e lugares secretos? Quem estava em Burlington na noite do incêndio? David.

Mas ela não conseguia ver nenhuma razão para que ele fizesse essas coisas. Nenhuma. Ele não sentia nada em especial por Hayes. Ellie era amiga dele. A morte dela o devastou. Ele tinha começado a soluçar incontrolavelmente quando a encontrou. Nem conhecia Fenton direito. A menos que David fosse assassino em série que matasse por esporte, não havia como ele ter feito isso.

Mas então quem?

E o recado na parede? Como isso se encaixava?

O mais frustrante era o fato de que Stevie mal tinha conseguido ler direito a mensagem que apareceu na parede aquela noite. Tinha aparecido enquanto ela dormia. Ela ouviu um barulho, ergueu o olhar e viu uma mensagem luminosa. Não a anotara porque foi para a janela primeiro tentar ver quem a projetara ali. Então tivera um ataque de pânico fortíssimo e fora para o quarto de Janelle. Depois, presumiu que tivesse sido um sonho; ou tentou se convencer disso, porque a verdade era assustadora demais. Sua mente já tivera muito tempo para trabalhar, para inventar coisas, mas talvez ela conseguisse recuperar alguma parte.

Fechou os olhos e deixou a respiração se estabilizar. Inspira por quatro, segura por sete, expira por oito. Deixou os pensamentos irem e virem e continuou guiando a atenção de volta à respiração. Depois de vários minutos, abriu um pouco os olhos e focou na parede onde a mensagem aparecera, onde os papéis estavam colados agora. Aquele espaço branco e despretensioso. O que estivera ali?

Resistiu ao impulso de se levantar e andar de um lado para o outro. Respira. Inspira, expira. O que tinha visto aquela noite? Estava ali, alusões à mensagem, em algum lugar da mente dela, como o vestígio de perfume no vento. Qual era a *aparência* dela?

Letras recortadas, estilo bilhete de resgate, como a carta do Cordialmente Cruel.

Seja mais específica, Stevie. Qual era a aparência das letras?

Luminosas. Grandes. Algumas com foco, outras não. A luz entrava inclinada pela janela, se esticando, aterrissando naquele pedaço de parede ao lado da lareira.

Enigma, enigma meu...

Sim, essa era a primeira linha. Era fácil lembrar. Disso tinha certeza. Mas o que vinha depois? Tinha uma rima. Alguma coisa com assassinato. Alguma coisa assassinato.

Havia imagens da mensagem. Corpos. Alguma coisa sobre um corpo num campo. Fazia sentido. Uma referência a Dottie, que fora encontrada meio enterrada no terreno de uma fazenda. Um corpo num campo...

Sua mente fazia barulhos, tentava atraí-la para um ou outro caminho, mas ela ficou com os corpos. Havia outro. Um segundo corpo. Só podia ser de Iris, já que Iris era o único outro corpo. Isso... um lago. Uma menção a Iris. Algo sobre uma moça num lago.

Agora a imagem começava a se formar com mais clareza. As letras recortadas iam ganhando mais definição. Assassinato. Corpos. A mensagem era sinistramente engraçada. Alguma coisa sobre brincar.

Alice, Alice...

Alice?

Alice. Tinha uma menção a Alice. Mas ela não se lembrava sobre o que era. Mas o nome estava lá.

Stevie os olhos voltarem a focar e deixou a meditação escapar. As luzes formaram halos em volta dos objetos do quarto conforme suas pupilas se ajustavam. Ela encolheu os joelhos e, ao fazê-lo, olhou melhor para si mesma. Realmente precisava se trocar. Não podia continuar assim, pegando roupas do chão. Talvez um banho fosse ajudar sua cabeça a funcionar. Ela pegou o porta-xampu e arrastou os pés até o banheiro, onde se recostou contra os azulejos cor de salmão enjoado e deixou a água correr pelo corpo, achatando o cabelo curto contra a cabeça. Ela se lembrava de ter encontrado Ellie nos chuveiros uma vez. Ellie andava de um lado para o outro com orgulho de seu corpo pelado.

Ellie. Ellie, me desculpe.

Por que estava pensando nisso? Ela não tinha machucado Ellie. Tudo que fizera foi dizer a verdade sobre quem escreveu o roteiro de Hayes. Mas agora Ellie já havia partido. E Hayes. E Fenton. De repente, não parecia mais importar que ela talvez tivesse encaixado as peças do grande caso Ellingham. Havia algo acontecendo bem ali e naquele momento. Hayes, Ellie e Fenton... estavam ligados de alguma maneira. Todos estavam mortos. Larry temia por ela.

Havia um assassino ali.

Será que estava com medo? Ela se fez essa pergunta, e sua mente se mostrou surpreendentemente silenciosa a respeito.

Stevie desligou a água e se deixou tremer, se deixou sentir.

Aquela mensagem na parede era alguém lhe dizendo algo. Alguém que queria brincar com ela. Então tá. Ela iria brincar. Talvez fosse ansiosa. Talvez não tivesse treinamento. Mas Stevie Bell sabia uma coisa sobre si mesma: uma vez que tivesse mordido a isca, sentido o gosto do mistério, não desistiria. Tinha conseguido chegar até essa montanha. Ela era capaz. Afinal, as pessoas faziam essas coisas o tempo todo hoje em dia. Detetives cidadãos, investigando casos na internet, em casa, sozinhos e em grupos.

Ela correu de volta para o quarto e, apesar do que acabara de pensar sobre não pegar roupas do chão, pegou uma calça de moletom de um canto do quarto. Estava bem limpa. Ellingham lavava suas roupas, mas era preciso colocá-las em sacolas rotuladas. Stevie não andava prestando atenção o suficiente para fazer isso. Ela se certificou de passar uma camada extra grossa de desodorante. Pelo menos estaria cheirosa. O cabelo agora estava do tamanho de um dedo, com as mechas bem loiras, secas como trigo. O descolorante de farmácia era forte mesmo. Bagunçou-o com as mãos até que ficasse mais ou menos do jeito certo.

Agora estava focada. Agora poderia...

O celular tocou. Era um número privado.

— Você estava na cidade hoje.

A voz a rodeou como uma cobra. Provocou calor e arrepio ao mesmo tempo. Estava tão próxima que parecia vir de dentro do seu corpo.

— Onde você está? — respondeu ela.

— Parece que já dispensamos as amenidades.

Só a voz de David já bastava para Stevie conjurá-lo por inteiro: o cabelo escuro cacheado, as sobrancelhas ligeiramente arqueadas, os braços magros e musculosos, as camisetas esfarrapadas e calças de moletom de

Yale largas, o Rolex surrado no pulso. O riquinho degenerado — o tipo de pessoa que ela pensava que nunca seria capaz de suportar —, estranho, difícil e talvez um pouco autopiedoso. Alguém que não se importava com a opinião do mundo. Alguém engraçado. Perigoso.

— Você não me respondeu — disse ela, tentando soar equilibrada, quase entediada, em vez de esbaforida.

— De férias — respondeu ele. — Investindo no meu bronzeado. Fazendo aquele negócio em que você surfa com um cachorro de óculos de sol.

— David — falou ela. Até dizer o nome dele era difícil. Tinha saído de sua boca como uma explosão. — O que está havendo? Por que você pagou para espancarem você? Você vai me explicar?

— Não.

— *Não?*

— Você está preocupada comigo? — Ela pôde ouvir o sorriso na voz dele, o que tanto atiçou-a quanto irritou-a.

— Não — respondeu ela.

— Mentirosa. Está, sim. Você está preocupada comigo e com meu belo rostinho. Eu entendo. O rosto está sarando. A surra não foi tão ruim quanto pareceu. Eu que espalhei o sangue.

— O que você quer? — perguntou ela, com o coração disparado. — Vai me dizer o que está acontecendo? Ou só ligou para ser babaca?

— A segunda opção.

— Sério...

— Algo que eu já deveria ter feito há muito tempo — respondeu ele. — Qualquer pergunta adicional deve ser mandada por escrito para meu advogado.

Stevie revirou os olhos para o teto. Para sua surpresa, lágrimas brotavam neles. É claro que ele não voltaria. O corpo dela inteiro foi inundado por sentimentos. Ele era a primeira pessoa que ela já tinha beijado e feito... outras coisas. Bem ali naquele chão.

— Como você sabe que eu estive na cidade? — perguntou, tossindo para expulsar a emoção. — Bathsheba?

— Tenho olhos e ouvidos por todo lugar. Fiquei sabendo da sua professora também. Sinto muito. A casa dela pegou fogo?

— Ela deixou o gás aberto e acendeu um cigarro.

— Meu Deus — disse ele. — Tem muita coisa ruim acontecendo.

— É.

Ela se sentou no chão ao lado da cama e pensou no que dizer em seguida. O silêncio pulsava entre os dois.

— E aí — falou ela —, o que você quer? Já que não vai voltar. Tem que ter um motivo. A não ser que esteja preocupado comigo.

— Contigo? Nada nunca acontece com você.

Ela não sabia o que aquilo significava, se era para ser reconfortante ou uma acusação.

— Vou fazer um acordo com você — sugeriu ela. — Vou tomar cuidado se você me ligar uma vez por dia.

— Não posso prometer isso — respondeu ele.

— O que foi, está num programa de proteção à testemunha ou algo assim? Para de palhaçada.

— Vou desligar antes que fique estranho.

— Tarde demais para...

Mas ele desligou. Stevie encarou o celular por um momento, tentando entender que tinha acabado de acontecer, então levou um susto quando um alerta acendeu na tela: ALERTA DE NEVASCA PARA BURLINGTON E ARREDORES. TEMPESTADE DEVE CHEGAR EM 48 HORAS, COM ACÚMULO PREVISTO DE ATÉ 60 CENTÍMETROS.

Stevie pôs o celular no chão e o chutou para o outro lado do quarto.

7

No café da manhã do dia seguinte, Stevie ficou cutucando um waffle recém-preparado enquanto Janelle digitava furiosamente no computador. Vi estava lendo um livro acadêmico sobre ciência política. Nate estava absorto num livro com um dragão na capa.

Stevie também deveria estar lendo; teria aula de literatura em uma hora e já deveria ter lido *O grande Gatsby* a essa altura. Passara os olhos nos primeiros capítulos; algo sobre um cara rico que dava festas e um vizinho que o observa. Ela também teria aula de anatomia mais tarde, com um teste oral sobre o sistema esquelético. O sr. Nelson estaria de volta à mesa, e Stevie deveria saber os nomes de todos os ossos dele. Ela estava seis unidades atrasada em seu trabalho de matemática e linguagem. Os trabalhos da escola assomavam às costas dela feito um grande monstro idiota. Se ela não se virasse, talvez ele não a incomodasse.

— Eu mandei uma mensagem para a escola toda — disse Janelle enquanto fechava o computador com força.

Stevie ergueu o olhar, pingando xarope de bordo no moletom.

— Hã? — perguntou ela.

— Vou fazer uma demonstração às oito da noite. Vou convidar todo mundo.

De fato, antes mesmo de ela terminar a frase, Stevie viu a mensagem aparecer nos celulares e computadores de algumas pessoas. Mudge, do outro lado do cômodo, fez um joinha para ela.

— Você conhece o Mudge? — perguntou Stevie.

— Claro. Ele quer ser um Imagineer e fazer autômatos e robôs.

— Vai ser tão incrível! — disse Vi.

Naquela manhã, ele usava um macacão vermelho com uma camiseta curta de arco-íris por baixo. Tinha raspado mais as laterais do cabelo loiro prateado, que estava bem espetado para cima. Vi sempre parecia alerta e vivaz, como se estivesse ligado no 220. Talvez fosse por isso que ele combinava tanto com Janelle. Ambos viviam de maneira completa e solar.

— Preciso ir — completou Vi enquanto pegava a bolsa. — Vou me atrasar para a aula de mandarim.

Ele beijou Janelle no topo da cabeça e acenou para Nate e Stevie. Nate amassou um guardanapo e o enfiou no copo vazio de suco de laranja.

— É melhor eu ir também — falou ele.

— Você não tem algumas horas antes da primeira aula? — perguntou Janelle.

— Tenho. Eu só quero voltar e aproveitar um pouquinho do segundo andar só para mim enquanto o tal do Hunter não chega. Hunter. Ele é sarado?

— Ele estuda ciência ambiental — respondeu Stevie. — Ele é legal.

— Que bom — comentou Janelle. — David foi embora e um cara legal que gosta do meio ambiente vai ficar no lugar dele. Parece uma boa troca.

Janelle nunca escondera que não era fã de David.

— Muito bem — disse Vi. — Encontro vocês lá às seis e levo o jantar para você e...

O celular de Vi apitou e ele olhou a tela.

— Ai, meu Deus — falou ele. — Ai, céus.

— O que foi? — perguntou Janelle.

Stevie sentiu um embrulho no estômago.

Vi ergueu o celular, revelando uma manchete que se acendera na tela: SENADOR EDWARD KING ANUNCIA CANDIDATURA À PRESIDÊNCIA.

— Ele se candidatou — comentou Vi. — Eu sabia. Aquele *babaca*.

Stevie tinha contado o segredo a Janelle e Nate; eles sabiam que David era filho de Edward King. Ambos olharam para Stevie. Nate pegou sua bandeja e saiu apressado.

— Enfim — concluiu Vi, balançando a cabeça. — Seis horas. Vou levar tacos se tiver.

Quando ficaram sozinhas, Janelle comeu um pouco de salada de frutas e olhou para Stevie.

— Você tem andado bem quieta — observou ela. — O que está aprontando? Desde que ouvimos a gravação naquela máquina velha, você ficou esquisita. E sua professora, aquela de Burlington... O que está havendo com você?

— Muita coisa — respondeu Stevie. — Lembra aquela mensagem que apareceu na minha parede naquela noite? A do sonho?

— Claro.

— Encontrei uma amiga de Ellie em Burlington ontem. Ela me disse algumas coisas, tipo que Ellie sabia tudo sobre a mensagem e achava que alguém a tinha projetado ali. Ellie achava que era real. Talvez até *soubesse* que era real.

Janelle jogou a cabeça para trás de surpresa.

— Mas quem faria isso? — perguntou ela. — David?

— Acho que não — disse Stevie. — Quer dizer, a única opção que faz algum sentido é Hayes, não é? Por causa do vídeo? Não faz sentido que alguém tenha feito aquilo. Mas essa garota me disse que Ellie tinha certeza de que a mensagem era real e que Ellie sabia quem a projetou.

— Bem, se descobrirmos — falou Janelle —, essa pessoa vai pagar caro. Ninguém pode fazer algo assim com você.

Stevie sentiu uma onda de ternura. Tivera amigos na escola antiga; pessoas com quem conversava e às vezes trocava mensagens. Mas, se fosse honesta consigo mesma (o que costumava evitar), ela nunca tivera aquela conexão na vida real. Suas relações mais verdadeiras tinham sido com pessoas dos seus quadros de casos. Ellingham lhe dera *algo*; talvez até o algo sobre o qual os pais dela tinham falado. Amigos com quem se conversava de pijama. Amigos que escutavam. Amigos que te defendiam.

Mas ela não sabia como expressar isso ou sequer se deveria fazê-lo, então molhou seu pedaço de waffle no xarope de novo.

— Dá para olhar dentro de paredes? — perguntou ela para Janelle.

— Tipo, com os olhos? Se eu quiser, eu consigo. Mas acho que você está querendo saber se existe alguma coisa que consiga penetrar uma parede para mostrar o que tem por trás, e a resposta é sim. Um scanner de parede. São bem comuns. Se usa para encontrar vigas, fios, canos, coisas assim. Por quê?

— Só... curiosidade.

— Ah! Eu já recebi quatro respostas! — exclamou Janelle quando seu celular apitou. — As pessoas vão mesmo hoje à noite! Ai, meu Deus. E se não der certo?

— Já deu certo — disse Stevie.

— Tá bom. Preciso me acalmar. Vou para a aula, depois vou testá-la algumas vezes. Te vejo lá, certo?

— É claro — respondeu Stevie.

Janelle pegou suas coisas, enfiou-as na grande bolsa laranja e saiu apressada. Stevie tirou *O grande Gatsby* da mochila e encarou a capa: o fundo azul meia-noite com o rosto de uma mulher flutuando na frente; uma sobrecapa feita de luz e céu, majoritariamente olhos, com uma cidade escorrendo no fundo feito um cordão de joias. Era meio parecido com o retrato da família Ellingham de Leonard Holmes Nair, aquele pendurado no Casarão. Era uma alucinação de pessoa e lugar.

E por falar em mulheres da década de 1920... Maris estava entrando no refeitório bem naquele momento. Ela usava um grande casaco desgrenhado e preto feito de pele falsa. Maris tinha muitas coisas desgrenhadas e com franjas. Vivia de lápis de olho escuro borrado e batom forte. Dash estava com ela em seu casaco largo e cachecol comprido.

Maris e Dash eram da galera do teatro; era um grupo pequeno em Ellingham, e os dois definitivamente estavam no comando de todo o drama agora que Hayes se fora. Parecia que Maris tinha se livrado de um pouco da tristeza após a morte de Hayes. Por algumas semanas, andara por aí como a viúva da cidade, usando preto com preto e batom preto, chorando na biblioteca e no refeitório e cuidando do santuário improvisado para Hayes que surgira na cúpula. Parecia muito luto para alguém com quem você estava saindo havia mais ou menos uma semana, talvez duas no máximo. Maris tinha trocado o traje de viúva por um vestido amarelo, de aparência vintage, que usava com meia-arrastão preta e saltos grossos. Estava de batom azul, em transição para o batom vermelho, que era sua marca registrada.

Do outro lado do refeitório, Stevie viu Gretchen, uma pianista com cabelos vermelho-fogo. Ela fora namorada de Hayes no ano anterior. Hayes a usara para fazer o trabalho dele, para escrever os textos de escola dele. Ele até mesmo pegara quinhentos dólares emprestados com ela e nunca devolvera.

Na teoria, tanto Maris quanto Gretchen teriam algo contra Hayes. Hayes tinha ferrado Gretchen de várias formas. E estava namorando Maris enquanto mantinha um relacionamento à distância com outra YouTuber, Beth Brave. Será que isso era motivo o bastante para matar? Além disso, Maris poderia ter ajudado, caso Hayes quisesse projetar aquela mensagem na parede de Stevie. Maris era inteligente. Tinha conhecimento de teatro, então era provável que conseguisse arrumar uma maneira de projetar uma mensagem.

Esse negócio da mensagem na parede a estava importunando. O que aquilo significava, no fim das contas? No melhor dos casos, era uma pegadinha inofensiva. Bem, não inofensiva. Causara um ataque de pânico horrível nela. Mas, nas atuais circunstâncias de Ellingham, era inofensiva. Não a matara.

A questão não era a gravidade da coisa; era o porquê. *Por que* fazer aquilo?

Ela não conseguia se livrar da sensação de que, caso conseguisse solucionar o mistério da escrita na parede, entenderia tudo.

Quase todo mundo da turma fazia o seminário da dra. Quinn sobre literatura e história, uma aula na qual os alunos liam um romance, e depois aprendiam sobre o período e contexto histórico que o circundavam. *O grande Gatsby* era sobre os anos 1920, um período que interessava Stevie vagamente, visto que era cheio de bons crimes e esbarrava no Caso Ellingham, de 1930.

— Muito se fala sobre a luz ao final do cais — disse a dra. Jenny Quinn. Ela era diretora assistente da escola e uma pessoa assustadora de maneira geral. Andava de um lado para o outro na frente da sala. Usava um sapato lustroso de salto alto tipo scarpin, uma saia lápis e blusa branca larga que era definitivamente chique, mas de uma forma que Stevie não sabia classificar. — Todo mundo fala sobre a luz verde ao final do cais.

Mas quero focar nas circunstâncias ao redor da morte de Gatsby no final. No assassinato dele.

Stevie ergueu o olhar. *O grande Gatsby* era um mistério de assassinato? Por que ninguém mencionara isso antes? Suando frio, ela olhou para o exemplar.

— Stevie — disse a dra. Quinn.

A dra. Quinn conseguia farejar suor e medo, provavelmente a mais de um quilômetro se o vento estivesse soprando a favor. Ela concentrou o olhar em Stevie, que sentiu a coluna se encolher sob a pressão.

— Você é nossa detetive residente. Sentiu que a morte de Gatsby era esperada? Como acha que esse fato serviu à narrativa?

Ela precisava responder alguma coisa, então se ateve ao que sabia.

— Assassinatos normalmente não acontecem no final do livro — disse ela.

— Talvez não em mistérios de assassinatos — argumentou a dra. Quinn. — Ou não haveria muito para o leitor fazer. Como o assassinato funciona nesta história?

— Posso dizer uma coisa? — perguntou Maris, levantando a mão.

Stevie sentiu uma onda de gratidão se espalhar por ela e na direção de Maris e seus lábios azuis.

— Isso é uma discussão aberta — observou a dra. Quinn de maneira casual.

— Eu achei que o assassinato dele foi uma saída fácil.

— Como assim?

— Acho que Gatsby deveria ter tido a chance de vivenciar os resultados — continuou ela. — Quer dizer, Tom... ele é racista e abusivo. Ele e Daisy tiveram a chance de continuarem vivos.

— E Gatsby paga pelos delitos deles — declarou a dra. Quinn. — Mas o que estou perguntando é: quando você acha que Gatsby morreu de verdade: quando a bala entrou em seu corpo, ou em algum outro momento da história?

Parecia que toda aquela conversa fora criada para fazer o cérebro de Stevie trabalhar. Quando é que Hayes tinha morrido de verdade? Quando decidiu seguir a trilha até o cômodo cheio de gás? E quanto aos outros? Assim que Ellie entrou no túnel? Quando Fenton olhou para os cigarros sobre a mesa? Tudo fora disposto para eles pela mão de alguém, tão desencarnada quanto os olhos na capa daquele livro...

— Então, o que você acha, Stevie? — perguntou a professora.

— Não sei — respondeu Stevie com sinceridade. — Não sei como definir em que momento tudo começa ou termina. É como um ciclo.

A resposta foi estranha o bastante para fazer a dra. Quinn parar e pensar. A princípio, o olhar demorado predestinava uma bronca na frente da turma inteira, uma tão feia que faria o verniz escorrer das estantes de livro de mogno de tanta vergonha e constrangimento pela situação. Mas então algo mudou. A dra. Quinn mudou o peso do corpo para o outro salto alto e tamborilou a mão de unhas feitas na escrivaninha. Analisou Stevie mais profundamente. Parecia que queria desmontá-la e examinar seu funcionamento inteiro.

— Um ciclo — repetiu a dra. Quinn. — Algo que gira em círculo. Algo que anda para trás ao tentar andar para a frente. Algo que volta ao passado para encontrar o futuro.

— Exatamente — disse Stevie por impulso. — É preciso decifrar o passado para entender o presente e o futuro.

Stevie não fazia ideia do que a dra. Quinn estava falando, mas, às vezes, meio que por acidente, dá para acabar vibrando na frequência de outra pessoa. Dá para captar o sentido geral da coisa, mesmo que não o literal. Às vezes, isso é mais importante e mais informativo.

— Mas as respostas estão ali? — perguntou a dra. Quinn. — Foi certamente isso o que Gatsby pensou, e olha como ele acabou. Morto na própria piscina. Pense nesse trecho, de logo antes do tiro, enquanto o assassino se aproximava: "Ele deve ter erguido o olhar para um céu desconhecido através de folhas assustadoras e tremido ao descobrir como uma rosa é algo grotesco e como a luz do sol era crua sobre a grama rala. Um novo mundo, material sem ser real, onde pobres fantasmas, respirando sonhos como se fosse ar, flutuavam fortuitamente... como aquela figura cinzenta e fantástica deslizando na direção dele por entre as árvores amorfas."

Mesmo sem contexto quanto ao significado, as palavras hipnotizaram Stevie. Fantasmas respirando sonhos como se fosse ar, uma figura de cinzas se aproximando com, se Stevie estivesse acompanhando direito, um revólver. Uma pessoa buscando sentido no passado acabou morta.

Stevie olhou para a professora, em roupas de marca e requinte. Aquela mulher conhecia muita gente importante, recebera propostas de empregos em administrações presidenciais... e ali estava, ensinando sobre *O grande Gatsby* numa montanha. Por que recusar essas coisas para lecionar, para ser subalterna de Charles, um homem de quem parecia desgostar?

Será que a dra. Quinn a estava alertando, mandando uma mensagem para ela? Ou será que Stevie estava perdendo os parafusos, um por um?

— Leia o livro da próxima vez — disse a professora —, ou será penalizada.

Stevie pôde quase sentir a figura cinzenta às suas costas.

20 de abril, 1936

Flora Robinson e Leonard Holmes Nair estavam no pátio de pedra em frente ao salão de baile e ao escritório de Albert. Fazia uma semana desde que o telefone havia tocado e o mundo se estilhaçado. Albert passara a maior parte da semana no escritório com Mackenzie, cuidando do telefone, esperando notícias. Nada acontecera desde a noite em que ele baixara um saco de dinheiro em Rock Point, e cada dia de silêncio era mais ameaçador.

Ninguém os forçava a ficar, mas o mundo externo era selvagem, perigoso e cheio de pessoas que iam querer questioná-los, roer cada pedacinho de carne do osso da história. Então eles perambulavam ao redor da casa, fumavam e beliscavam os pratos intermináveis de sanduíche que a cozinha produzia para as multidões. Esperando que algo acontecesse. Qualquer coisa. A polícia vagava pela propriedade, cutucava buracos com varas, fazia ligações e espantava a imprensa e os curiosos.

Naquela noite, eles caminhavam pelo pátio enquanto observavam o sol se pôr contra as montanhas. Leo havia se cansado do silêncio.

— Iris me perguntou sobre o pai — disse ele enquanto passava um dedo pelo corrimão de pedra. Ele olhou para Flora, que deu uma longa e ansiosa tragada no cigarro. — Obviamente, eu não tinha nada a dizer. Mas andei pensando, Flo, querida...

— Não importa.

— Não *importava* — falou Leo. — Mas as coisas... poderiam se desenvolver.

— Nada vai se desenvolver. Elas vão ser encontradas. E pronto.

Leonard soltou um longo suspiro e apagou o cigarro na sola do sapato. Ele se aproximou da amiga e se sentou no parapeito.

— Vai ter muito falatório sobre a pequena Alice — disse ele em voz baixa. — Vai começar em breve. Eles estão se cansando de escrever a mesma coisa todo santo dia. Vão querer mais. A foto dela está em todos os jornais do mundo. E as pessoas podem acabar notando que ela não se parece muito com Albert ou Iris.

— Às vezes crianças pequenas não se parecem com os pais.

— Mas vão começar a perguntar por que Iris foi à Suíça para dar à luz...

— Para evitar a imprensa, essa era a história...

— Então algum repórter intrépido irá à clínica e começará a fazer perguntas. Não importa o quanto as pessoas foram bem pagas... alguém vai querer vender uma história.

— Não há nada de errado em adotar uma criança.

— *Claro* que não há nada de errado em adotar uma criança — disse Leo. — Não é uma questão de certo e errado. A questão é o mundo sedento por uma história. Ela é a criança mais famosa do mundo. E já que eu e você estamos nessa confusão juntos, talvez você queira compartilhar essa informação comigo. É para proteger você, Iris e Alice. Não é da conta do mundo. Quero saber para o caso de ter alguém por aí que também queira tirar uma grana com essa história. Só quero saber disso por você e pela Alice. Você me conhece. Sabe que guardo segredos de todo mundo.

Dois policiais passaram por perto, e a dupla parou de falar por um momento.

— Nunca houve problema — disse Flora quando eles se afastaram —, porque aqui ela teria o melhor lar possível. Seria rica. Ficaria em segurança. Teria o melhor do melhor. Albert pagará. Albert pagará e elas voltarão para casa. Elas...

Algo abaixo captou a atenção de Flora. Leo seguiu sua linha de visão. Abaixo deles, Robert Mackenzie e George Marsh davam a volta no lago ornamental e se aproximavam na direção deles. Então Leo enxergou. A linha da mandíbula de Alice. Os olhos azuis.

Tão parecidos com os de George Marsh.

— Então é ele — afirmou Leo em voz baixa. — Como foi que não vi antes?

— Não durou muito — respondeu Flora. — Algumas semanas. Você sabe como pode ficar entediante aqui quando o tempo muda.

— Ele sabe? — perguntou Leo.

Ela balançou a cabeça.

— Não. Não faz ideia.

— Que bom. Pelo menos não é provável que *ele* venda a história para qualquer um, mas é melhor que não faça ideia.

— Alice voltará para casa — declarou Flora, mais para si mesma. — Voltará para casa sã e salva e eles a levarão de volta a Nova York, para longe de mim, e nada desse tipo jamais voltará acontecer. Ela está a salvo. Sei que está. Tem que estar. Eu saberia se ela não estivesse. Eu *saberia*.

O sol se pôs no horizonte e os pássaros da montanha completaram suas últimas voltas do dia pelo céu. Leo pousou a mão no ombro da amiga. Ele queria dizer que tudo ficaria bem, mas seria mentira. Leo era muitas coisas, mas mentiroso não era uma delas.

— Vamos tomar uma xícara de chá — disse, enlaçando o braço com o dela. — Talvez algo mais forte. Vamos entrar. Está cheio demais aqui fora.

8

Quando Stevie voltou à Minerva, encontrou bolsas na sala comunal, incluindo a que comprara em Burlington.

— E você tem certeza de que não se importa em pegar a escada para o banheiro? — perguntava Pix. — Quero ter certeza de que tudo é acessível.

— Não tem problema — respondeu uma voz. — Eu consigo subir escadas. Obrigado.

Havia uma única muleta apoiada na parede do corredor. Um momento depois, Hunter emergiu do quarto que costumava pertencer a Ellie, ao lado do de Stevie.

Hunter não tinha muito em comum com a tia, exceto pelos olhos azuis. Havia algo solar nele, talvez fosse o loiro do cabelo ou as sardas. Ele sorriu quando viu Stevie, então pegou a muleta com o braço esquerdo e entrou na sala comunal.

— Oi — disse Stevie.

— Por essa eu não esperava — falou ele. — Que eu fosse me mudar para cá. Surpresa?

— Seu quarto fica ao lado do meu — informou ela. Era um simples fato, mas parecia estranho dizê-lo em voz alta. — Precisa de ajuda? Para se instalar, desfazer as malas ou...?

— Pode ser.

Ela o seguiu de volta para o quarto número três, no final do corredor, ao lado do banheiro da torre. O quarto não estava mais repleto de penas de pavão, roupas coloridas e tapetes, tintas e lápis de cor, livros de arte e fantasias de cabaré. Ainda dava para ver os trechos de poesia francesa que tinham sido pintados ilicitamente nas paredes; a equipe de manutenção precisava dar outra demão de tinta. Havia uma coisa que Stevie se lembrava claramente no quarto de Ellie: ela jogava as roupas íntimas no chão e morria de orgulho disso. Calcinhas sujas. Ela as jogava por ali com tanta facilidade quanto um cara jogaria suas cuecas boxers no chão. Onde antes elas ficavam agora havia sacolas de compras e lençóis novos ainda com as dobras da embalagem.

— Fiquei sabendo que você comprou algumas dessas coisas para mim — disse ele.

— Bem, foi a escola que pagou. Eu só escolhi.

Hunter pegou o casaco estofado pesado que ela comprara para ele e o vestiu.

— Valeu — disse ele. — É um casaco de respeito. Não temos casacos assim na Flórida. Parece que estou vestindo um colchão. No bom sentido.

Ele examinou os braços no casaco, então olhou ao redor para seus pertences espalhados. Não eram muitos. É fácil fazer as malas quando tudo o que se tem foi queimado num incêndio.

— Sinto muito — disse ela. — Pela sua tia. E por você. Por causa do incêndio. Você está... bem?

As palavras saíram atrapalhadas da boca de Stevie, como blocos de madeira.

— Valeu — respondeu ele. — Estou dolorido. Tenho algumas queimaduras, nada muito sério. Minha garganta doeu muito no começo, mas está melhorando também. Devo descansar esta semana, e depois vou ser seu vizinho encostado. Me deixaram morar aqui pelo menos até o fim do semestre. Depois a universidade deve arranjar um lugar para mim no campus. Vão suspender meus custos de alimentação e moradia e vão me deixar manter meu desconto, o que é legal. E, nesse meio-tempo, vou poder morar num lugar legal que sempre quis visitar. Honestamente, até que me saí bem...

Ele tirou o casaco e o pôs com cuidado na cama.

— Isso pegou mal — disse ele. — Não tem nada saindo bem. Fiquei parecendo um idiota.

— Tudo bem — respondeu Stevie, balançando a cabeça.

— Não, não está... — Hunter se sentou na beira da cama nova e olhou ao redor para o quarto vazio. — Eu não conhecia minha tia muito bem. Eu não... gostava de morar lá, sabe? Era sujo e fedia, e eu não conseguia ajudá-la. Estava pensando em voltar para casa. O desconto na mensalidade não valia a pena. É óbvio que o que aconteceu foi horrível, mas não posso agir como se fôssemos próximos. Só para você saber, essa é minha situação.

Esse era o tipo de sentimento que Stevie conseguia entender completamente.

— Você vai gostar daqui — falou ela. — Pix é legal.

— Ela é arqueóloga?

— E antropóloga. Ela coleciona dentes.

— Quem nunca — respondeu ele.

— E Nate é escritor, e Janelle cria máquinas. Ela vai fazer uma demonstração hoje à noite. Você deveria ir.

— Eu estou hospedado aqui — disse ele. — Não *estudo* aqui. Não sei se deveria ir a eventos.

— Você com certeza pode ir — afirmou ela. — Ver algo normal para variar.

— Para variar?

Foi provavelmente uma coisa estranha de se dizer. Mas eles estavam em Ellingham, afinal de contas.

— Pode ser — concordou ele. — Tá bom. Melhor aproveitar e conhecer meus novos colegas de casa e suas máquinas.

Ele sorriu para ela e, por um momento, Stevie pensou que talvez a vida aqui pudesse ser normal. Um cara equilibrado e feliz com reações razoáveis às coisas; essa poderia ser uma boa mudança. Talvez fosse o momento em que tudo mudasse para ela. Talvez agora a escola estivesse começando de verdade.

Quem sabe ela estivesse sobrecarregando o momento com mais expectativas do que ele aguentasse. No entanto, pensou Stevie, esse ano precisava ceder de alguma forma.

O celeiro de arte recebeu um bom público.

Além de Stevie, Vi, Nate e Hunter, um bom grupo de uns trinta alunos tinha aparecido para assistir, o que era impressionante, considerando que isso representava mais ou menos trinta por cento do corpo estudantil da escola. Ellingham era o tipo de lugar onde, se seu colega de turma fosse participar de uma competição de engenharia, um certo número de pessoas pararia de compor músicas, escrever livros, cantar óperas e fazer matemática avançada para dar uma olhada.

Kaz estava lá, é claro. Como coordenador do conselho estudantil, ele oferecia apoio a qualquer projeto com seu sorriso maravilhado que mais parecia uma cozinha americana cheia de armários brancos de um daqueles programas de reformas.

(Depois de meses aqui, Stevie sabia quase nada sobre o que o conselho estudantil fazia ou se ele sequer existia de verdade. Isso dizia algo ou sobre o conselho estudantil ou sobre Stevie. Ela suspeitava que fossem ambas as opções. Também não fora muito inteirada sobre o conselho estudantil da sua escola antiga. Sabia que houvera uma eleição e que os vencedores eram quatro pessoas de cabelo bonito. As promessas de campanha tiveram alguma coisa a ver com reciclagem, estacionamento e aquelas geladeiras onde dá para comprar refrigerante e lanchinhos. Eles foram isentos da proibição de usar celular durante o dia por causa de suas posições; Stevie às vezes os via caminhando apressadamente pelos corredores, digitando no celular com ar importante. Nada mudou em relação ao estacionamento, à reciclagem ou às geladeiras, então parecia que as eleições estudantis eram uma competição de popularidade envolta num finíssimo véu de legitimidade. Talvez Stevie só desconfiasse da política em geral por causa dos pais dela. Era um aspecto da sua psique que ela exploraria em outro momento, quando descobrisse todos os seus gatilhos de ansiedade e não estivesse tentando solucionar vários assassinatos. Todo mundo tem limites.)

Maris se esticou no chão, absorta numa conversa com Dash. Stevie notou que ela estava batendo os cílios na direção de Kaz. Ao lado deles estava Suda, da aula de anatomia de Stevie, usando um *hijab* azul brilhante. Mudge também estava lá, recostado num canto da sala.

— É esse tipo de coisa que vocês fazem aqui? — perguntou Hunter, olhando ao redor para os canos, pratos e mesas. — Quer dizer, minha escola de ensino médio até que era boa, mas não era assim.

— Nem a minha — disse Stevie.

— Essa *é* a sua escola.

— Minha antiga — retrucou ela, um pouco mais incisiva do que pretendia. — Digo, antes. Acho que até rolavam uns eventos, mas eu não ficava sabendo. Eu não... frequentava essas coisas.

— Você deve ter feito alguma coisa certa — respondeu ele. — Para acabar aqui.

Stevie nunca tinha pensado por essa perspectiva.

Quando pensava na antiga Stevie, a de Pittsburgh, tinha duas ideias separadas que nunca se encontravam. A primeira Stevie era antissocial e pouco esforçada. Não participava de nenhum clube, exceto por um semestre do nono ano, quando entrou para o coral e não cantou. Ela não gostava da própria voz, então só mexia a boca. Só entrou para o coral graças à pressão geral de ter algo para inserir numa inscrição de faculdade um dia. Não fazia esportes, não tocava nenhum instrumento. Talvez pudesse ter entrado para algum clube editorial, mas o anuário girava em torno de conhecer pessoas, e a revista era de poesia, então ambos estavam fora de cogitação. Ela chegou a comparecer a uma reunião do jornal para ver se funcionaria, mas ele era menos focado em jornalismo investigativo imparcial e mais em eventos esportivos e matérias sobre quantas bolas entraram onde e quem as colocou lá dentro. Nenhum clube parecia fazer seu estilo, então ela passou doze semanas fingindo cantar junto com uma melodia de músicas da Disney até que não aguentou mais e os pais lhe deram um longo sermão sobre como ela os estava decepcionando. Essa Stevie foi a pior.

Ainda assim, havia outra Stevie, a maior. Essa Stevie passava o tempo lendo tudo que encontrava na internet sobre assassinatos. Estudava livros acadêmicos sobre criminologia. Acreditava, realmente acreditava, que poderia solucionar o crime do século. E *tinha* solucionado.

Stevie nunca reunira essas Stevies para compor um retrato de si mesma; suas escolhas não tinham sido fracassos. Tinham sido escolhas. Só havia uma única Stevie, e essa Stevie *tinha valor*.

Toda essa informação entrou na cabeça dela de uma só vez. Hunter continuava olhando para ela. Stevie percebeu que estava com a boca ligeiramente aberta, como se essa profunda fusão de identidades quisesse se apresentar para o mundo pela primeira vez. Ela poderia ser como outras pessoas; como Janelle, que criava coisas, tinha interesses e um relacionamento romântico e real com Vi. Talvez Stevie também pudesse ser uma pessoa de verdade. Talvez pudesse se expressar, e essa nova Stevie totalmente consciente poderia nascer, bem naquele momento.

— Sei lá — ela se ouviu dizer em voz baixa. — Pode ser.

Talvez não pudesse, não.

Atrás deles, Germaine Batt entrou no cômodo do seu jeito silencioso e observador. Estava com sua roupa semiprofissional de novo: a calça preta e o blazer. Tinha prendido o longo cabelo num rabo de cavalo baixo que descia pelas costas. Ela olhou ao redor, viu Hunter e Stevie e se sentou perto deles. Estava segurando o celular, com o modo gravação ativado.

— Vai cobrir o evento? — perguntou Stevie.

— Não. Odeio histórias de interesse humano. Você é o sobrinho daquela mulher que morreu, não é? Você estava no incêndio.

Hunter a olhou com surpresa.

— Ai, meu Deus — disse Stevie. — É sério?

— Estava — respondeu Hunter.

— Você consideraria ser entrevistado? — perguntou Germaine.

— Acho... que sim?

Stevie queria interromper aquele desastre em câmera lenta, mas Janelle estava se posicionando na frente da máquina e parecia prestes a começar. Ela usava o vestido com estampa de limões e tinha enrolado o cabelo num lenço amarelo alegre. Ela sempre usava seus limões para dar sorte.

— Então — começou ela —, obrigada a todos por virem ver minha máquina! Deixe-me contar a vocês sobre Rube Goldberg. Ele foi um engenheiro que se tornou cartunista...

Os pensamentos de Stevie começaram a vagar, seguindo as voltas e curvas dos tubos, louças e pratos. Eles seguiam um rumo inesperado. David sumira. David nunca poderia sumir de verdade, porque ele vivia voltando à sua mente sem parar. Talvez ela precisasse de algo para empurrá-lo para fora. Será que esse algo era Hunter? Era isso que as pessoas faziam? Interessavam-se por alguém novo? Ela não sabia como ela e David tinham acabado juntos para começo de conversa.

— ... aí ele criou um personagem chamado Professor Butt, que...

Tinha sido como magnetismo. Era inexplicável, na verdade. Mas, quando Stevie estava perto de David, algo bambeava dentro dela. As fronteiras e os limites se embaçavam. Mesmo agora, ela apertou o celular na mão. Talvez ele telefonasse de novo.

— Então — disse Janelle —, aqui está a Lanchonete Perigosa!

Ela se abaixou e apertou a alavanca da torradeira. As bolinhas começaram sua jornada ao redor dos copos, pires e pratos, e foram descendo pelos meio canos, por cima do pequeno chef. A plateia respondeu bem, com sons de satisfação e algumas risadas. Janelle permaneceu ao lado da máquina, apertando as mãos com força. Ela assentia à medida que cada processo funcionava exatamente da maneira como programara, à medida que cada peso, cada pilha, cada tudo fazia sua parte. A última bola estava chegando ao fim. A máquina de refrigerante foi acionada. Os três vasos de plástico começaram a se encher. Dessa vez, Stevie estaria pronta quando a arma disparasse e o ovo fosse atingido por uma série de balas de tinta. Ela se concentrou.

Só que...

O que aconteceu a seguir foi tão rápido que Stevie mal teve tempo de registrar. Houve um estrépito alto de coisas se chocando, um sibilo. Alguma coisa estava se mexendo, voando. Houve um barulho ensurdecedor quando todos os pratos caíram ao mesmo tempo, e um objeto voava a toda velocidade na direção deles. Ela caiu para trás em cima de alguém quando um grito irrompeu pela sala.

Quando o estrépito finalmente parou, Stevie ergueu os olhos da pilha de pessoas em quem aterrissara. Um cartucho rolava pelo chão. Além disso, havia um silêncio pesado e confuso. O chão estava coberto de partes da máquina de Janelle em ruínas, pilhas de pratos e copos colados um ao outro e estilhaçados. Do outro lado do cômodo, uma voz gritou de dor. Então outras pessoas arfaram, alarmadas.

Stevie baixou os olhos para si mesma. Havia um pouco de pó fino de vidro no moletom dela, mas, fora isso, não estava muito pior do que antes. Nate, Hunter e Vi estavam na mesma, mais atônitos do que qualquer coisa. Vi correu imediatamente para Janelle, que estava parada num estado de horror silencioso e confuso.

Suda, a garota com o *hijab* azul-esmeralda, levantou num pulo. Ela correu direto para as pessoas machucadas e começou a avaliar os ferimentos. Prosseguiu rapidamente para Mudge e se ajoelhou ao lado dele. O amigo alto e gótico de Stevie, que sempre a ajudava na aula de anatomia, estava curvado sobre o braço, chorando baixinho.

Era o fim da demonstração.

9

— Então — disse Hunter, quebrando o silêncio. — Que noite estranha, hein?

— Não muito — respondeu Nate, remexendo o fundo de uma grande tigela de pipoca em busca de algum pedaço estourado que não fosse um milho duro disfarçado. — É bem assim mesmo por aqui. Alguma coisa terrível acontece e todo mundo volta para cá e fala de como foi terrível. A gente não aprende.

Stevie deu uma cotovelada suave, porém firme, nas costelas dele. Estava sentada ao lado dele no sofá, enquanto Hunter ocupava a rede, balançando-se de leve enquanto o fogo estalava na lareira. Do outro lado da sala, Janelle conversava com Pix. Ela chorara praticamente sem parar por todo o caminho de volta até a casa.

— Eram cartuchos padrão de armas de paintball — disse ela, chorosa.

— Tudo bem — respondeu Pix, com um braço sobre os ombros de Janelle. — A culpa não é sua.

— A culpa *é* minha — retrucou Janelle, com lágrimas voando ao pronunciar as palavras com força. — Eu construí a máquina. Sou responsável pelo que construo. Os tanques estavam com a pressão certa. Os reguladores estavam ajustados num nível bem baixo. Não entendo o que houve. Essa máquina era totalmente segura. É tudo inofensivo. Fiz dezenas de testes.

Pix não conseguia pensar em nada para responder e, por um momento, ninguém mais conseguia. Então Hunter se pronunciou.

— Cartuchos de dióxido de carbono são bem comuns — declarou ele. — As pessoas têm isso nas cozinhas. Aquelas máquinas de bebida gaseificada?

— Cartuchos de dióxido de carbono? — repetiu Stevie.

— Foi isso que você usou? — perguntou Hunter. — Ou outro tipo de cartucho?

— Dióxido de carbono — confirmou Janelle. — Pois é, as pessoas usam isso para fazer *bebida com gás*.

Stevie começou a tremer um pouco.

— Já volto — disse ela.

Ela saiu correndo a mil por hora para o quarto e tirou o casaco, o roupão e outras roupas dos ganchos, que estavam escondendo os papéis adesivos que havia colado na noite anterior. Ela olhou para os azuis.

Hayes Major: intoxicação por CO_2
Ellie Walker: hipotermia/desidratação/clausura
Dra. Irene Fenton: incêndio doméstico

Pegou o bloquinho de papéis azuis e adicionou mais um.

Máquina de Janelle: acidente com tanque de CO_2

Não havia mais dúvida agora. Alguém estava por trás daquilo. Uma mão silenciosa que virava as coisas na direção errada. Havia movido o gelo, fechado as portas, virado a maçaneta e agora, talvez, a mão tivesse adulterado a máquina de Janelle.

Mas por que alguém ia querer estragar uma máquina de Rube Goldberg? Ela encarou furiosamente os quatro papéis, exigindo que falassem, que esclarecessem o cenário. O que Hayes, Ellie, a dra. Fenton e... alguns *alunos aleatórios* têm em comum?

Bem, em dois casos, Janelle.

O crachá de Janelle fora usado para pegar o gelo seco. Janelle tinha acesso a ele porque estava construindo sua máquina, uma máquina que agora estava destruída. Mas essas duas coisas não tinham nenhuma conexão com o que acontecera com Ellie ou a dra. Fenton, a não ser que houvesse um assassino por aí com a missão de arruinar alguns projetos de alunos de Ellingham.

Stevie destacou mais alguns papéis adesivos e listou toda as coisas que lhe passavam pela cabeça.

Crachá da Janelle

A mensagem na parede

Acidentes com CO_2

Houve uma leve batida na porta, então Nate entrou com as costas curvadas. Stevie pegou o roupão e algumas toalhas e fez uma meia tentativa de pendurá-los de volta para cobrir a parede, mas Nate já tinha visto.

— Você não acha que foi um acidente — disse ele. — Sempre que você sai de um cômodo desse jeito é porque acha que a coisa ruim que acabou de acontecer não foi um acidente. É sua marca registrada.

— E você acha? — perguntou ela, desistindo e jogando o roupão para o outro lado do quarto, onde errou a cama por vários metros e se espalhou dramaticamente no chão.

— Não — respondeu Nate, avançando e se sentando na cadeira barulhenta da escrivaninha. — Não acho que nada mais é acidente. Nem eu sou tão fatalista assim. Mas eu acho, sim, estranho o fato de alguém ou algo odiar esse lugar em particular. Parece que estamos vivendo numa parábola.

— E qual a mensagem dessa parábola?

— Sei lá. — Nate girou a cadeira. — Não vá para a escola?

— Está bem na minha frente e não consigo enxergar — disse Stevie, meneando a cabeça. — Somos famosos por ser a escola dos assassinatos. Existe toda uma *lenda* sobre esse lugar. Não é mais fácil fazer coisas ruins num lugar onde coisas ruins deveriam acontecer? Todas essas pessoas morreram aqui, e existe um motivo. Talvez até o mesmo motivo. Talvez haja uma linha que ligue 1936 diretamente até hoje.

Ela abriu uma gaveta da cômoda e pegou a lata de chá surrada que encontrara no quarto de Ellie, a lata que a tinha permitido solucionar o caso do Cordialmente Cruel. Abriu-a com cuidado, tirou seus conteúdos e os espalhou sobre a cômoda ao lado da escova e do desodorante.

— Um pedaço de pena branca — disse ela, erguendo-a. — Um batom. Um broche de strass. Uma caixinha esmaltada em formato de sapato. Um pedaço de tecido rasgado. Fotos. E um poema. Alguém colecionou essas coisas lá em 1936 e as escondeu. É lixo. Mas é o que pistas são. Pistas são lixo. São coisas que voam para fora do carro quando ele se envolve num acidente. Assassinato faz sujeira, e é preciso usar lixo para descobrir o que está acontecendo. De alguma forma, essa merda nos traz até agora, e esses acidentes com dióxido de carbono, fogo e pessoas enclausuradas. Essa escola não é amaldiçoada. Essas coisas não existem. A não ser que dinheiro seja uma maldição.

— Meio que é — comentou Nate. — Não que eu tenha algum. Bem, até tenho um pouco. Do livro. Na verdade, eu tenho. Não sei o que fazer com ele. Preciso pagar *imposto*.

— Dinheiro — continuou Stevie. — Os sequestros foram por dinheiro. Se Fenton tivesse razão, se existe algum testamento por aí que diz que alguém vai receber uma fortuna se encontrar Alice morta ou viva...

— Mas Charles não disse que isso não existia?

Stevie encarou os itens sobre a cômoda. As pedras brilhavam. Ela rolou o batom com o dedo, para a frente e para trás.

— Existe algo grande que cola todas essas coisas umas nas outras — falou ela. — Não sei como encontrá-lo. Não sei o que fazer. Não sei como investigar um caso. Quer dizer, já li sobre o assunto, mas não tenho um laboratório forense. Não tenho acesso ao banco de dados da polícia nem a habilidade de interrogar pessoas. Posso olhar para coisas do passado, mas não sei bem como fazer isso no *agora*. Isso é real. Está acontecendo.

— Conta para alguém — sugeriu Nate.

— Contar que acho que existe um grande assassino malvado se esgueirando por aí e mostrar todos os meus Post-its?

— Acho que sim?

Houve uma batida, e a porta se entreabriu. Hunter enfiou a cabeça loira-escura no vão e mordeu os lábios com nervosismo.

— Posso entrar? — perguntou ele. — Estou me sentindo desconfortável porque Janelle está muito chateada, e não quero que ela pense que fico só ignorando ou encaran...

— Claro, claro... — Stevie se pôs na frente dos papéis adesivos e tentou se inclinar casualmente. Hunter já tinha visto a lata antes, então isso não era problema; mas talvez ele não estivesse pronto para a parede conspiratória da morte.

— Acho que esse negócio da máquina vai ser um problema — afirmou ele.

— Talvez não — respondeu Stevie. — A escola já precisou lidar com coisa pior. Não é como antigamente, quando tudo estava nas notícias e havia muita pressão. Desde que...

— Isso conta como notícia? — perguntou Hunter.

Ele mostrou o celular. A manchete declarava em alto e bom som:

OUTRO ACIDENTE EM ELLINGHAM: MATÉRIA EXCLUSIVA DO *RELATÓRIO DE BATT*

— Germaine — falou Stevie. — *Germaine*.

O resultado final veio por meio de uma mensagem para toda a escola que chegou às sete horas da manhã seguinte e despertou Stevie de seu sono inquieto com um alerta do celular. Ela fora para a cama de moletom de novo e o celular acabou solto em algum lugar entre as cobertas, exigindo sua atenção. Antes que conseguisse encontrá-lo para ver o que a mensagem dizia, Janelle estava na porta dela em seu pijama de gatos e com os olhos cheios de lágrimas.

— Ai, meu Deus — disse ela. — Eu fechei a escola.

— Oi? — falou Stevie.

Janelle se jogou na cama ao lado de Stevie, pegou o próprio celular e caiu em prantos.

Reunião geral da escola às nove horas. Presença obrigatória. Todas as aulas estão canceladas. Por favor, reúnam-se no refeitório.

Pouco tempo depois, o pequeno grupo da Minerva se juntou à migração pelo campus. Janelle tinha acabado de parar de chorar. As mãos de Nate estavam tão afundadas nos bolsos que deviam chegar aos joelhos. Vi esperava na porta da frente para acompanhá-los. Elu estava de camisa e gravata e tinha feito algumas flores de papel para Janelle a fim de animá-la. Hunter também foi com eles. Ele não era aluno e não precisava ir. Ainda estava se sentindo novo e sem graça e não sabia bem como se enturmar, então se juntou ao grupo.

— É tudo culpa minha — disse Janelle, fungando. — Seja lá o que esteja prestes a acontecer.

— Não é, não — respondeu Vi. — E nem deve ser nada. Eles provavelmente vão estabelecer algumas políticas novas, ou talvez seja sobre a neve. Essa tempestade vai ser gigante.

Elu pegou o celular e deu uma olhada rápida na previsão do tempo.

— Olha — continuou. — Previsão atualizada, até 91 centímetros, com ventos fortes e baixa visibilidade. Vai começar a nevar amanhã de manhã, inicialmente de cinco a sete centímetros por hora e vai se intensificar bem depressa.

— É culpa minha — repetiu Janelle.

Quando o grupo se preparava para atravessar o gramado, Hunter parou.

— Preciso pegar o caminho cimentado, se não for problema — anunciou ele. — Encontro vocês lá.

— Por que a gente não segue pelo gramado — sugeriu Vi para eles, lançando um olhar cheio de significado que dizia: *Me dê alguns minutos com ela.*

— Claro — respondeu Stevie. — Vamos pegar o caminho e encontramos vocês lá.

Vi e Janelle atravessaram a grama, e Hunter, Nate e Stevie viraram para dar a volta na entrada para carros.

— Desculpa — disse Hunter —, minha muleta prende na grama o tempo todo.

— Não precisa pedir desculpa — retrucou Stevie. — Acho que eles precisavam conversar de qualquer maneira.

— O que você acha que está rolando? — perguntou Hunter.

— Nada de bom — respondeu Nate. — Não existem assembleias de emergência boas. Não aqui.

Ellingham inteira estava presente no refeitório. Uma fogueira estalava na grande lareira na frente do cômodo, na área de estudos aconchegante com poltronas. A maioria das pessoas estava sentada ali, jogada em todas as superfícies, algumas ainda de pijama e casacos de moletom. Havia uma forte energia pulsante no cômodo. Professores perambulavam com xícaras de café. Vi e Janelle ocupavam uma mesa. Vi tentava convencer Janelle a comer um pouco de panqueca, mas não estava funcionando. A algumas mesas de distância, com o rosto colado à tela do laptop, Germaine Batt assistia a alguma coisa com atenção.

— Já volto — disse Stevie para Nate e Hunter.

Ela se aproximou da mesa de Germaine e se sentou. A garota não ergueu o olhar.

— Nem pense — falou Germaine.

— Nem pense no quê?

— Nem pense em me dizer que eu não deveria ter publicado a matéria. Não falei que foi culpa de Janelle.

— Você disse que a máquina dela explodiu — argumentou Stevie. — O que nem é verdade.

— Você viu o que aquele troço fez? Quebrou o braço do Mudge.

— Mas não explodiu. Ela...

Germaine fechou o laptop com firmeza e encarou Stevie.

— Olha — disse ela. — Sei que Janelle está chateada. Eu contei a história. Só isso. Assim como você investigou a morte de Hayes. E no que aquilo deu?

Stevie sentiu como se tivesse levado um soco na cara. Ela quase cambaleou fisicamente. Inclinou-se para trás, levantou e, atordoada, voltou para a mesa do seu grupo. Me Chame de Charles e a dra. Quinn entraram depressa no cômodo. Eles conversaram com alguns professores perto da porta, todos com expressões sérias.

— Nada bom — sussurrou Nate para Stevie.

Charles foi para o meio da área de estudos e subiu numa mesa baixa de madeira maciça.

— Todo mundo pode se juntar ou olhar para cá? — pediu ele.

O cômodo silenciou bem depressa. Stevie conseguia ouvir o fogo estalando a uma boa distância.

— Pedimos para todos virem aqui essa manhã para podermos ter uma conversa — começou ele. — Esse semestre tem sido um dos mais difíceis da história da escola. Nunca vivemos nada desse tipo, pelo menos não nas últimas décadas. Estamos de luto pela perda de dois amigos. Essas perdas geraram conversas seríssimas; conversas sobre segurança, tanto física quanto emocional. Sentimos que a escola e todos vocês se beneficiariam com a continuação do semestre. No entanto...

No entanto, era ruim. Muito ruim.

— ... e quero reforçar que não é culpa de ninguém...

Janelle tossiu para disfarçar um soluço choroso.

— ... chegamos à dificílima decisão de que este semestre deve ser encerrado.

A onda que se espalhou pelo cômodo foi um evento sônico como Stevie nunca vivenciara. Foi um arfar coletivo que pareceu sugar todo o ar do ambiente, seguido de uma exclamação, um choramingo, um "puta merda" e vários "ai, meu Deus".

— O quê? E o que a gente vai fazer? — Isso veio de Maris.

Ela estava sentada no chão ao lado da lareira, enroscada como um gato com uma calça de pijama preta aveludada e um casaco de moletom enorme e peludo. Ela ergueu os olhos feito uma heroína trágica num filme mudo.

— Vocês vão fazer o seguinte — respondeu Charles. — Primeiro, não precisam se preocupar com seus estudos. Vamos dar um jeito de todos vocês terminarem o semestre à distância. Seus créditos acadêmicos não serão afetados. Nenhum.

Um suspiro aliviado veio de um canto.

— Normalmente, íamos querer lhes dar tempo para processar, para conversar, mas existe um fator que complica essa questão. Tenho certeza de que souberam da nevasca que se aproxima. Parece que vai ser feia. A essa hora amanhã, as estradas estarão intransponíveis. Então, infelizmente, vamos precisar começar a nos mudar hoje à noite...

Tudo girava ligeiramente. O cômodo pareceu se alongar. Stevie ergueu o olhar para o telhado pontudo com suas vigas de madeira que faziam a construção parecer uma cabana de esqui ou algum tipo de retiro nos Alpes. Ela sentia o cheiro do xarope de bordo quente, da lareira e daquela catinga estranha que todos os refeitórios têm, não importa o quanto se esforcem para que não tenha.

— Sei que não é muito tempo — continuou Charles. — Vocês não precisam se preocupar com nenhum deslocamento; vamos providenciar e pagar por tudo. Para os que precisam de voos, já estamos os agendando.

Os aviões continuarão decolando do aeroporto hoje à tarde e à noite, e foi por isso que tivemos que nos reunir agora de manhã. Para quem pode ir para casa de carro ou trem, também já cuidamos disso. Não precisa se preocupar em guardar todos os pertences. Levem o que precisam para a semana e mandaremos entregar o restante. Vamos mandar mensagens com todas as informações de viagem...

— A gente vai voltar? — perguntou outra pessoa.

— Essa pergunta continua em aberto — respondeu ele. — Espero que sim.

Ele prosseguiu por mais uns cinco minutos, falando sobre comunidade e emoções. Stevie não ouviu nada. O cômodo continuou a se distorcer, e sua pulsação disparou. Não tinha pensado em trazer a bolsa de remédios, então fechou os olhos e respirou. Inspira por quatro. Segura por sete. Expira por oito.

Pix entrou quando eles estavam saindo. Ela abraçou todo mundo, menos Nate, que não abraçava.

— Tenho um voo pra São Francisco às duas da tarde — anunciou Vi, encarando o celular.

— O meu é às quatro — disse Janelle.

As duas se abraçaram. Stevie sentiu o celular vibrar no bolso, mas se recusou a olhar.

— Encontro vocês em casa em alguns minutos — falou Pix. — Sinto muito. Vai ficar tudo bem.

Mas não ia, é claro que não ia.

Voltaram para a Minerva numa procissão lenta e silenciosa. Vi os acompanhou, andando de mãos dadas com Janelle. Stevie tinha decorado aquela frase de *O grande Gatsby* que a fascinara tanto. Não fora de propósito; ela apenas a lera várias vezes e agora a sentença estava presa e ficava passando por sua cabeça enquanto olhava para o alto: *Ele deve ter erguido o olhar para um céu desconhecido através de folhas assustadoras e tremido ao descobrir como uma rosa é algo grotesco e como a luz do sol era crua sobre a grama rala.*

Ela ainda não sabia exatamente o significado, mas as palavras a assustavam. Fizeram com que percebesse que havia corredores ecoantes dentro dela mesma que ainda não explorara, que o mundo era grande e que objetos mudavam ao serem examinados. Esse não é o tipo de coisa em que se quer pensar quando seus sonhos de escola, fuga e amizade tinham — enfim — explodido de vez. Tudo era o último. A última vez que caminhavam em grupo do refeitório para casa. A última vez que passava o crachá. A última vez que empurrava a grande porta azul. A última vez que olhava para os espetos estranhos dos sapatos de neve, para a cabeça de alce e para David sentado no sofá roxo afundado...

David. Estava sentado ali. Com as mãos dobradas no colo, uma mochila enorme aos pés, com seu casaco de Sherlock de dois mil dólares e um sorriso sábio.

— Oi, gente — disse ele. — Sentiram saudade? Fechem a porta. Não temos muito tempo.

Setembro, 1936

Era muito estranho ver um lago desaparecer. De hora em hora, ele ia afundando para fora do campo de visão. No café da manhã, Flora Robinson tinha ido até a ilhazinha para se despedir. Depois do almoço, ele já não tinha a mesma aparência e exibia uma borda de pedra lodosa e escorregadia. Às dezesseis horas, dava para ouvir um sibilo enquanto ele continuava a afundar. Folhas se aglomeraram sobre a superfície decrescente. Quando o sol se pôs, não sobrara nada.

O lago sofreu tal destino porque um médium famoso ligara para o *New York Times* e dissera a um repórter que Alice Ellingham nunca sequer saíra de casa; que ela estava no fundo do lago do jardim. Albert Ellingham não acreditava em médiuns, mas depois de quatro noites sem dormir, disse a Mackenzie para ligar para os engenheiros e drenar o lago. Não foi uma tarefa difícil. Ele era alimentado por uma série de canos que traziam água de um ponto mais alto da montanha; outro cano descia pela montanha e desembocava dentro do rio. Bastava fechar o cano de entrada e abrir o de saída e... adeus, lago.

À medida que o lago se esvaía, o mesmo acontecia com a vida de Flora, drenada de beleza e completude. Aonde quer que Flora fosse, ela era "aquela mulher que estava lá naquela noite" ou "uma recepcionista de bar clandestino conhecida da família". Nunca o que de fato era: uma amiga. A amiga. A melhor amiga de Iris no mundo todo. A pessoa que realmente sofreu com a morte dela. O mundo pode ter visto fotos dos conhecidos de Iris de Nova York fazendo show no funeral na Catedral de São João, das plantações inteiras de rosas e íris e grandes buquês de lilases (seu aroma favorito) que encheram a igreja. Houve estrelas de cinema que pegaram aviões da Califórnia para prestar homenagem à esposa do empregador deles. Integrantes da Filarmônica de Nova York tocaram ao lado do caixão dela, e a mezzo-soprano Clara Ludwig cantou "Ave Maria". Todo mundo chorou.

Muitos fotógrafos foram levados na procissão de limusines Rolls--Royce Phantoms com véus pretos que serpentearam pelo Central Park até o almoço no Plaza. De lá, o clima se transformou em incontáveis taças de champanhe e torres de canapés. Era um dia de verão deslumbrante, com a brisa quente entrando pelas janelas. Os enlutados comparavam vestidos, carteira de ações e planos de férias. Muitos tinham ido direto de suas casas de veraneio. Como era terrível enfrentar a cidade nesse calor!

Flora se movia como um fantasma. Não comia canapés nem bebia champanhe. Usava preto, suava na roupa e foi vomitar duas vezes. Quando o espetáculo acabou, ela e Leo caminharam, entorpecidos, pelo Central Park. O dia não acabava nunca, recusava-se a ceder para a noite. O céu parecia inchar, e um pequeno grupo de fotógrafos os seguiu à distância até eles saírem do parque e fugirem num táxi para o apartamento de Leo. Ele lhe deu algo para ajudá-la a dormir.

Meses mais tarde, ela ainda era aquele fantasma. Agora assistia ao resto do lago da amiga desaparecer para dentro de um cano e deixar para trás uma bacia vazia de pedras. Ela estremeceu e fechou as cortinas. Virou-se para George Marsh, que estava sentado do outro lado do cômodo, lendo um jornal. Ele o dobrou e ergueu os olhos para Flora.

— Acabou? — perguntou ele.

— Acabou.

— Já fui lá fora duas vezes. Vamos analisar centímetro por centímetro, mas não acho que haja nada a ser encontrado.

Flora foi para o salão principal, onde Leonard Holmes Nair estava sentado num divã ao lado da grande lareira. Um romance se equilibrava frouxamente na ponta dos seus dedos, mas ele não parecia estar lendo. Seu foco estava na sacada do segundo andar.

— Tem alguma coisa acontecendo. — Ele acenou com a cabeça na direção da sacada. — Uma sequência de caixas e caixotes vem chegando nas últimas horas. Albert supervisionou todos e os encaminhou para o quarto da Alice. Alguns eram enormes. Fui ver do que se tratava, mas ele me enxotou da porta. Não o vejo tão animado há anos. Ele estava *sorrindo*.

Flora se sentou ao lado do amigo e olhou para cima. Era um desenrolar estranho e não totalmente bem-vindo. Em pouco tempo, Albert Ellingham apareceu e se debruçou sobre o parapeito.

— Flora, Leo, venham ver. Tragam George. Está pronto. — Albert estava quase pulando de empolgação. — Venham para o quarto da Alice.

Flora não entrava no quarto da menina desde o sequestro. Ele era preservado com perfeição. As cortinas de renda eram abertas todas as manhãs e fechadas todas as noites. Lençóis e cobertas eram regularmente trocados. Os bichos de pelúcia esperavam em fila. As bonecas eram espanadas e acomodadas em suas cadeiras. Roupas novas de tamanhos maiores eram compradas a cada estação para aguardar a volta de Alice. Disso tudo, Flora sabia. Mas agora havia outra coisa, algo que dominava o centro do quarto, que quase o preenchia. Era uma réplica da casa onde estava: o Casarão, representado em miniatura.

— Foi feito em Paris — disse Albert, andando ao redor da casa e olhando para dentro das janelas. — Encomendei há dois anos e finalmente chegou. Esplêndida, não é?

Leo tentou disfarçar o horror com uma expressão neutra, mas não conseguiu. Albert não pareceu notar. Ele foi até a lateral da enorme casa de brinquedo, puxou uma alavanca e a abriu. O interior do Casarão se revelou como um paciente numa mesa de cirurgia, com as entranhas expostas.

— Vejam — falou Albert. — Vejam os detalhes!

Havia um salão de entrada enorme, encolhido, com suas escadas e lareira de mármore recriados com fidelidade. Minúsculas maçanetas de cristal reluziam em portas do tamanho de uma mão. Havia a sala da manhã com o papel de parede de seda e decoração francesa, o salão de baile com suas paredes heterogêneas. No escritório de Albert, as duas minúsculas escrivaninhas tinham papéis que pareciam selos sobre o tampo e telefones que Flora poderia equilibrar na unha do polegar. O mesmo no andar de cima: o closet de Iris em cinza-claro. Quarto depois de quarto, inclusive o que estavam naquele momento. A única coisa que a casa de bonecas não tinha era uma miniatura de si mesma.

— Pedi que trabalhassem a partir de fotografias e, meu Deus, que obra incrível criaram. Eu disse, Leo. Eu disse, quando ela nasceu, que lhe daria a melhor casa de bonecas do mundo.

— Disse mesmo — respondeu Leo, com a voz seca.

— O que acha, Flora? — perguntou Albert.

— É um assombro — disse ela, forçando-se a engolir a bile que subiu pelo fundo da garganta.

— Sim. — Albert esticou as costas, com as mãos nos quadris, enquanto avaliava a casa por inteiro. — Sim. Sim, é mesmo.

Algo em seu jeito bem-humorado sugeria que essa casa de bonecas, de alguma maneira, mudaria as coisas. Alice não estava ali, mas a casa de bonecas chegara; e se a casa de bonecas chegara, Alice deveria vir em seguida. Uma lógica inebriada e distorcida como numa casa de espelhos.

— Sabe — prosseguiu ele —, eu estava construindo algo espetacular para Iris também, para o aniversário dela. Ela ficou tão encantada com o que vimos na Alemanha que pensei... Bem. Não importa agora. O que importa é que o presente da Alice está aqui.

— Sabe de uma coisa, Albert? — falou Leo, olhando para Flora e Marsh em busca de apoio. — Acho que isso pede uma comemoração. Por que não descemos e comemos alguma coisa? O que acha?

— Sim — respondeu Albert. — Acho que eu deveria comer alguma coisa. Montgomery pode me arranjar um ou dois sanduíches de presunto.

Ele espalmou a mão nas costas de Leo para guiá-lo para fora do quarto. Flora queria sair, mas a presença da casa de bonecas a paralisava. George estava agachado, examinando os moveizinhos do escritório.

— Já vou — disse ela. — Quero olhar um pouco mais.

— Claro, claro! — exclamou Albert. — Olhe à vontade!

Quando Albert e Leo já tinham saído, George Marsh esticou as costas e se virou para Flora.

— Olha isso — falou ele, apontando para o quarto de cima.

Sentados na cama, numa fileira caprichada, havia três figuras de porcelana: uma de Albert, uma de Iris e uma de Alice, sentada entre eles.

— Deus do céu — comentou ela.

— Pois é. Eu queria poder tacar fogo nisso.

Ele devia estar sentindo a mesma estranheza nauseante, essa paródia da realidade. Deve ter sido isso — essa distorção — que a fez falar tão subitamente.

— Alice — disse ela. — Você sabe? Eles chegaram a te contar?

— Me contar o quê? — perguntou George.

Flora esfregou a testa com a mão.

— É um segredo, mas achei que você fosse saber. Eles nunca contaram?

— Contaram o quê?

— Ela é filha de Albert e Iris, mas é... — Flora balançou a mão no ar por um momento. — Iris não a pariu.

— Então quem foi?

— Eu.

Ela esperou um momento enquanto a informação era recebida. George ergueu a cabeça bruscamente.

— Pense na época em que ela nasceu, George — disse Flora. — Pense. Quatro anos atrás.

George piscou uma vez, muito devagar, então se voltou de novo para a casa de bonecas.

— Tem certeza? — perguntou ele.

— Sem a menor dúvida — respondeu Flora. — Acordei numa manhã e vomitei bem na lixeira do quarto. Não tinha saído na noite anterior. Fui ao médico e ele confirmou. Contei a Iris. Ela sempre quis um filho, mas não conseguia engravidar. Era a solução perfeita para todo mundo. Nada faltaria para a criança. Então fomos juntos para a Suíça. Há clínicas lá, particulares, onde todo mundo sabe guardar segredo. Não é que houvesse qualquer problema com o fato de Alice ser adotada. Eles só queriam privacidade. Não queriam que o mundo inteiro contasse para ela. Foi tudo tão perfeito.

Os minúsculos lustres piscaram quando um raio solitário do sol do fim de tarde atingiu suas gotinhas de cristal. George enfiou as mãos no bolso e olhou para a casa, sem se mexer ou falar por algum tempo.

— Eu teria me casado com você — afirmou ele por fim. — É o que se faz.

Flora riu ao ouvir isso; uma risada estranha e rouca.

— Já passou pela sua cabeça que eu não ia querer me casar com *você*? — perguntou ela. — Nós nos divertimos, George, mas você nunca teve intenções sérias. Nem eu.

— Eu tenho uma filha — disse ele.

— Não — respondeu ela. — *Eu* tenho uma filha. E me certifiquei de que ela ficasse em segurança. Ou tentei.

Ela enlaçou o próprio corpo com os braços e esfregou as laterais. Estava com frio e confusa. Nunca planejara ter essa conversa. Agora que havia despejado a informação, não tinha mais nada a adicionar. Ela saiu da sala, com os saltos estalando alto contra o piso de madeira.

George ficou sozinho, encarando a casa de bonecas. Ele enfiou a mão lá dentro, como um gigante, e pegou a minúscula Alice de porcelana. Mesmo nessa forma, conseguia enxergar as semelhanças. Tinha os olhos dele.

Ele deixara a própria filha ser sequestrada.

Ela estava desaparecida, em algum lugar do mundo, com os homens que ele contratara. Os homens que haviam matado a mãe dela.

George Marsh sempre quisera encontrar Alice, mas, naquele momento, essa tarefa se tornou o único foco da vida dele.

10

Já houve várias ocasiões em que um integrante da família King — seja Edward ou David — decidiu aparecer de repente na vida de Stevie. A cada vez, ela sentiu como se ganchos de metais saíssem do chão, envolvessem seus pés e a prendessem no lugar.

— Quem é você? — perguntou David. — Já nos conhecemos, não é? Você é o novo eu?

Isso foi para Hunter, que estava encarando o rapaz que ele tinha visto sendo espancado numa rua de Burlington. Os hematomas ao redor do olho esquerdo ainda estavam escuros e inchados, alguns verdes, outros de um preto-azulado. O corte, que descia das têmporas até a bochecha, tinha cara de que precisava ter levado pontos, mas não levou, e estava um pouco aberto onde a pele nova se costurava sozinha. Mas o sorriso largo era o mesmo, e o hematoma destacou a cor escura dos olhos dele.

— É, não faço ideia do que está acontecendo — respondeu Hunter.

— O que você está fazendo aqui? — perguntou Janelle. — Achei que tivesse ido embora.

— Entrei pela janela do banheiro — declarou, como se fosse óbvio.

— Olha, a última coisa que a gente precisa agora é da sua palhaçada.

— Normalmente eu concordaria. Mas hoje tenho algo muito importante, e precisamos conversar rápido, e não aqui. Lá em cima.

— A escola está *fechando* — disse Janelle.

— Eu sei. É por isso que vim. Sério. A gente pode subir, agora? Você pode gritar comigo ou que seja, mas tenho algo muito, muito importante para conversar com vocês.

— A gente tem que...

— Não sei se Stevie contou para vocês, mas sou filho do Edward King.

Isso foi uma surpresa para Vi e certamente para Hunter, que estava tendo uma apresentação estranha à vida na Minerva.

— Mentira — falou Vi.

— É sério. Olha para a minha cara. — David passou um dedo pela linha do maxilar não machucado dele. — Está vendo? Viu a semelhança?

— Ai, meu Deus — respondeu Vi.

— É. Tive a mesma reação. Querem impedir um homem ruim de se tornar presidente? Se quiserem saber mais, venham comigo. Se não, vão guardar o sabonete líquido de vocês.

Isso resultou em silêncio no grupo.

— Ganhei a atenção de vocês agora? — continuou ele. — Que bom. Subam.

Ele se levantou e pendurou a mochila gigantesca no ombro. Ela fez um barulho alto de coisas se chocando. Ele seguiu pelo corredor e deixou o resto do grupo para trás.

— Do que ele está falando? — perguntou Janelle a Stevie.

— Não faço a menor ideia — respondeu ela. — Mas acho que deveríamos descobrir.

Talvez fosse a energia nervosa de ter ouvido que a escola tinha fechado, mas algum tipo de movimento de grupo havia se formado; uma atração magnética para permanecer juntos. Eles subiram, um por um, a escada curva e rangente, Janelle cuidando de Vi, Stevie ainda mexida com a chegada de David, Nate porque... bem, porque a maré o puxou. No corredor escuro do andar de cima, David abriu a porta do quarto dele. Todo mundo o seguiu para dentro. Stevie já estivera ali. Era sóbrio, cheio de coisas caras, porém impessoais. Roupa de cama cinza. Belos alto-falantes que ele não usava. Alguns consoles de videogame. Ela já estivera naquela cama, contra a parede. Eles tinham...

Não conseguia pensar nisso.

— Ninguém sabe que estou aqui — disse dele, sentando-se no chão.

— Ninguém sabe? — repetiu Janelle. — E todas as câmeras de segurança que seu pai mandou instalar?

— Ah — respondeu David com um sorriso. — Eu as desliguei por um tempinho. Posso explicar tudo, mas...

— Você simplesmente... *desligou?*

— O que vocês precisam entender sobre o meu pai é o seguinte — respondeu ele. — Ele parece o malvadão, como se estivesse conspirando o tempo todo e soubesse exatamente o que está fazendo, mas muitas das soluções dele são rápidas e porcas. O sistema de segurança não é tão bom assim. E a instalação também não é uma maravilha.

Stevie sentiu o olhar dele se demorar nela por um momento, então baixou os olhos para encarar os próprios sapatos.

— Era um bom sistema — argumentou ela. — Ele foi na minha casa e nos mostrou as informações que ele disponibilizava.

— Que informações eram essas? — perguntou David, tombando a cabeça de leve para o lado.

— Eu vi... as especificações — respondeu Stevie.

Ela escolheu essa palavra porque parecia técnica, mas se arrependeu imediatamente. Não tinha visto especificação nenhuma. Não fazia ideia de por que tinha falado aquilo. Atenha-se à verdade.

— Ele tinha vários... folhetos lustrosos.

— Uuuuh. Folhetos lustrosos, hein?

Stevie ficou corada.

— Para fazer o sistema funcionar em uma semana só, eles usaram um do tipo *plug and play* — explicou ele. — É sem fio. No dia da instalação, roubei uma estação base quando estavam descarregando. Eu a escondi e configurei.

— Onde? — perguntou Janelle.

— Não importa para essa conversa. Está escondida. Depois só precisei me cadastrar como um administrador do sistema. Como foi ele quem comprou, mandou que criassem perfis de usuários para ele próprio e sua equipe. Então cadastrei uma identidade extra no servidor dos funcionários. Meu nome é Jim Malloy. Sou de Boston Malloys. Fiz meu MBA em Harvard. É bem impressionante. Só preciso fazer log-in e passar a rede para a outra estação base, que não faz absolutamente nada. O sistema cai. Fácil. Fácil para entrar e sair. Fui para casa porque precisava pegar isso.

Ele pôs a mão no bolso e pegou um monte de pen drives.

— Recebam — disse ele — às chaves para o reino.

— O que tem aí dentro? — perguntou Janelle.

— Não faço a menor ideia. Mas esses pen drives estavam no cofre dentro do piso embaixo da mesa de jantar, que ele acha que ninguém sabe que existe.

— Você arrombou o cofre dele? — perguntou Stevie.

— O que tenho nesses pen drives é informação a respeito da campanha do meu pai. Preciso de ajuda para ler tudo. E foi por isso que vim até vocês — falou ele para Janelle.

— Em primeiro lugar — começou Janelle. Ela parecia a única disposta e apta a guiar a conversa. — Seja lá o que você tenha aí, só pode ser ilegal.

— Ilegal como? Pode sequer ser considerado roubo se tirei da minha própria casa?

— Pode — respondeu ela. — Isso é informação de campanha. Pessoas vão presas por coisas assim. Não é uma caixa de cereal ou uma TV.

— Você é o quê, advogada? — retrucou ele. — E como sabe sobre o cereal?

Janelle pareceu se erguer levemente do chão.

— Brincadeira. Acha que meu pai pode se dar ao luxo de comer cereais cheios de carboidratos? O cara vive de ovo cozido e desgraça humana. Legalidades à parte... eu assumo todo o risco. Só estou pedindo ajuda para olhar o material. Olhar alguma coisa não é crime.

— Sim, provavelmente é — disse Janelle. — Eu vou...

— Nell — chamou Vi. — Espera.

— Vi — respondeu Janelle. — Não. A gente não pode.

— Só quero ouvir — pediu Vi. — Se precisarmos falar com a polícia, quanto mais informação tivermos, melhor.

— Vi tem razão — disse David, gesticulando graciosamente. — Quando vocês me dedurarem, estejam em posse de todos os fatos! Me escutem.

— Você está sugerindo que a gente enfie esses troços radioativos no nosso computador e...

— Jamais — interrompeu ele, levando a mão ao coração. — Que tipo de monstro você acha que eu sou? Trouxe comigo...

Ele abriu a mochila gigantesca, tirou algumas roupas sujas enroladas, incluindo uma cueca boxer quadriculada, que Stevie tentou não olhar. (Meu Deus, era tão difícil desviar o olhar da roupa de baixo de alguém quando ela era colocada inesperadamente no seu campo de visão. Ainda

113

mais essa roupa de baixo. Por que, cérebro, por quê?) Ele puxou lá de dentro uma pequena pilha de laptops surrados e dois tablets, além de algum tipo de roteador ou estação base.

— Tudo de graça ou por no máximo cinquenta dólares. Desativei a rede deles. Não daria para ficar on-line com esse lixo nem se tentasse. Vou passar o conteúdo dos pen drives para esses aparelhos e colocá-los mais ou menos no alcance de visão de vocês. Posso até rolar as páginas se quiserem. Vocês só precisam ler, o que todos vocês sabem fazer, bem rápido. Vou apagar tudo e jogá-los no lago Champlain quando acabarmos. Desmontá-los. Como se nunca tivessem existido.

— Um problema — disse Nate. — A gente vai embora em, tipo, uma hora.

— E é por isso que apareci agora para apresentar meu plano radical. Não. Vão. Quando vierem buscar vocês, estejam em outro lugar. Desliguem o celular. Esperem. Em algum momento, a nevasca vai começar e os ônibus vão embora.

A ideia era tão simples que Stevie quase riu. Só não vão. Fiquem.

— Imagina só — falou ele. — Todos nós juntos no melhor fim de semana, presos por causa da neve em um retiro na montanha. Tem tudo de sobra: comida, cobertores... xarope de bordo. Vocês não querem, no mínimo, sair de Ellingham em grande estilo? O que eles vão fazer? Expulsar vocês por não irem embora quando a escola fechou? Como pode ser culpa de vocês que estivessem em outro prédio se despedindo e perderam a noção do tempo? Nada disso. Eles não podem fazer nada com vocês.

— Meus pais me matariam — comentou Nate. — Tem isso.

— Os meus também — adicionou Janelle, mas o tom dela tinha mudado ligeiramente.

— Vou repetir — disse David —: nós, bem aqui e agora, temos o poder de impedir que uma pessoa muito, muito ruim se torne presidente. Pense no que vocês poderiam estar detendo: alguém que usa políticas racistas para ferir ou matar pessoas. Alguém que poderia causar danos inestimáveis ao meio ambiente. Alguém que poderia começar uma guerra ilegal como distração para seus problemas políticos. Você sabe, Vi, que ele é capaz disso.

Vi inclinou de leve a cabeça.

— Stevie — continuou ele, olhando diretamente para ela enfim —, seus pais estão colaborando com a campanha deles. Você poderia anular tudo o que eles fizeram e mais. E vou ficar feliz da vida em ser crucificado por isso, só que não vou porque sou filho dele e sou um babaca rico e branco, então vou levar um tapinha na mão ou ser mandado para alguma escola só Deus sabe onde, mas vai ter valido a pena. Porque, acredite ou não, essa é a coisa certa a se fazer. Não é fácil. Mas é certo. Então o que é mais importante? O que *vale a pena*?

— E como é que você sabe que ele está fazendo alguma coisa ilegal? — perguntou Janelle. — Alguma coisa que poderia detê-lo? Porque já tentaram bloqueá-lo antes.

— Porque ele é meu pai — respondeu David. — Eu sei como ele vive. E, como já falei, ele gosta de soluções rápidas e porcas.

O grupo ficou em silêncio por um momento.

— Bem, estou convencido — falou Hunter.

— Podemos confiar nesse cara? — perguntou David.

— Tarde demais para essa pergunta — respondeu Hunter. — Mas eu odeio aquele cara, e não vou a lugar nenhum mesmo.

— Eu fico — declarou Vi.

— Vi... — Janelle se aproximou delu.

— David tem razão. Vale a pena, se ele realmente tiver alguma informação importante. É para um bem maior. E para mim. Esse é o tipo de pessoa que eu sou. Quero ficar e fazer o que é certo. Fica comigo.

O vento soprou e bateu nas janelas.

Janelle expirou longamente pelo nariz e olhou para Stevie.

— Stevie? — chamou ela com tom apelativo.

O corpo de Stevie estava dormente de tão sobrecarregado. Ela olhou para David, para suas sobrancelhas arqueadas, a curva do casaco, os cachos do cabelo. As palavras de Larry ecoaram em sua mente: ele não é certo da cabeça; ele estava na cidade; tome cuidado...

— Eu... tá. Vou ficar.

A boca de David se curvou num sorriso.

— Nate? — perguntou ele.

Nate fez um gesto de "deixar para lá".

— Não tenho lugar nenhum para ir. Melhor ficar. Tenho certeza de que é pelo menos um pouquinho ilegal. O que são alguns anos na prisão federal?

Todos os olhos estavam em Janelle agora. Ela transferiu o peso de um pé para o outro e deu de ombros, dividida.

— Que Deus me ajude — disse ela. — Tá bom. Beleza. Tá bom. Vamos lá. Porque é preciso ter alguém com bom senso aqui.

— Muito bem. — David esfregou as mãos e sorriu. — Hora de ir para debaixo da terra.

11

— Muito bem, campistas — disse David, guardando tudo de volta na mochila. — Pix vai voltar a qualquer minuto, então precisamos ir. Hora de nos escondermos.

— Onde? — perguntou Vi.

— No ginásio — respondeu ele. — Já avaliei a área. É o lugar com menos segurança e provavelmente vai ser o primeiro prédio que vão trancar e o último onde procurariam por alguém. Vamos entrar pelos fundos, pela floresta. A gente fica lá até que todo mundo tenha ido embora. Vamos.

— Agora? — perguntou Nate.

— Agora — disse ele.

— O que eu faço? — disse Hunter, olhando ao redor. — Tenho permissão para ficar aqui.

— Você pode fazer o que quiser. Só não dedura a gente.

— Calma aí — falou Janelle. — Se vamos nos ilhar aqui, será com *segurança*. Todo mundo leva uma lanterna e um casaco extra, água, barras de cereal...

— A gente tem que *ir*... — insistiu David.

— Barras de cereal — repetiu Janelle lentamente. — Tem uma caixa na cozinha. Vou lá pegar.

— Não precisamos disso. Vamos voltar...

— Precisamos, sim. — Janelle fixou um olhar nele que poderia ter aberto um buraco numa parede — de comida, água, lanternas e casacos a mais.

Todo mundo ganhou alguns minutos para correr até seus respectivos quartos. Stevie enfiou coisas apressadamente na mochila: seu computador, a lata, sua medicação e seu exemplar de *E não sobrou nenhum*. Não sabia ao certo por que pegara o último item, mas sabia que ele precisava ir junto. Vestiu seu casaco — o pesado que nunca usava — e enfiou luvas nos bolsos. Janelle também juntava algumas coisas, mas parecia se mover num ritmo bem mais lento, escolhendo um cachecol, colocando um suéter na bolsa, depois o computador, olhando o celular. Vi se balançava dos calcanhares para as pontas dos pés com impaciência.

— Valeu pela ajuda, Sardas — disse David para Hunter. — Vamos te encontrar quando a barra estiver limpa. Distraia Pix por alguns minutos quando ela voltar, tá?

— É sério que você vai me chamar de Sardas? — respondeu Hunter.

— Me entreguem seus crachás — continuou David. — Os postos de segurança podem identificá-los quando vocês passarem. Não quero que apareçam quando eu religar o sistema.

Outra vez, Janelle pareceu muito hesitante, mas as coisas estavam caminhando agora. Eles entregaram os cartões. David os jogou dentro do porta-xampu de Janelle.

— O sistema de segurança está prestes a cair. Prontos? Três, dois, um.

Ele devolveu o celular ao bolso do casaco. Foi impossível para Stevie ignorar o fato de que esse David que-derrubava-sistemas-de-segurança era sexy.

— Desligado. Hora de ir.

Empurraram a porta e saíram para o mundo externo, onde a neve caía com delicadeza. O céu estava de uma cor extraordinária, um tipo de rosa prateado. Mal se passara uma hora, mas uns cinco centímetros já tinham se acumulado no solo e nas árvores, e olha que a tempestade ainda nem começara. Stevie ouvia os ônibus e as vozes de colegas carregadas pelo vento enquanto as pessoas se despediam, choravam e começavam a partir.

Um lampejo passou por sua cabeça; isso já acontecera antes. Em abril de 1936, na manhã seguinte ao sequestro, quando Albert Ellingham ordenou que todos os alunos fossem evacuados devido aos eventos da noite anterior. Igualzinho ao que acontecia agora. Talvez Ellingham nunca tenha sido feita para dar certo. Talvez sempre tenha sido projetada como um lugar que precisava ser abandonado por causa de morte e perigo.

— Vamos dar a volta pelo caminho mais longo — disse David, gesticulando em direção aos fundos da Minerva.

O grupo passou pelo círculo de cabeças de pedras, desviou para a floresta e se afastou do *yurt*. Seguiram pela margem da floresta, caminhando por cima de pedras e galhos. Passaram pela estátua de um homem numa pose clássica. Foi nessa estátua que Ellie tinha subido na primeira noite deles aqui, no caminho para a festa no *yurt*. Ela pintara ISSO É ARTE nas costas dele. Alguém tinha limpado, mas Stevie suspeitava de que, se chegasse bem perto, ainda conseguiria ver o contorno das letras.

Todo contato deixa uma marca.

David foi na frente, mostrando o caminho. Vi e Janelle, normalmente abraçades e falando sem parar, agora caminhavam lado a lado em silêncio. Janelle mantinha o olhar firme e lastimosamente à frente; Vi mantinha o queixo elevado de um jeito desafiador.

— Estou tentando descobrir se essa é a coisa mais idiota que já fiz — disse Nate enquanto acompanhava Stevie na retaguarda. — Mas acho que não, o que é preocupante.

— Provavelmente não é.

— Quer dizer, o negócio dos arquivos é maluquice. Falando sério, não sei se vou olhar para eles, não.

— Então ficou para quê? — perguntou ela.

— Porque — explicou Nate, apontando para David com a cabeça — quando você e ele se juntam, algo ruim acontece com você.

Stevie engoliu em seco um nó na garganta. Ela quis segurar a mão de Nate naquele momento, mas ele provavelmente receberia o gesto com tanto entusiasmo quanto se a mão dela fosse um bando de aranhas.

— Você vai contar para ele o que me contou? — perguntou ele. — Que você solucionou o caso?

— Não sei — respondeu Stevie enquanto a respiração se condensava à sua frente feito cristais de gelo. — Não. Não sei. Talvez. Não. E se eu ficar, tenho mais tempo para conseguir o que preciso: qualquer coisa que consiga encontrar para reforçar o caso.

— Bem — disse Nate —, agora que fazemos parte da sociedade de reencenação de *O Iluminado*, é melhor você ir com tudo logo. Última chance.

Uma coisa é falar; outra é entrar numa floresta nas montanhas enquanto fica vendo seus colegas carregando bolsas para fora dos prédios e indo para ônibus chorando e se abraçando. Stevie viu um pouco disso enquanto se escondiam entre as estátuas. Conseguiu ver Maris, um clarão de vermelho correndo de pessoa em pessoa. Dash estava com ela em seu casaco longo e esvoaçante. Stevie os conhecia um pouco — vivenciara uma morte com eles —, e agora nunca mais os veria. Mudge também estava lá, recebendo ajuda, já que seu braço direito estava engessado e pendurado sobre o peito. Todos iam embora enquanto ela e seus amigos estavam ali, entre as árvores.

Deram a volta por trás do celeiro de arte, entraram na floresta em frente à estrada de manutenção e passaram pela entrada do túnel que levava ao domo. De lá, David os guiou em ziguezague por um terreno irregular e inclinado para baixo entremeado por raízes de árvores e repletos de buracos de profundidade desconhecida cobertos por folhas. Escorregaram e tropeçaram até o rio, que corria raso e veloz. Por entre as árvores sem folhas, numa elevação à frente, Stevie pôde ver o topo da biblioteca, um pedaço das casas Ártemis e Dionísio e o ginásio. Três ônibus passavam pelas esfinges da entrada e davam a volta na entrada para carros.

— Por aqui — disse David enquanto os guiava ao redor dos fundos do prédio, onde uma janela fora entreaberta.

Todos entraram por ali; desengonçada, Stevie passou a perna pelo parapeito e prendeu a mochila ao se espremer para dentro. Não foi gracioso para ninguém, mas era uma entrada.

— O sistema voltou — anunciou David quando todos já tinham passado em segurança pela janela.

— E agora? — disse Janelle.

— Vamos dormir. Recomendo o depósito da piscina. Dormi lá ontem à noite. É bem seguro. Tem várias toalhas e espaguetes de piscina. Vocês sabiam que a gente tinha espaguetes de piscina?

Stevie não passara muito tempo na Dionísio. Estivera lá no tour do primeiro dia da escola e fizera visitas breves ao quarto de fantasias no andar de cima. Era um prédio estranho. O teatro ficava lá: um espaço pequeno com uma parede de entrada pintada como se fosse um templo.

Havia uma sala moderna cheia de máquinas de exercícios com chão emborrachado e alguns vestiários. O prédio cheirava a cloro.

— Vamos para o andar de cima — declarou Vi. A mensagem era clara: Janelle e Vi precisavam de um pouco mais de tempo para conversar.

— Estaremos na piscina — avisou David. — Não vão embora sem nós. Nada de celulares.

Nate, David e Stevie seguiram para a área da piscina, que englobava grande parte do térreo do prédio. A piscina era acessada por uma bela porta antiga de madeira com o letreiro dourado original onde se lia PISCINA. O cômodo era coberto de azulejos verde-água vibrantes e brancos. Também havia sorrisos decorativos com rostos em baixo relevo; diferentes deuses ou deusas romanos ou gregos espiando feito salva-vidas silenciosos. O cômodo tinha um teto de vidro magnífico que se curvava para baixo, cujo topo já apresentava um montinho branco de neve. A neve também se acumulara nos cantos de todos os quadrados de vidro. Havia um mosaico de Netuno no fundo da piscina. Ele os olhava através da água.

— Aqui dentro — disse David, com a voz ressoando nos azulejos.

O esconderijo deles era o depósito, repleto de toalhas azuis, cestos, galões de produtos químicos e equipamentos de segurança. Havia um pequeno amontado num canto: o saco de dormir de David com uma pilha de toalhas que serviram de travesseiro. Havia um saco de comida e restos; embalagens de sanduíches, Doritos, bolinhos embalados e o que pareciam ser vários recipientes do refeitório.

— Há quanto tempo você está aqui? — perguntou Nate.

— Só desde ontem à noite. Sejam bem-vindos. Se aconcheguem. As toalhas são bem macias. Fica a dica.

Stevie e Nate encontraram um espaço no chão, longe do saco de dormir. Ela pegou algumas toalhas para se sentar.

— Tudo certo? — perguntou David. — Muito bem.

Ele apagou as luzes.

— Sério? — disse Nate.

— Para o caso de revistarem o prédio ou olharem pela janela.

David atravessou a sala e esbarrou com o pé na perna de Stevie ao passar.

— Então — falou ele —, como anda todo mundo?

— Estou odiando isso — declarou Nate.

— Nenhuma novidade. Como vai o livro?

— Vou sair daqui — respondeu Nate.

— Nate... — disse Stevie.

— Tem que ter outro lugar. Uma sala de lixo ou algo assim.

— Nada tão bom quanto aqui — respondeu David. — Senta. Não podemos desistir. Vou me comportar. Prometo.

Silêncio.

— Então, como *você* está, Stevie? — perguntou David.

— As coisas andam agitadas — respondeu ela.

Nate suspirou alto.

— Por que não me conta mais sobre o que tem feito? — perguntou Stevie. — Parece mais interessante.

— Bem — começou ele —, depois que apanhei, meu amigo me levou de carro para Harrisburg. Dormi na cabana do quintal do nosso vizinho. Entrei em casa. Peguei o que precisava. Voltei. Engatinhei pela floresta que nem um maldito homem das montanhas, dormi na sala da piscina, então busquei vocês. E agora aqui estamos nós.

— E aqueles tablets e tal? — perguntou Nate.

— Ando os coletando faz um tempinho. Uma operação dessas exige preparo. O ideal seria um pouco mais de tempo, mas fiquei sabendo do acidente ontem à noite e da nevasca iminente... parecia que as coisas estavam prestes a dar bem errado por aqui. Então tive que improvisar.

— Você não improvisou no seu discurso lá na Minerva — comentou ela. — Há quanto tempo está trabalhando nisso?

— Um ou dois dias. Peguei várias partes de *The West Wing*. Essa é a única série que nunca tive permissão de assistir quando criança, então é minha favorita. Fico me perguntando quem meu pai vai escolher como vice-presidente se ele for para a Casa Branca. Estou torcendo por uma nuvem de morcegos. E você, Stevie? Você o conhece melhor do que eu.

— Qualquer lugar — disse Nate. — Uma casa das caldeiras? Algum cômodo conectado com o esgoto?

Cerca de meia hora mais tarde, Vi e Janelle se juntaram a eles. O que quer que estivessem fazendo lá em cima, não tinha resolvido as coisas. Ao entrarem na minúscula sala da piscina, Janelle ocupou um lugar ao lado de Stevie e Vi se espremeu ao lado de Nate. Janelle insistiu em acender a luz, o que quase cegou Stevie.

— Bom ter vocês de volta — disse David, erguendo a mão diante dos olhos.

— Aqui — disse Janelle, passando barras de cereal e pequenos pacotes prateados.

— O que é isso? — disse Nate. — Papel alumínio?

— Cobertores aluminizados — respondeu ela. — Do tipo que dão para as pessoas depois de maratonas.

— Por que você tem cobertores aluminizados? — perguntou Nate.

— Eu não viria para uma montanha sem o equipamento de segurança adequado — respondeu ela. — Além disso, são baratos e do tamanho de um pacote de lenços de papel. Servem para emergências, em caso de falta de energia e aquecimento, o que provavelmente vai acontecer.

Os poderes de antecipação de Janelle iam quase além da compreensão.

— Tenho mais perguntas — continuou ela. — Tipo, como pagar para apanhar ajuda em alguma coisa? Isso não fez seu pai querer te encontrar?

— Provavelmente seria isso o que aconteceria na sua família — disse David. — Mas a minha é diferente. Meu pai espera o pior de mim, então é isso que dou para ele. Fugi, me meti numa briga, postei na internet para garantir que ele visse que sou um descontrolado e sumi para o que tenho certeza de que ele imagina que seja uma nuvem de fumaça de vape numa pilha de pufes em algum lugar. Eu queria me tornar meio radioativo para que ele não me procurasse, pelo menos por alguns dias.

Isso batia totalmente com as coisas que David contara a Stevie sobre os pais.

— E valeu, Stevie, pela participação.

— O quê? — A pergunta irrompeu dos lábios dela.

— Você acha que esbarrou com aquela surra por acidente? — disse ele. — Eu precisava que você visse aquilo. Segui você até Burlington e paguei aquele caras. Então me certifiquei de que estávamos no seu caminho e começamos a surra bem na hora certa. Desse jeito, você poderia contar para todo mundo que eu não só tinha apanhado e fugido, como pagado pessoas para fazer isso e postado o vídeo eu mesmo. É uma camada dupla de bizarrice e maluquice. Deixaria todo mundo confuso por tempo o suficiente. Eu precisava parecer todo...

Ele fez uma dancinha com as mãos ao redor da cabeça.

— E por que você acha que tem alguma coisa nesses pen drives? — perguntou Janelle.

— Tenho minhas fontes — disse ele. — Agora, quem quer um tablet? Precisamos começar.

— Eu — respondeu Vi em voz alta.

David passou um para elu, junto com um dispositivo para conectar o pen drive.

— Nate?

— Estou bem por enquanto — falou ele. — Gostaria de me ater a uma única violação por vez.

David deu de ombros efusivamente como quem diz: "Você que sabe."

— Presumo que sua resposta seja "não", Janelle, ou...

— É "não" — afirmou Janelle, olhando para Vi, que já estava mexendo no tablet.

— Então tá. Vamos lá.

— E eu? — perguntou Stevie.

— Ah, você quer um? — falou David.

Ele pegou um dos tablets e o estendeu na direção de Stevie, mas, quando ela esticou o braço para pegá-lo, ele o retraiu.

— Talvez seja melhor não — concluiu ele.

Ele o devolveu à bolsa. Nate abaixou a cabeça com tanta força que parecia estar tentando entrar na tela do computador. Janelle balançou a cabeça.

— É melhor assim para você — disse ela.

E, dessa forma, todos os integrantes do grupo se dedicaram à própria tarefa no pequeno cômodo ao lado da piscina enquanto a neve caía, o vento soprava e a escola se esvaziava. Stevie enfiou a mão na bolsa e pegou seu exemplar de *E não sobrou nenhum*, a história de dez estranhos reunidos numa ilha e assassinados um por um.

Talvez fosse um pouco próximo demais da realidade naquele momento.

18 de fevereiro, 1937
Cidade de Nova York

GEORGE MARSH ABRIU A PORTA DO RESTAURANTE MANELLI'S NA MOTT STREET. O Manelli's era como muitos lugares da área: espaguete e moluscos, vitela, vinho tinto decente e italiano rápido falado por todo lado. Às 22 horas de uma noite de neve, ele ainda pulsava suavemente, uma névoa de fumaça de charuto assomava sobre as mesas e risadas quebravam o barulho ritmado de garfos e facas em pratos. Ele ocupou um banco no bar e pediu um copo de uísque e um prato de salame com pão.

— Estou procurando dois caras — disse ele ao rasgar o pãozinho.

O bartender enxugou algumas marcas de copo do balcão.

— Tem muitos caras por aqui. Escolhe dois quaisquer.

George enfiou a mão no bolso e pôs uma nota de cem sobre o balcão. O bartender piscou, então deslizou a nota do balcão para o bolso do avental. Ele se demorou perto de George, polindo a superfície de zinco do bar com movimentos circulares. Mesmo num lugar como aquele — um lugar onde jogos de azar e loterias ilegais eram administrados, onde pequenas fortunas eram passadas em sacolas de papel e caixas de charuto —, uma nota de cem de graça receberia atenção e um ouvido atento.

— Esses caras têm nome? — perguntou ele casualmente.

— Andy Delvicco e Jerry Castelli.

O bartender assentiu como se George estivesse conversando com ele sobre o tempo.

— Tá, talvez eu conheça esses caras — falou. Ele enfiou o pano numa pia embaixo do bar, enxaguou-o, e então o torceu. — Talvez leve um ou dois dias.

— Esse é meu telefone. — George tirou um cotoco de lápis do bolso e o anotou num guardanapo. — Caso lembre de algo. Se tiver algo de útil para mim, aquele camarada que te dei tem vários amigos.

Ele terminou o uísque e o resto do salame e deslizou para fora do banco do bar. Já na rua, George levantou a gola do casaco para se proteger da neve, que caía com um brilho rosa e azul devido aos letreiros de néon. Andou devagar para permitir que qualquer um que quisesse segui-lo o alcançasse.

George Marsh seguira a mesma rotina pelas últimas dez noites. Ia para um ponto conhecido de mafiosos, batia um papo com o bartender e deixava uma nota de cem. O bartender normalmente dizia que procuraria saber. George deixava o telefone. Até então, ninguém ligara. Uma ou duas pessoas o tinham seguido de longe, mas não pareceram promissoras a George; caras da máfia sempre gostavam de dar uma olhada em qualquer um que aparecesse no ponto deles, e todo mundo sabia quem George Marsh era. Ninguém iria atrás do homem de Albert Ellingham. Trabalho demais. Só queriam ficar de olho nele, e George queria ser visto. Ele queria ser percebido: Andy Delvicco e Jerry Castelli eram homens procurados, e havia dinheiro esperando qualquer um que os entregasse. Dinheiro de Ellingham. Dinheiro sem fim. Dinheiro fácil.

Dinheiro fácil. Esse era o começo da maioria dos problemas do mundo. Foi certamente o começo dos problemas dele...

George sempre jogara cartas. Nada sério; um jogo aqui ou ali, na estação, no sábado à noite na casa de alguém. Ele gostava de rolar os dados de vez em quando, ou de uma ida à corrida de cavalos. As coisas ficaram um pouco mais empolgantes quando começou a frequentar os círculos de Albert Ellingham. De repente, havia noites no Central Park Casino, fins de semana em Atlantic City, viagens a Miami, Las Vegas e Los Angeles... lugares com jogos maiores e melhores, mais glamour, mais empolgação, mais dinheiro.

Acontecera depressa, a dívida. As pessoas lhe faziam empréstimos com o maior prazer, visto que era tão amigo de Albert Ellingham, e George sempre tinha certeza de que recuperaria o dinheiro. Não era nada de mais ter uma dívida de cinco mil dólares, então dez, depois vinte...

Poderia ter pedido dinheiro a Albert, é claro. Chegou a pensar nisso. Mas a vergonha era muito grande. E se Albert dissesse não? Então ele ficaria sem dinheiro, sem emprego, sem empréstimos, sem amigos... a vida que criara para si mesmo estaria arruinada. Ele tinha que conseguir o dinheiro. Vinte mil.

Era mais ou menos a quantia que Albert Ellingham mantinha no cofre do escritório para pagar os funcionários da escola...

O plano era tão simples.

Andy e Jerry eram dois idiotas que ele conhecia de sua época como policial: aspirantes a mafiosos que nunca chegaram muito longe, mas que eram perfeitos para um trabalho objetivo feito esse. No dia combinado, receberiam um sinal de George e esperariam na estrada até Iris Ellingham passar em sua Mercedes. Deveriam capturá-la e mantê-la numa fazenda por algumas horas enquanto George fazia o resto. Depois disso, seriam pagos e iriam para casa jantar um bife. Seria o dinheiro mais fácil que já fizeram. Ninguém se machucaria. Iris daria risada quando tudo acabasse. Ela contaria a história para sempre. Adorava aventuras. Era a cara dela.

O primeiro problema foi que Alice estava junto. A menina não costumava ir com a mãe em seus passeios de carro. Iris provavelmente ficou defensiva por causa da filha; provavelmente revidou para proteger Alice. De alguma forma, Iris acabou morta e flutuando no lago Champlain.

Então havia a garota: a pequena Dottie Epstein. Ela nunca deveria ter estado no domo naquele dia. Ninguém estava. E ela pulara naquele buraco por conta própria, por medo. Quebrara a cabeça na queda. Foi uma cena horrível. George não teve opção a não ser concluir o trabalho.

E Andy e Jerry provaram ter um pouco mais na cachola do que ele imaginara. Atacaram-no na noite em que ele apareceu para buscar Iris e Alice e levá-las de volta. Eles as tinham escondido e queriam mais dinheiro. A situação toda estava fora de controle desde o início. Duas pessoas mortas e Alice desaparecida, ainda por cima.

Alice. Filha dele. Não de Albert Ellingham. Filha *dele*.

Andy e Jerry tinham feito um bom trabalho se escondendo por quase um ano. Ninguém os vira. Então, do nada, uma das fontes de George o telefonara na semana anterior para contar que tinha visto Jerry perto de Five Points. George tinha ido imediatamente a Nova York e vinha investigando rua por rua. Se espalhasse notas o suficiente por Little Italy, acharia alguém que sabia de alguma coisa.

Ele pegou um táxi de volta para a Twenty-Fourth Street, na parte rica ao norte do centro, onde Albert Ellingham tinha um de seus muitos *pieds-à-terre* em Manhattan. O homem comprava apartamentos e casas como pessoas comuns compravam frutas. Esse, segundo rumores, fora um covil de Stanford White antes de levar um tiro no terraço do Madison Square Garden durante a performance de um musical chamado *Mam'zelle Champagne* em 1906, havia mais de trinta anos. White era um esquisito que merecia o que recebeu. O cara que atirou nele era outro esquisito. Como havia esquisitos naquela cidade...

O apartamento era pequeno, mas perfeitamente bem-equipado. Havia um belo quarto, um cofre para dinheiro, uma pequena cozinha moderna que nunca era usada e um rádio de primeira linha. George o ligou assim que entrou. O som de uma sinfonia preencheu o cômodo. Ele não se importava com o que estivesse tocando; só não suportava o silêncio. Sentou-se no cômodo escuro, ainda de paletó e chapéu, com as luzes apagadas, e observou a neve caindo. Repassou os acontecimentos na mente pela milésima vez.

Tinha que haver um motivo para Alice não ter aparecido. Claro que ela poderia ter morrido com a mãe, mas isso lhe parecia errado. Teria sido fácil ficar com uma criança, especialmente uma criança feito Alice, pequena e delicada. Não daria para querer uma criança mais doce. Ele brincava com ela frequentemente. Ela mostrava seus brinquedos e bonecas para todo mundo e sempre dava um abraço e um beijo. Às vezes segurava a mão dele e o seguia pela propriedade. Seria fácil escondê-la em algum lugar. Ela nem precisaria ser muito bem escondida. Se trocassem sua roupa e cortassem seu cabelo, poderia se passar por qualquer criança.

Pequena Alice. Agora, todas as lembranças que tinha dela ganharam novos significados. A filha dele. Ele a colocara em perigo. Nada mais justo do que ele, o pai, a encontrasse e resgatasse.

George Marsh adormeceu na poltrona enquanto observava a neve. Quando acordou, o céu estava claro novamente. O programa matinal da rádio era uma lição de história sobre o presidente Lincoln. Nevara um bocado durante a noite; havia pelo menos dez centímetros de neve no parapeito da janela do banheiro.

Como ainda estava de paletó, tomar banho e trocar de roupa não pareceu fazer muito sentido. Em vez disso, iria direto à lanchonete da esquina tomar café da manhã.

Ao se aproximar da porta da frente, notou que alguma coisa havia sido enfiada por baixo dela. Era um cartão-postal. Num dos lados havia uma ilustração de Rock Point, em Burlington, onde ele e Albert Ellingham tinham baixado uma quantidade gigantesca de notas marcadas para um barco; um barco que desaparecera em seguida. Ele virou o cartão e leu as seguintes palavras, escritas num garrancho grosso:

CALA A BOCA SE QUISER A GAROTA.

George deu um sorriso sombrio. O peixe estava puxando a isca.

12

— Bom dia, flor do dia.

Stevie abriu os olhos, mas continuou no escuro. A mão de alguém balançava seu ombro. Ela levou um momento para processar que a mão e a voz pertenciam a David. Stevie tinha adormecido com as costas apoiadas na parede do depósito em sua pilha de travesseiros, com *E não sobrou nenhum* aberto nas mãos. Ela balançou a cabeça com força e tentou parecer alerta e composta, por mais que tivesse uma forte suspeita de que estivesse babando e roncando. Havia uma crosta de rigidez por todo seu corpo, do tipo que se forma quando se usa a mesma roupa por alguns dias porque estava preocupada e depois passa um dia de inverno num depósito de piscina com um bando de produtos químicos.

— Levanta pra cuspir — disse David. — Hora de ir para casa.

— Casa?

— Não faz mais sentido se esconder — explicou ele. — Só vai fazer com que eles nos procurem e causem problemas.

Stevie saiu do depósito para a sala da piscina. O teto de vidro estava coberto com uma camada pesada de neve. Nate olhava para cima com preocupação.

— Sei que provavelmente foi construído para esse clima — comentou ele. — Mas é muita neve. Sem querer ser um bebezão ou algo assim, mas não quero morrer numa chuva de vidro.

A primeira coisa que descobriram foi que não conseguiam mais abrir a porta; um palmo de neve já a bloqueava. Saíram pela janela que tinham usado para entrar. A neve caía com força. A tempestade estava tão forte que Stevie não conseguia enxergar os outros prédios, só silhuetas num mundo branco e rosa-escuro. Era uma vista meio mágica: o Casarão destacado contra o céu, todo coberto por uma manta branca. Havia algumas luzes acesas, brilhando contra o tempo feroz e estranho. O restante de Ellingham estava escuro. Nenhum movimento na biblioteca, nas salas de aula ou nas casas. Netuno estava sendo lentamente soterrado em sua fonte, consumido por outro estado de água que fugira do seu controle. A neve abafava tudo. Talvez essa fosse a parte mais estranha. Stevie se deu conta de que, mesmo que fosse silencioso ali em cima, sempre havia uma corrente grave e suave de barulho: árvores farfalhando ao vento, madeira rangendo, animais. Naquela noite, porém, nada ressoava além do assobio operístico do vento. As vozes deles eram achatadas pela cobertura grossa ao redor, que fazia cada palavra se destacar.

Não que conseguissem falar muito. Era difícil caminhar. Cada passo exigia que ela puxasse a perna para fora de um monte de neve que quase chegava ao seu joelho, levantasse o outro pé e o mergulhasse na neve. Era pesado e aeróbico. Ela suava por conta do esforço, e o suor criava um círculo frio ao redor do seu corpo. Não demorou até que seus pés começassem a queimar e ficar dormentes. Quando finalmente se aproximaram da Casa Minerva, Stevie enfrentaria qualquer coisa ou qualquer um para entrar.

A casa estava deliciosamente quentinha quando entraram com passos pesados. Havia um fogo alegre na lareira, cuidado por Hunter, que o cutucava de maneira ameaçadora caso decidisse sair de controle. Ele usava a roupa de lã e os chinelos que Stevie escolhera para. Pix estava ao seu lado, no sofá surrado, enrolada em seu enorme roupão marrom peludo. Por mais que estivesse vestida como um ursinho de pelúcia, seu rosto exibia a expressão de uma criatura muito mais assustadora quando ela se levantou.

— Todo mundo vai se trocar para não morrer congelado — ordenou ela. — E depois podem voltar direto para cá para eu poder gritar com vocês. Porque estou *puto*.

Stevie arrastou os pés até o quarto, que estava mais escuro do que o normal graças à neve que se acumulara no parapeito e cobrira metade da janela. Ela apertou o interruptor com a mão vermelha e queimada e tirou as roupas molhadas. Tudo doía enquanto seu corpo voltava à temperatura normal. Por instinto, pegou o roupão e cambaleou pelo corredor até o banheiro. Mesmo a água mais quente parecia fria contra a pele. Ela se encolheu no canto contra os azulejos até sentir algo próximo a calor. Os pés foram os últimos a voltarem à vida. Ela saiu, arrastou-se com passos entorpecidos de volta ao quarto e pegou quaisquer roupas mais próximas, macias e quentes. Então vestiu mais algumas: mais meias, outro suéter por cima do primeiro e, por fim, uma manta ao redor dos ombros. Finalmente, coberta por tantas camadas que nem conseguia andar direito, voltou à sala comunal. Janelle estava lá, em seu pijama peludinho com estampa de gato. Vi usava outro emprestado com estampa de arco-íris. David devia ter uma muda extra de roupas em seu mochilão — a calça de moletom de Yale larga e velha que já pertencera ao pai. Ele a usara na noite do primeiro beijo deles.

— Muito bem — disse Pix quando todos já tinham se sentado. — Vou ser muito, muito clara sobre algumas coisas. Todo mundo está em prisão domiciliar. Ninguém sai daqui até a neve derreter. A escola pode estar fechada, mas isso não significa que eu não tenha maneiras de implementar isso. Querem boas recomendações nas escolas antigas? Querem alguma chance de voltar se algum dia reabrirmos? Querem ir para a faculdade? Não vão a lugar nenhum até que eu permita. Menos você, Hunter. Você pode fazer o que quiser.

— Também não posso ir a lugar nenhum — disse ele. — A neve está uma loucura.

— É. Mas preciso dizer que você é livre para fazer o que quiser.

— Que seja — falou David, recostando-se e aproximando os pés do fogo. — Não tenho nenhum lugar para ir mesmo.

— Nem vamos entrar no assunto de onde vocês estavam — adicionou Pix. — Só porque provavelmente nem é mais relevante.

— Fui numa missão — respondeu ele.

Nate lhe lançou um olhar que parecia dizer: "Nem brinca com essa de missões, babaca."

— Todos vocês — disse Pix. — Já ligaram para casa?

— Estou sem sinal — declarou Vi.

— É, eu também — ecoou Nate.

Stevie pegou o celular. Sem sinal.

— Tem uma linha fixa no andar de cima — disse Pix. — Vamos nos revezar. Quem quer começar?

Ninguém queria começar, então Stevie, de alguma maneira, acabou indo primeiro. Durante toda sua estadia em Ellingham, nunca estivera no apartamento de Pix, que ocupava o espaço acima da sala comunal e da cozinha, assim como a área ao fim do corredor, do outro lado dos quartos, no andar de cima. Ela tinha pintado as paredes de uma cor de argila. Havia belos objetos do Oriente Médio e da África: chaleiras de bronze com bicos longos; mesas baixas e hexagonais com tampo de azulejos brancos e índigos; animais de madeira delicadamente esculpidos; luminárias pendentes de estanho e bronze com insetos coloridos. Havia reproduções de hieróglifos impressas em velino e penduradas ao lado da outra paixão de Pix: músicas dos anos 1990. Ela tinha pelo menos uma dezena de pôsteres originais de shows de bandas como Nirvana. Nirvana era a única que Stevie conhecia.

É claro que também havia ossos. Havia os dentes preciosos de Pix na caixinha organizadora. A cornija era decorada com alguns ossos *provavelmente* falsos; um fêmur, um crânio, uma articulação de joelho montada numa tabuinha. O restante do lugar estava cheio de livros; livros em todas as direções, empilhados em estantes e enfileirados ao longo das paredes. Livros ao lado do sofazinho dela, livros no corredor e livros na mesa.

Pix lhe entregou o telefone. Stevie se recostou na esteira e discou o número. A mãe dela atendeu.

— Oi — disse Stevie. — Desculpa. Perdi o ônibus. Tudo aconteceu muito rápido, e...

— Você está bem! Ah, Stevie, como você está? Está aquecida?

Para seu total espanto, a mãe não parecia brava. A escola só podia ter contado alguma versão branda, que ela perdera o ônibus ou algo assim; não que tinha fugido e se escondido numa piscina até o cair da noite. Parece coisa do Me Chame de Charles; era trabalho dele colocar panos quentes e passar a impressão de que Ellingham não era um grande perigo à vida. Em sua defesa, ele tinha feito um belo trabalho. Toda a empolgação e os clichês tinham algum efeito bom.

— Fique dentro de casa — disse a mãe. — Fique em segurança, fique aquecida. Assim que a neve derreter, você vem para casa.

— Pode deixar — respondeu Stevie, sem saber como se sentir. Quando seus pais eram compreensivos, ela sempre se sentia uma pessoa desprezível, como se estivesse sendo injusta com eles.

— Amamos você — disse a mãe dela.

Que negócio de amor era esse? Ela e seus pais não diziam essas coisas. Até sentiam, mas não saíam por aí *anunciando*.

— Eu, hum... é. Estamos bem. Temos muita comida e, tipo, pipoca e tal. E cobertas e lareira.

O que estava dizendo? Devia estar tentando criar uma imagem mental de um fim de semana aconchegante numa cabana. O que, para ser justa, era uma imagem bem precisa. Eles realmente tinham comida, pipoca, cobertas e lareira. Seria aconchegante.

Quando terminou a ligação, entregou o telefone para Pix.

— Você parece confusa — comentou a professora.

— Achei que eles fossem me matar — explicou Stevie.

— Surpresa, Stevie. Seus pais só querem que você fique em segurança.

Pix devolveu o telefone à base e se recostou na parede.

— Vocês são uns tontos, sabia? — falou ela. — De todas as casas, fiquei com os mais cabeça-dura. Mas estaria mentindo se dissesse que não estou feliz por vocês ainda estarem aqui. Agora vem. Vamos nos livrar logo de todas essas ligações para podermos comer. Assaltei o refeitório quando percebi que vocês todos ainda estavam aqui.

O clima da casa melhorou um pouco quando todos terminaram as ligações e a comida começou a sair da cozinha. Pix arrumara um belo carregamento: travessas de macarrão com queijo, vasilhas de plástico com saladas e frutas, lasanha, frango, batatas assadas, tofu grelhado... tudo o que fora preparado para o almoço do dia, além de leite, suco e todo tipo de bebida. Tinha comida demais para caber na geladeira, então Pix teve que deixar uma parte do lado de fora, embaixo da janela da cozinha. A natureza tinha providenciado a refrigeração. Havia bastante das coisas normais, tipo chocolate quente, pipoca e cereal. De fato, tinham todo o necessário para um fim de semana incrível dentro de casa. Uma última grande celebração juntos. Atacaram a comida com entusiasmo.

— Quem mais ficou? — perguntou Janelle. — Não foi só você, né?

— Quer dizer, além de vocês, seus malucos? — retrucou Pix. — Mark, da manutenção. Dr. Scott e dra. Quinn. Vi, vou arrumar o quarto do andar de cima para você. — O quarto de cima era o de Hayes, mas ninguém falaria isso. — Vocês — ela indicou Janelle e Vi —, quartos separados.

Vi e Janelle trocaram um olhar silencioso. Até Pix percebeu.

— É bom estar de volta — disse David. — Vou para meu quarto, ler. Curtir a neve. Vejo vocês pela manhã.

— Acho que vou fazer o mesmo — falou Vi. — Estou bem cansade.

— É tão estranho não ser a primeira pessoa a querer ir para a cama e ler — comentou Nate quando os dois tinham ido para seus respectivos quartos. — Alguém quer jogar um jogo de tabuleiro ou algo assim?

— Não estou muito no clima de jogar — disse Janelle. — Boa noite, gente.

Pix olhou para o grupo cada vez menor à mesa.

— Tá bom... — respondeu Nate. — Bom, o jogo que eu tinha em mente é melhor com um grupo maior, então talvez eu encerre a noite também. Vou trabalhar no meu livro ou algo assim.

A coisa tinha ficado feia. Só restara Stevie, Hunter e Pix. Stevie sabia que a coisa certa a fazer era sentar para conversar com Hunter. Mas ela escutou passos no andar de cima; David voltara à casa. Depois dessa nevasca, todos seriam soprados em direções diferentes pelo mapa. Ela não conseguiria conversar ou se concentrar. A melhor ideia era seguir o exemplo dos outros e tentar ir dormir.

Depois de um boa-noite constrangido, ela voltou para o quarto. Subiu na cama e encarou a parede, incapaz de desligar a luz. Era improvável que qualquer mensagem fosse aparecer ali, mas ela tinha uma sensação inquietante de que alguém estava observando, alguém fora da casa. Era impossível. A neve caía com força e a escola estava vazia. Mesmo assim, se levantou e foi até a janela. Precisou de certo esforço para abri-la; o gelo a tinha emperrado. Quando conseguiu, um sopro de ar ártico carregado de neve atingiu seu rosto. Ela pegou a lanterna profissional e apontou para fora.

Estavam sozinhos. Profunda e estranhamente sozinhos de uma maneira austera e muito séria.

Stevie lutou contra o vento para fechar a janela, então estremeceu e espanou a neve de si mesma. Em seguida, voltou a subir na cama.

Não viu a figura que reemergiu da sombra de uma árvore bem do outro lado.

13

Não deu certo. Nunca teria dado certo.

Para começo de conversa, estava congelante no quarto, e Stevie teve que ficar se levantando para vestir mais roupas: um pijama mais quente, depois outro, mais meias por cima das meias, o moletom preto, então o roupão. Ela deitou na cama, espremida no meio de tantas camadas feito um burrito humano.

Então havia o barulho: o assobio do lado de fora. Era como estar num cômodo com uma dúzia de chaleiras apitando em máxima potência, cuspindo vapor e água quente. A nevasca chegara com tudo, e a ferocidade assustou Stevie. O vento enfiava os dedos pelas beiras da janela. Ela pôs os fones de ouvido e tentou escutar um podcast para se distrair, para se trazer de volta a algum tipo de normalidade, mas as vozes familiares pareceram estranhas. As paredes do quarto a deixavam nervosa.

Por que ele negara um tablet a Stevie? Por que voltar e não a deixar fazer a única coisa que ele precisava que todos fizessem? Seria um teste? Um jogo? Uma lição? Todas as alternativas anteriores?

Aquilo a deixava agoniada.

Seria um erro ir ao andar de cima. Era isso que ele queria. Também era o que ela queria.

Por que os humanos eram assim? Por que éramos feitos com uma corrente que poderia desligar nossos poderes de raciocínio e julgamento a qualquer momento? Por que éramos cheios de substâncias químicas que nos deixavam idiotas? Como era possível sentir tanta empolgação, raiva e a sensação de estar sendo perfurada por mil agulhas emocionais no cérebro, tudo ao mesmo tempo?

Ela não iria ao andar de cima.

Só se levantaria, só isso. Mas não subiria a escada.

Iria até a porta do quarto e só.

Definitivamente não passaria do corredor.

Primeiro degrau da escada. Esse era o limite.

Metade da escada. Último degrau, depois meia-volta.

Então estava na porta dele, no corredor escuro. Nenhuma luminosidade vinha de debaixo da porta, nenhum som vinha de dentro. Ela se concentrou, tentou captar qualquer som, qualquer noção do que estava acontecendo. Não havia nenhuma outra voz. Ela mudou o peso de um pé para o outro com o corpo inquieto de expectativa.

Não. Precisava voltar. *Não ceda.*

— Por que você não entra? — Ela o ouviu dizer.

Stevie ouviu alguém arfando com força e ficou surpresa ao descobrir que tinha sido ela mesma. Corpos, constantemente nos traindo. Malditos sacos de carne. Ela pôs a mão na maçaneta, xingou tudo e todos e entreabriu a porta. David estava na cama, por cima das cobertas, totalmente vestido, debruçado por cima de um tablet.

— Quer alguma coisa? — perguntou ele.

Ela não sabia o que queria. Viera com uma vaga ideia de que, uma vez que chegasse à porta de David, tudo se esclareceria. A natureza cuidaria dos movimentos dela, e dele. Palavras não seriam necessárias. Mas a natureza não tinha recebido esse aviso, então ela se viu oscilando na soleira da porta que nem um vampiro.

O quarto de David era cheio de coisas encomendadas de catálogos por alguém que não olhava etiquetas de preço. Esses itens criavam uma tela em branco que destacava todas as coisas que o representavam. A mochila surrada, o resquício de cheiro de fumaça ilícita, seu casaco de Sherlock jogado de qualquer jeito no chão, um copo de macarrão instantâneo, o celular arranhado. Ela estava procurando pistas para explicá-lo, e tudo o que encontrava fazia suas sinapses dançarem ativamente.

— Você não me deu um tablet — disse ela.

— É verdade.

— Por quê?

— Você é tão ocupada — explicou ele, plácido. — Não quero atrapalhar.

O vidro da janela balançou contra a moldura. A luz do tablet permitia que visse os contornos do rosto dele, a concavidade das bochechas, o arco demarcado das sobrancelhas. Queria se aproximar da cama, esticar-se ao lado dele. Fazer alguma coisa. Qualquer coisa.

Ela deu mais alguns passos, hesitante. Ele apoiou o tablet no colo.

— Ah, você queria que a gente se pegasse? — Ele enlaçou as mãos com delicadeza sobre o tablet e cruzou as pernas. — Que se pegasse com tudo? *Até o fim?*

Não havia emoção na voz dele. Era uma faca sem fio.

— Será que a gente pode...

— Não — disse ele. — A gente não pode.

— Por que você voltou para cá? — perguntou ela. — Poderia ter lido essas coisas sozinho.

— E qual seria a graça? — respondeu. — Sou lerdo. Melhor colocar alguns cabeções na missão.

— Até parece — disse ela.

— Acha que voltei para te ver? — perguntou ele. — É isso? Você, a pessoa que trabalhou para o meu pai, que voltou para me vigiar...

— Não vigiei você — argumentou ela. — E também não gosto do seu pai. Meus *pais* trabalham para ele, e eu faço tudo o que posso para impedi-los...

— É, você disse. Você colocou o Sea World na lista de telefones. Muito bem.

— Seu pai — disse ela — pôs um outdoor racista gigante no fim da rua da minha casa. Você acha que vou trabalhar para um cara *desses*?

David continuou com a pose casual; pernas longas, corpo relaxado. Mas os trejeitos ficaram tensos.

— Vamos repassar os fatos — começou ele. — Meu pai te trouxe de volta para cá no avião dele, com o combinado de que você ficaria de olho em mim, me manteria na linha. Eu confiei em você. Contei segredos para você. Contei sobre minha mãe e minha irmã, o que meu pai fez com a gente.

— Depois de mentir para mim — retrucou ela. — E muito. De dizer que sua família estava morta...

— E já pedi desculpas por isso. Claramente não o suficiente. Fiz tudo o que podia. Eu me abri.

Ele tinha mesmo se aberto. Era tudo verdade. Contara tudo da vida dele a Stevie naquela noite no túnel. E, quando encontraram Ellie, ele chorou de soluçar. Ele se expôs. E, em resposta, Stevie tinha entrado em pânico, jogado em cima dele toda a história de como o pai dele fizera um acordo com ela: Stevie poderia voltar para a escola se o ajudasse a manter David sob controle.

— O negócio com o seu pai... eu disse, eu não estava vigiando. Ele me trouxe de volta. Só isso. Nem sei direito o que ele queria de mim.

— Algo que ele achou que você poderia dar — respondeu David. — É assim que ele funciona. Meu pai consegue sentir as fraquezas dos outros. Foi assim que chegou aonde está. Também é por isso que sei que, se fuxicar as coisas dele, vou encontrar alguma coisa. Viu só? Desprezíveis desonestos geram desprezíveis desonestos. O mal devora os seus próprios. Eu precisava de uma galera inteligente, gente que entende de política, tipo Vi. Aquele tal do Hunter também foi um achado. Gente que se importa com fazer alguma merda de diferença para o futuro. Enquanto você...

Ela não conseguiu ver a expressão dele direito no escuro, mas sentiu o desdém.

— ... quer solucionar os grandes crimes do passado para que todo mundo pense que você é a Nancy Drew. E, nesse processo, o que acontece? Ellie morre, e...

Nesse ponto, ele se interrompeu. Mas a faca já tinha entrado. Não importava que ela não tivesse dado nada a Edward King. Edward King tinha visto fraqueza nela.

— Acho que é melhor você voltar lá para baixo — disse ele. — Para se aquecer. Ouvi dizer que vai esfriar mais. Muito mais.

24 de fevereiro, 1937

George Marsh passou cinco noites de tocaia em frente ao restaurante Manelli's.

Alguém tinha contado a Andy ou Jerry que George estava na cidade, procurando por eles. Tinham ficado assustados o bastante para tentar espantá-lo com um alerta. Quem manda alguém não se aproximar, faz isso porque está ficando encurralado e não vê mais saída. O cartão-postal lhe informou que pelo menos um deles estava em Nova York e, fosse quem fosse, estava assustado. Ele esperaria e observaria, pelo tempo que levasse.

Era arriscado demais ficar visível por aí. Havia um mercadinho do outro lado da rua, na diagonal, que aceitou duzentos dólares por noite para deixá-lo sentar do lado de dentro e olhar pela janela. Fundos adicionais foram para alguns caras que passavam a noite toda no bar do Manelli's, escutando e repassando qualquer informação interessante. Dinheiro não tinha mais significado; era só algo que ele distribuía, pequenas fortunas numa cidade abalada pela Grande Depressão. Ele pagaria todo mundo da Carmine Street se precisasse.

Logo depois das nove numa noite congelante, enquanto abria um novo maço de cigarros e o dono da loja varria, George viu uma figura andando na direção do Manelli's, de cabeça baixa, mas lançando olhares furtivos para trás. Fosse quem fosse, usava um cachecol enrolado até o alto que cobria o rosto. Era uma tentativa muito porca de não ser notado. A pessoa foi até a porta do Manelli's e olhou para ambos os lados antes de entrar.

— Sal — disse George sem tirar os olhos da janela —, liga pro Manelli's pra mim, tá?

O dono da loja deixou a vassoura de lado e discou o número, então passou o fone para George. O bartender atendeu depois de alguns toques.

— Um cara acabou de entrar — falou George ao invés de dar oi. — Se for Andy ou Jerry, responda: "Cê tem que vir aqui. A gente não entrega." Se não, responda: "É engano."

Depois de uma pausa, o bartender disse:

— É, a gente não entrega. Vem buscar se quiser.

George devolveu o telefone.

Cerca de meia hora mais tarde, a porta do restaurante se abriu e a mesma figura saiu apressada com o chapéu puxado para baixo e o cachecol enrolado ao redor do rosto. George apagou o cigarro num cinzeiro no balcão do mercadinho. Quando a figura chegou ao fim da quadra, George começou a segui-lo. A neve ajudou; estava fresca e limpa, então ficou mais fácil seguir as pegadas mais recentes que viravam à esquerda. Ele avistou a figura serpenteando pelo meio dos carros e seguindo para um beco. George apertou o passo, mas continuou fora da vista do homem. Não era à toa que George Marsh tinha sido tão condecorado na polícia e agora trabalhava para o FBI. Aquelas eram ruas dele, e ele sabia como navegá-las.

O homem parou ao lado de um carro e estava prestes a abrir a porta quando George partiu para ação.

— Olá, Jerry.

— Meu Deus, George — respondeu Jerry, já sem fôlego de tanto medo. — Meu Deus.

George deu um soco na cara dele, derrubando-o sobre algumas latas de lixo. Quando o homem estava no chão, George o virou de barriga para baixo e prendeu um par de algemas nos pulsos dele, com os braços às costas. Revistou-o com agilidade e acabou tirando uma arma da cintura da calça e uma faca dobrável da meia. Depois, pôs Jerry de pé.

— George... — começou Jerry. — Eu...

George tirou o próprio casaco e o jogou por cima dos ombros de Jerry para esconder os pulsos algemados.

— Anda — ordenou ele. — Se correr ou gritar, eu atiro. Se fizer qualquer gracinha, eu atiro.

— *Meu Deus*, George...

— E cala a boca você.

Na manhã em que chegara à cidade de Nova York, George comprou um carro de um ladrão de confiança em Five Points. George já o tinha prendido várias vezes quando era policial, mas o homem não guardou rancor e teve o maior prazer em fornecer um veículo para um cliente pagante. Era um carro bom e confiável que George equipara com cobertores e luzes extras. Era em direção a esse carro que George empurrava Jerry agora. Quando o pôs para dentro, prendeu seus tornozelos com uma corda e o amarrou no banco. Quando ele estava bem preso, George deu a volta e entrou no assento do motorista.

— A menina — disse ele. — Alice.

— George, eu...

— A menina. Ela está viva?

— Eu nunca mataria uma criança, George. A gente nem tinha a intenção de matar a mulher. E eu nunca quis que você apanhasse. Foi tudo ideia do Andy...

— Onde ela está?

— Ela está viva — respondeu Jerry ansiosamente. — Está viva. Nós a deixamos com umas pessoas, pedimos para cuidarem dela.

— Onde?

— No alto das montanhas, do outro lado do lago. O lado de Nova York. Eles têm uma cabana lá em cima. Gente legal. De família. Dissemos que ela era filha da minha irmã e que estávamos tentando tirá-la de uma situação ruim. Gente legal, George. Só deixamos ela lá enquanto resolvíamos tudo.

— Onde?

— Em algum lugar lá nas montanhas, no meio do mato. Uma cabana. Esqueci onde fica.

George socou a lateral da cabeça de Jerry.

— *Meu Deus*, George... — Jerry suava muito, apesar do frio.

— Você sequestrou uma menina e esqueceu onde a deixou? É o seguinte, vou te amarrar numa âncora e te jogar no rio East.

— Meu Deus, George!

— Você lembra onde a cabana fica — disse George, calmo. — É só pensar um pouquinho.

— Talvez se eu visse um mapa ou algo do tipo eu poderia me lembrar.

George havia se preparado para isso. Tinha uma grande seleção de mapas ao lado do assento, mapas de todo o país. Estava preparado para dirigir até a Califórnia se precisasse. Ele os ergueu.

— Nova York — falou ele, desdobrando o mapa. — Parta do princípio de que vou te matar. Não tem como ser pior do que isso. Me impressione. Olhe para esse mapa. Me diga, aonde vamos?

14

Stevie ficou parada na escuridão do corredor do andar de cima e contemplou o quanto conseguira arruinar sua vida.

Tinha arrancado a derrota das presas da vitória. E fora tão fácil! Ela pulara bem dentro da boca aberta. Solucionara o caso — tinha feito o impossível — e agora era uma rejeitada congelada num corredor. Seu mundo tinha desabado, seu corpo estava dormente de tristeza.

Toda a maldade do mundo girava ao redor da cabeça de Stevie. Ela tinha acabado de realizar sua última façanha em Ellingham ao ficar ali. Os pais dela não apenas não a deixariam mais voltar como provavelmente nunca mais a deixariam ir a lugar nenhum. Talvez tirassem o dinheiro para a faculdade de jogo, se é que ele existia. O próprio Instituto Ellingham provavelmente acabaria com suas notas. Ela voltaria para Pittsburgh e ficaria desesperadamente perdida, presa para sempre.

E para quê? Pela chance de passar algumas noites numa nevasca com alguém que a odiava.

E o caso Ellingham? E se ela estivesse completamente delirante? Stevie tinha a lata; tinha algumas provas concretas de que a carta do Cordialmente Cruel não tinha ligação com o sequestro. Isso era alguma coisa. Mas suas outras conclusões... não passavam de conjecturas. E por que isso importava, no fim das contas? Talvez ela pudesse tentar mostrar que a carta tinha sido escrita por dois alunos. Será que valia a pena jogar a vida fora por isso?

Não podia ficar naquele corredor para sempre. Pensou em ir para o quarto de Nate, mas os problemas dela eram grandes demais. Não conseguiria explicar a sensação de perder o chão. Stevie começou a colocar um pé, que parecia de chumbo, na frente do outro, avançando para a escada, meio que desejando tropeçar no escuro e quebrar as pernas insubordinadas e apagar. Mas, no fundo, não era isso que queria, porque se segurou no corrimão e na parede e andou com cuidado.

Talvez David fosse sair do quarto e parar no topo da escada, olhar para ela com olhos suaves e arrependidos. O cabelo dele estaria meio arrepiado no ponto onde passara a mão em desespero diante do que acabara de falar. Diria algo como: "Ei, por que você não volta?" E ela faria uma pausa como se estivesse pensando no assunto e então responderia...

Talvez o sol parasse de enrolação e engolisse a terra de uma vez por todas.

Agora estava parada no corredor escuro dela, que parecia ainda mais desolado. Estava confusa demais para chorar, arrasada demais para dormir, perdida demais para se mexer. Mas havia uma luz na sala comunal. Alguém estava acordado. Stevie não queria ver ninguém, mas também não queria ficar sozinha. Estava presa no corredor, emperrada em todos os espaços intermediários entre onde ela precisava estar.

Mas não dá para ficar para sempre em um corredor. Não é para isso que corredores servem. Ela seguiu até o final, espiou pelo batente da porta e avistou o habitante. Era Hunter, com a roupa de lã que ela lhe comprara naquele dia em Burlington, encolhido no sofá, debruçado por cima de um tablet. O cômodo ainda cheirava a fumaça velha, mas a lareira estava apagada. Ele não a viu, e ela pensou em recuar, mas não conseguia se decidir entre ir para a frente ou para trás. Deve ter feito um barulho por acidente, porque Hunter ergueu o olhar e deu um pulo.

— Meu Deus! — exclamou, quase derrubando o tablet.

Deve ter sido uma cena ótima, ver só a cabeça dela num canto, que nem uma assombração.

— Desculpa! Desculpa. Desculpa, eu...

— Tudo bem — respondeu ele, se recuperando. — Não estou acostumado com esse lugar. Você está... bem?

Stevie estaria mais disposta a se jogar no meio de um vulcão em erupção do que dizer a alguém que não estava bem. Assentiu brevemente.

— Não consigo dormir — falou.

Ela atravessou o cômodo como se fosse sua intenção desde o começo e se ocupou na cozinha por um momento, enchendo a chaleira elétrica para fazer um chocolate quente. Jogou dois pacotes dentro de uma caneca e olhou para a pilha de chocolate em pó que pretendia consumir. Isso deveria compensar por alguma coisa, esse pó? Deveria consertar fosse lá o que tivesse se rasgado ao meio dentro dela?

Era pedir demais de uma caneca de cacau em pó.

— Quer alguma coisa? — perguntou ela para Hunter, inclinando-se para fora da cozinha. — Para beber? Estou...

Ela gesticulou bruscamente na direção da chaleira para indicar: "Estou fervendo água para fazer bebidas quentes de todo tipo."

— Pode ser — disse ele. — Tipo um chá ou algo assim?

Stevie enfiou um saquinho de chá em outra caneca e levou as bebidas para fora. Hunter tinha escolhido um dos lugares mais frios da sala para sentar. Um ar congelante descia pela chaminé e penetrava pelas frestas da porta.

— Encontrou alguma coisa boa? — perguntou ela, apoiando a caneca na cornija de tijolo da lareira.

— Não sei o que estou procurando — explicou. — Ficamos com um pen drive cada um. Já li mil e-mails sobre estratégias de campanha e dezenas de planilhas de transações financeiras. Os e-mails mostram que todo mundo nessa campanha é babaca. Nenhuma surpresa até aí. Não sei o que as planilhas significam. Alguém está pagando muito dinheiro por alguma coisa, mas não faço a menor ideia do que é e para que serve. É um jeito estranho de passar uma noite.

Ele enfiou o tablet entre as almofadas do sofá e pegou a caneca.

— Valeu — disse. — Eu não sabia que a casa da minha tia pegaria fogo. Não sabia que estaria aqui em cima, numa nevasca, lendo e-mails internos da campanha de Edward King.

Era um bom lembrete de que alguém tinha problemas maiores do que ela.

— Posso fazer uma pergunta? — continuou ele. — O David? Ele é...

Stevie esperou pelo resto da pergunta, porque perguntas sobre David poderiam seguir muitos caminhos. Tudo dentro dela se encolheu feito uma cobra na defensiva.

— Quer dizer, da primeira vez que o vi, ele estava levando porrada. E ele é filho do King. E o fato de ter pegado essas coisas? Quer dizer, roubado... é bem pesado. Isso é bom? Sei lá, não sei o que pensar.

— Nem eu — respondeu Stevie.

— Você e ele... — Hunter deixou as palavras pairarem no ar. — Tem alguma coisa entre vocês. É óbvio que tem.

— Não — afirmou ela, olhando para a lama de chocolate que estava bebendo, com bolotas cinzentas e espumosas de cacau não dissolvido flutuando na superfície.

— Ah — disse ele. — Sinto muito.

Hunter era perceptivo o suficiente para saber que "sinto muito" era provavelmente a resposta certa. Ela sentiu os ombros relaxarem um pouco, mas manteve o olhar fixo na bebida escura. Ficaram num silêncio desconfortável por um momento. Hunter tinha uma cara boa; não no sentido de que fosse absurdamente lindo, como algo a ser admirado. Tinha um jeito bom, tranquilo. Ao contrário de David, não parecia estar te avaliando. O salpico de sardas em seu rosto era como um céu estrelado. Ele tinha um físico forte. Era estável e real. Confiável.

— Posso falar um pouco sobre sua tia com você? — perguntou Stevie.

Ele fez que sim.

— Naquela noite... a outra noite... eu liguei para ela — contou Stevie. — Ela parecia ocupada. Disse que não podia falar. Parecia que tinha alguém lá. Você viu alguém?

— Não — respondeu ele. — Eu estava de fone. Você sabe como ela costumava ouvir música muito alto, e o andar de baixo fedia muito, então eu passava a maior parte do tempo no andar de cima. Estava fazendo meu trabalho de fim de semestre. Estava mergulhado em todos os plásticos que encontramos no oceano.

— E a primeira coisa que você notou...

— Foi a fumaça — disse ele.

Uma expressão passou por seu rosto quando ele disse a palavra. O olhar se desviou dela e vagou para cima, o que, de acordo com livros que Stevie lera sobre análises psicológicas, significava que a pessoa estava lembrando.

— Senti o cheiro. Já tinha sentido cheiro de fumaça antes, mas dessa vez era muita fumaça, e tinha um cheiro muito forte. Não tipo lenha. Tipo coisas que não deveriam estar queimando. Quando você sente um cheiro assim, sabe que tem alguma coisa errada. Tirei os fones e ouvi um som, tipo uns estalidos. Imagina uma bandeja de copos caindo sem parar. Quando cheguei na porta e na escada, tudo aconteceu muito rápido. Tinha uma fumaça escura. Tive dificuldade de enxergar e descer; meus olhos estavam ardendo...

Ele balançava a cabeça enquanto falava, como se não conseguisse acreditar no que tinha visto.

— A cozinha, onde ela estava, deve ter queimado depressa. Acho que o gás já estava ligado havia um tempo. Ele se espalhou para a sala. Havia vários objetos inflamáveis por todo canto: livros, papéis e lixo. Todos os móveis eram antigos, e os carpetes também. Quando cheguei na base da escada... vi fogo por todo lado, seguindo em direção à cozinha. Chamei ela. Acho que tentei ir até o escritório para ver se ela estava lá, depois decidi tentar correr pela cozinha. Em algum momento, desmaiei.

Stevie não tinha ideia do que fazer por um momento. Seus pensamentos sobre David foram temporariamente suspensos. Hunter se demorou um pouco na lembrança, então soltou um suspiro alto e esfregou o rosto.

— Talvez eu esteja mais apavorado do que imaginava. Estou bem, mas é... era muito fogo.

Stevie voltou a encarar a bebida.

— O que você vai fazer? — perguntou ela.

— Terapia — respondeu ele, colocando as cartas na mesa. — Sobrevivi a um incêndio que matou minha tia. Estou calmo *agora*, mas não acho que isso vá durar para sempre.

— Parece uma decisão bem esperta — comentou Stevie.

— E é. Eu sou um cara esperto.

Ele ficou em silêncio por um momento, e Stevie sentiu uma bolha de ansiedade subir à superfície.

— Qual era sua pergunta? — disse ele. — Ou tinha mais alguma coisa?

Tudo em seu tom informava: "Também estou pronto para seguir com essa conversa."

— Ela falou um negócio muito estranho no telefone — disse Stevie.
— "A criança está aí." Você sabe do que ela estava falando?

— "A criança está aí"? — repetiu ele, meneando a cabeça. — Não faço a menor ideia. Você não acha que era... Alice?

— Alice não estaria aqui — afirmou Stevie. — Não faz nenhum sentido.

— Talvez ela não tenha falado criança? Talvez tenha falado... — Ele pensou em alguma palavra que lembrasse "criança", então balançou a cabeça. — Olha, minha tia estava bêbada naquela noite. Muito bêbada. Tão bêbada que botou fogo na casa.

— Ela disse *criança* — insistiu Stevie.

Hunter balançou a cabeça, confuso.

— Então não faço a menor ideia do que ela quis dizer. Mas ela andava realmente obcecada pelo testamento. Falava nele cada vez mais. Disse que Mackenzie contou para ela que havia um documento. Que ele o escondeu para que o lugar não fosse tomado por Alices impostoras. Ela disse que a escola sabia da existência dele e estava contando com ele, porque, quando caducasse, ficariam com o dinheiro.

— Ela disse que a escola sabia disso? — perguntou Stevie, inclinando-se para a frente.

— Aham. Olha, sei como ela parecia ser. Sei que ela podia ser... Ela tinha algumas questões. Sei o que acabei de dizer sobre o incêndio. Mas ela sabia do que estava falando quando o assunto era esse. E quando se envolveu com esse negócio do testamento, ela mudou. Não parecia mais tão interessada no caso quanto nessa ideia de que havia, tipo, uma *recompensa* à disposição. Uma recompensa muito, muito grande.

— Perguntei sobre ele — afirmou Stevie. — Perguntei ao Me Chame de Charles.

— Me Chame de...

— É como chamamos o dr. Scott.

Hunter fez que sim, entendendo o apelido na hora.

Nenhum dos dois parecia saber o que dizer em seguida. Stevie considerou várias possibilidades: tipo contar sobre como solucionara o caso Ellingham ou perguntar se ele realmente achava que a casa tinha pegado fogo por acidente. Mas ambas pareciam excessivas.

— Nate mencionou alguma coisa sobre um jogo de tabuleiro mais cedo — falou Hunter. — Quer jogar um, quem sabe?

Stevie foi pega totalmente de surpresa. Era normal demais.

— Tem uns jogos — respondeu ela. — Por aqui. Em algum lugar...

"Nada é tão sério quanto um jogo" era um dos lemas de Albert Ellingham, e desde que a escola abrira, sempre havia jogos de tabuleiro à disposição. Naquela época, existia basicamente Banco Imobiliário, mas como hoje em dia havia tanta variedade, as coleções cresceram. Havia uma pilha de jogos num canto da sala comunal. Stevie nunca prestava muita atenção neles, exceto quando Nate pegava um e a convencia a jogar.

Era algo para fazer agora, naquela noite estranha.

Encontrou a pilha de jogos, quatro ao todo, no armário dos produtos de limpeza e para a lareira. Ela os dispôs sobre a mesa comprida como uma oferenda. Hunter os analisou com um olhar experiente.

— Esse é melhor com mais gente — comentou, empurrando um para o lado. — Não conheço esse, mas parece complicado. Esse aqui, por outro lado...

Ele ergueu uma caixinha que continha um jogo de cartas chamado Piquenique Zumbi.

— Já joguei esse com Nate — contou Stevie. — É bem legal. Você tenta fazer um piquenique enquanto zumbis atacam.

— Também conheço esse. Vem. É um saco ficar aqui sem fazer nada. Vamos jogar.

Se alguém tivesse perguntado meia hora antes, Stevie nunca acreditaria que estaria jogando um jogo de cartas em vez de, digamos, chorando num canto do quarto ou fazendo planos para simular a própria morte. A vida seguia, em forma de cartas com imagens de sanduíches, salada, batata e zumbis arrancando cabeças de pessoas com os dentes. Ela continuava ali. David continuava no andar de cima. As coisas tinham jeito.

Por uma ou duas horas, não havia assassinatos. Não havia caso. Ela olhou para o celular em certo momento e viu que já passara da meia-noite. Então eram duas da manhã. Ficou inebriada de sono e adrenalina e seja lá o que mais venha depois da tristeza. Hunter era boa companhia, e o jogo era ridículo. Talvez Albert Ellingham tivesse alguma intenção por trás dessa história de jogos.

Quando passaram do marco das três ou quatro horas, pareceu lógico que continuassem até que o céu clareasse, o que finalmente aconteceu. Ele passou de um rosa-escuro e preto para rosa-claro e branco, então totalmente branco. Ela e Hunter tinham se tornado companheiros noturnos, ligados de alguma forma que ela não conseguia definir. Tudo pareceu bom por um tempo. Eles se levantavam e começavam a rir de nada. Fizeram pipoca. Enfiaram a cabeça para fora da janela e deixaram a neve cair no rosto para acordar.

Continuaram assim até algum momento próximo do amanhecer, quando a escada rangeu. David emergiu no corredor.

— Jogando, é? — disse ele.

— É, bem... — Hunter arrumou as cartas na mão. — Só estamos dando um descanso.

David fez um *hummmm*, entrou na cozinha e reapareceu um momento depois com um Pop-Tart frio na boca. Ele se sentou na cadeira de rede e girou, fazendo a corda torcer audivelmente.

— Passei metade da noite lendo suas coisas — disse Hunter. — Você tem *alguma* ideia do que deveríamos estar procurando?

— Não — respondeu David, usando o pé para interromper os giros. — Só que é importante.

— Então se eu estivesse olhando para um bando de planilhas, extratos bancários...

David enfiou o último pedaço de Pop-Tart na boca e deu de ombros.

— Útil — comentou Hunter. — Então como você sabe que é importante?

— Porque meu pai está tentando esconder — explicou David. — Por causa da maneira como ele anda agindo. Por causa de coisas que ele disse ou deixou de dizer. Sei quando meu pai está planejando coisas suspeitas.

— Isso não é sempre? — perguntou Hunter.

— Ele está sempre planejando *alguma* merda — esclareceu David. — Nem sempre é suspeita. Isso é suspeito. E, seja lá qual seja informação nesses pen drives, ele a estava mantendo fora do servidor.

— Tem muita coisa que parece de rotina — observou Hunter.

— Uma parte pode ser. Acho que alguns desses pen drives são backups, o que significa que precisamos encontrar a parte interessante. É divertido.

— Divertido — repetiu Hunter.

— Tipo a noite de vocês. Ah, bom dia, Stevie.

Stevie tentou não se encolher. Tudo em relação a David era pensado com antecedência.

Hunter reuniu as cartas numa pilha e bateu-as com cuidado no tampo da mesa antes de devolvê-las para a caixa.

— Você cadastrou algum tipo de identidade falsa na campanha do seu pai, não foi? — perguntou ele.

— Está falando do Jim? — perguntou David.

— É. Jim. Ele consegue fazer alguma coisa?

— Tipo o quê?

— Tipo mandar um e-mail para a escola pedindo para ver o adendo do testamento.

David encarou Hunter, dando um jeito de garantir que Stevie fosse excluída do olhar. Stevie, por sua vez, quase deu um jeito no pescoço ao ver o rumo que a conversa estava tomando.

— Que adendo? — perguntou ele.

— O que diz que quem encontrar Alice Ellingham vai ganhar uma fortuna — respondeu Hunter. — O que a escola não mostra para ninguém.

David inclinou a cabeça com interesse.

— Por que Jim faria isso? Ele é um cara ocupado.

— Estou te ajudando — argumentou Hunter. — Você também poderia me fazer um favor.

— Um favor para *você*?

— Um favor — repetiu Hunter, ignorando a pergunta implícita. — Uma troca de serviços.

— E esse favor é para você? — perguntou David de novo.

— Minha tia acreditava nesse documento — respondeu Hunter. — Eu quero saber. Uma mão lava a outra.

David fez uma pausa, então girou de novo na rede, torcendo a corda. Stevie se sentiu subitamente muito alerta, e talvez prestes a vomitar.

— Bem, estamos sem Wi-Fi — disse David. — Se Jim escrevesse esse e-mail, eu não sei quando seria enviado. Mas por que a escola mostraria o documento para Jim se não mostra para mais ninguém?

— Não é que eles não mostram para ninguém — respondeu Hunter. — É provavelmente mais uma questão de não mostrar para *qualquer* ninguém.

A mente enevoada de Stevie levou um momento para processar a diferença.

— Membros do conselho — disse ela. — Legalmente, deve ter gente que sabe.

— Isso — concordou Hunter. — E talvez tenha um motivo para o senador King querer saber sobre isso porque o filho dele estuda aqui. Talvez a gente possa inventar um motivo...

Hunter planejava alguma coisa. O cérebro de Stevie voltou a funcionar para a última descarga de atividade da noite.

— Ele ia querer saber por causa das notícias da imprensa — argumentou ela. — Por causa das mortes. Não precisa explicar tanto assim.

— Tanto meu pai quanto minha mãe são advogados — disse Hunter. — Basta escrever mensagens curtas e sucintas e passar a impressão de que as pessoas têm que fazer o que você quer. É só não ir além do necessário. Acho que pode dar certo.

David coçou a sobrancelha e esfregou a barba por fazer no queixo. Barba por fazer no queixo. Stevie precisou dizer a si mesma para não olhar para ela, ou para a maneira com que ele esticava as pernas. A sexualidade humana era incrível, confusa e horrível, além de bagunçar todos os pensamentos assim que ela terminou de arrumá-los. *Se concentra.*

— Você vai escrever o e-mail? — perguntou ela a David.

Ela o olhou bem nos olhos, desafiando-o.

— Vou repetir: preciso de um motivo.

— Vou ficar te devendo uma.

Ele riu alto disso.

— E dar uma sacaneada a mais no seu pai — adicionou Hunter. — Se você criou um cara, por que não o usar?

Stevie quase conseguia ver os cálculos se passando por trás dos olhos de David.

— Tá bom — disse ele. — Me diz o que escrever e eu mando, então continua sua leitura. Não temos muito tempo.

Só foram necessários alguns minutos para criar o texto de Jim:

Estou escrevendo em nome do senador King. O senador gostaria de ver uma cópia de qualquer documento legal que alegue a existência de algum tipo de benefício financeiro para quem encontrar Alice Ellingham. Há rumores muito antigos sobre a existência desse documento. O senador gostaria de saber sobre qualquer questão legal em potencial ou notícia na imprensa envolvendo a escola, e, obviamente, qualquer tipo de lucro inesperado seria um banquete para a imprensa. Obrigado por sua atenção.

— É curto — comentou Hunter. — Seja breve. Soa mais importante, como se você tivesse direito.

— Familiar — disse David ao terminar de digitar. — Certo. Vou enviar assim que o sinal voltar. Agora você vai ler as coisas que te dei?

Hunter se levantou sem dizer uma palavra, voltou para o sofá e pegou o tablet.

Stevie foi tomada por exaustão. A bolha estourou, e o ar foi sugado novamente para fora da sala. David girava na cadeira e o vento uivava. Ela não era necessária.

— Vou deitar — anunciou.

Quando se levantou, David a seguiu de longe pelo corredor.

— Está me seguindo?

— Vou no meu quarto buscar um carregador — respondeu ele. — Como já disse, passei a noite toda lendo. Parece que você se divertiu, por outro lado.

Stevie segurou a maçaneta com tanta força que achou que poderia arrancá-la.

— Nem tudo gira em torno de você — afirmou ela.

Então entrou no quarto e fechou a porta na cara dele.

15

A CASA INTEIRA TREMIA.

Stevie abriu os olhos. O quarto estava iluminado com uma luz difusa. Ela piscou algumas vezes e pegou o celular. Quase três da tarde. Não havia nenhuma mensagem ou ligação dos pais, o que sugeria que o sinal não voltara em momento algum.

Notou que fizera um ninho para si mesma a fim de se manter aquecida: todas as cobertas, o roupão, a lã e até mesmo algumas toalhas. Lembrou que, em certo momento, considerou virar o saco de roupa suja em cima de si mesma. Relembrou os eventos que a tinham levado até ali. Ficara na sala comunal com Hunter e David até de manhã cedo, então a exaustão a dominara e ela entrara no quarto para descansar por um minuto. O minuto se transformara em horas, e o dia evaporara.

Ela deslizou para fora da cama e se aproximou da janela. A neve caía em diagonal do lado de fora, soprando até mesmo para *cima*. Tinha coberto as árvores e o solo de tal maneira que era difícil entender o que sequer era o lado de fora. Era impossível calcular quanta neve se acumulara, mas parecia estar chegando a poucos centímetros da janela. Então sessenta centímetros? Noventa?

O que fazer agora? Ela voltou para a cama e se sentou na beirada. Ir para fora não era uma opção; nem fora-fora e possivelmente nem fora do quarto. Olhou para a parede, para a superfície levemente ondulada, com camadas de tinta demais, onde a mensagem aparecera havia tantas semanas. Entre a vista algodoada do lado de fora e a névoa pós-cochilo em sua cabeça, a realidade se distorceu e uma onda de adrenalina disparou por seu corpo. Esse lugar era perigoso. Ela deveria ter prestado atenção ao alerta na parede. Ficava esbarrando de raspão na manga da morte, evitando-a por centímetros e segundos. Estava ao fim de um túnel, embaixo do chão, do outro lado da linha de um telefone. Deveria ter ido para casa, deixado esse lugar terrível, porque a sorte subitamente lhe pareceu fugaz. Agora não havia escapatória.

Bem no momento em que sentiu o primeiro impulso em direção a uma crise de ansiedade, uma leve batida veio da porta e Janelle enfiou a cabeça para dentro. Estava com o edredom enrolado ao redor do corpo feito a capa de uma rainha. Ele se arrastou às costas dela quando ela entrou.

— Pensei ter ouvido você — disse ela. — Você acordou.

Os monstros mentais fugiram diante da presença de Janelle. Ela tinha esse efeito, e Stevie sentiu os olhos se encherem de lágrimas de gratidão.

— Cadê Vi? — perguntou Stevie, secando discretamente os olhos.

— No quarto de David. Estão lendo. David, Hunter, Vi.

— E Nate?

— Está escrevendo, eu acho. — disse Janelle. — Pelo menos ele tem algum bom senso. Estou surpresa por você não estar lá em cima.

— Pois é. — Stevie alisou o cobertor. — Ainda não sou bem-vinda.

— Não se preocupe com isso — falou Janelle. — Esquece ele.

Sua voz saiu mais incisiva e um pouco rouca. Stevie se perguntou se ela estivera chorando naquela manhã.

— Vocês brigaram? — perguntou Stevie. — Você e Vi?

Janelle se sentou na cama e apertou a capa de edredom ao redor do corpo.

— Não é uma briga — corrigiu Janelle. — É um desentendimento. Vi é ativista. Disso eu sei. Elu tem opiniões fortes e quer fazer o bem no mundo. É isso que amo nelu. Mas não acho que elu deveria estar... As ideias de David não são boas. Isso não é bom. Quero dizer, talvez a parte em que a gente ficou aqui seja. Mas... sei lá. É. A gente brigou.

Ela afundou a cabeça nas mãos por um momento, grunhiu, e então ergueu o olhar.

— O que você está fazendo?

— Olhando para a parede — respondeu Stevie com honestidade.

— Cada um com a sua — comentou Janelle.

— Paredes são mais interessantes do que você pensa — disse Stevie, percebendo que talvez tenha proferido a declaração mais entediante da história. — Em histórias de mistério, há um monte de coisas dentro de paredes. Mas isso também se aplica à vida real. As pessoas vivem encontrando coisas dentro de paredes. Cartas. Dinheiro. Frascos de bruxas. Lâminas. Gatos mumificados...

— Calma, o quê?

— É um negócio que costumava acontecer — afirmou Stevie. — Corpos já foram encontrados. Existem histórias de pessoas que moravam dentro de paredes; bem, isso acontece mais em livros. As pessoas tendem a viver em sótãos, que nem um tal de Otto que morou no sótão da amante por anos e costumava descer de fininho quando não tinha ninguém em casa, e acabou matando o marido. Ou um outro cara que apelidaram de Homem Aranha de Denver, que morava na casa de umas pessoas, assassinou o dono numa noite e continuou morando na casa por um tempo. Normalmente as pessoas descobrem quando começam a ouvir barulhos estranhos à noite e notam que tem comida sumindo...

— Ah — disse Janelle.

— Quer dizer — continuou Stevie. — Casos são solucionados graças a paredes. Por exemplo, havia um caso na Inglaterra de um homem acusado de agredir sexualmente vários adolescentes nos anos 1970. Todo mundo falava de como ele tinha uma parede em casa onde as vítimas escreviam seu nome e número de telefone. Então a polícia foi até a casa, atualmente, e levaram consigo alguns decoradores para descascar as paredes, porque decoradores têm equipamentos para fazer isso. Rasparam camadas e camadas de tinta até que acabaram chegando nos anos 1970, e ali estava a parede com todos os nomes, números e datas, do jeito que todo mundo falava. A prova estava toda ali. Eles descascaram o passado. Eu estava pensando nisso porque uma amiga de Ellie em Burlington me disse que Ellie falavas sobre coisas dentro das paredes daqui.

Janelle analisou o espaço vazio na parede por um momento. Então largou o edredom e se levantou.

— Espera aqui — disse ela. — Já volto. Preciso fazer uma coisa.

Stevie esperou na mesma posição por vários minutos. Dez, quinze. Ela não a escutava no andar de cima, nem mesmo no quarto dela. Stevie ouviu a casa grunhir e oscilar. Ela se recostou de volta sobre os travesseiros e puxou o edredom dela e o de Janelle sobre si mesma. Por fim, um barulho veio do quarto da amiga. Portas se abrindo e fechando. Então Janelle entreabriu a porta de Stevie, esgueirou-se para dentro e fechou-a bem ao entrar. Ela estava com outra roupa; tinha se trocado de volta para o pijama peludinho de cabeças de gatos, chinelos felpudos e um roupão. Estava com as bochechas vermelhas, o corpo úmido da neve e do exercício, o frio congelante ainda no corpo. Tinha neve no cabelo e nos cílios. Ela carregava um pequeno objeto na mão. Parecia meio que um celular grande demais.

— O que você fez? — perguntou Stevie. — Achei que estivesse no computador ou algo assim.

— Você queria olhar dentro das paredes — respondeu ela. — Fui até a cabana de manutenção e peguei o scanner de parede.

— Você foi lá fora?

— Você não tem o monopólio de quebrar as regras — declarou Janelle, balançando as pernas para esquentá-las e recuperar a circulação. — Quer dar uma olhada e descobrir o que tem ali embaixo? Vamos olhar.

O scanner de parede era um aparelho simples, com uma telinha. Janelle tentou abrir um vídeo sobre como usá-lo, mas o Wi-Fi não cooperou. Ela se virou sozinha sem muita dificuldade.

— Muito bem — disse. — A ideia por trás desses aparelhos é procurar coisas como canos, fios, vigas etc. Então vamos tentar essa parede.

Ela se aproximou da parede que Stevie estivera encarando, então passou o aparelho lentamente sobre a superfície.

— Está vendo? — Ela o passou para a frente e para trás perto de um interruptor. — Fios.

Ela o passou por outro pedaço da parede.

— Vigas — anunciou ela. — Vários espaços vazios. Viu? Nós também podemos procurar coisas, igual a eles. Só que isso é legal e construtivo.

Ela inspecionou o quarto.

— Pode tirar tudo da sua mesa de cabeceira? Vou subir nela para alcançar mais alto. E a gente precisa afastar todos os móveis das paredes.

O quarto, que estivera tão sombrio pouquíssimo tempo antes, enchera-se subitamente de atividade. Ao que parecia, empurrar móveis de um lado para o outro era uma ótima maneira de esvaziar a cabeça. Janelle estava tão focada que nem mencionou as grandes bolas de poeira atrás da cômoda e embaixo da cama. Depois de afastarem todos os móveis, Janelle começou a escanear. A parede que dava para o lado de fora era toda de materiais estruturais. Quando Janelle passou para as paredes internas, encontrou mais fios, espaços vazios, um ou outro cano. Além de algo que poderia ser outro rato morto, não havia nada importante.

— Muito bem — disse Janelle quando terminaram as quatro paredes. — Já temos uma noção de como esse negócio funciona. Agora vamos tentar no quarto de Ellie. Acha que Hunter deixaria?

— Faltou um pedaço de parede — observou Stevie, apontando para o closet.

— Boa.

Só precisaram de um ou dois minutos para jogar o conteúdo do closet de Stevie em cima da cama. O quarto dela estava de pernas para o ar. Janelle entrou no closet e começou a passar a máquina sobre as paredes.

— Ah — disse ela. — Acho que temos mais um monte de rato morto aqui dentro.

— Maneiro — respondeu Stevie. — Bom saber.

— Quando abrimos as portas para o conhecimento, temos que aceitar o que vier... Calma aí.

Janelle estava bem abaixada, passando a máquina pela divisa entre a parede e o chão.

— Tem alguma coisa aqui — anunciou ela. — Não é metal. É meio que...

Janelle deixou o scanner no chão e tateou a base da parede, ao redor do rodapé.

— Tem muitas camadas de tinta aqui — disse ela. — Vamos ter que atravessá-las. Espera um minuto.

Ela foi até o próprio quarto e voltou um momento depois com seu cinto de utilidades. Começou com um estilete pelas beiradas. Passou então para uma chave de fenda, que usou lenta e metodicamente para soltar a tábua. Stevie ouviu alguns estalos promissores. Era a vez de uma chave de fenda maior com a cabeça chata. Mais empurrões, batidas e força, então...

Tac. O rodapé rangeu ao se soltar.

— Ops — falou Janelle. — Ah, e daí. Fica dentro do closet mesmo. Quem se importa. Preciso de um...

Ela fez um movimento de pinça com os dedos.

— Um caranguejo? — perguntou Stevie.

Janelle olhou para cima e ao redor, então se levantou e pegou dois cabides vazios da arara.

— Pegue a lanterna e a aponte aqui para dentro — pediu ela.

Stevie pegou a lanterna e iluminou o espaço onde Janelle estava trabalhando. Janelle enfiou delicadamente as pontas dos dois cabides na parede e os pressionou um contra o outro, criando uma garra. Foram necessárias algumas tentativas, mas ela acabou conseguindo puxar para fora um papel pequeno e amassado. Ela o abriu. Era um maço degradado de cigarros Chesterfield. O maço ainda continha vários cigarros, que pareciam extremamente frágeis.

— Isso parece velho — disse Janelle. — Alguém estava usando esse espaço para esconder coisas.

Ela pegou o scanner de novo e o passou para a frente e para trás sobre o buraco.

— Ainda tem alguma coisa — declarou. — Mais para cima. Com uns vinte centímetros de altura, talvez treze de largura? Perfeitamente retangular.

— Tipo do tamanho de um livro? — sugeriu Stevie.

Janelle enfiou o braço para dentro do espaço, mas logo o retraiu e espanou a poeira.

— Acho que não vamos conseguir alcançar desse jeito — disse. — Acho que vamos ter que atravessar a parede.

— Atravessar?

Janelle se levantou e voltou um momento depois com um martelo de borracha e uma agulha de tricô grande e pesada.

— O que você não tem no seu quarto? — perguntou Stevie com admiração.

— Uma serra circular. E eu tentei. Põe uma música alta aí. Vai fazer barulho.

Stevie foi até o computador e o revirou em busca de alguma música minimamente aceitável, então aumentou o volume até o máximo que o laptop permitia. Os alto-falantes tremiam com cada batida grave. Janelle deu de ombros, como se dissesse que aquele som mixuruca teria que servir. Testou a parede de novo e deu tapinhas até encontrar o lugar que queria. Então posicionou a agulha de tricô contra a superfície e lhe deu uma martelada forte. Isso criou uma marquinha. Martelou de novo e de novo até abrir um buraquinho. Continuou trabalhando ao redor, criando uma série de buraquinhos até formar um pequeno padrão de colmeia. Depois disso, só foram necessários alguns golpes com o martelo para o desenho afundar, e mais um para abrir um buraco de uns quinze centímetros.

— Lanterna — pediu Janelle. — A boa, não a do celular.

Stevie se apressou até as gavetas e pegou a lanterna profissional que a escola providenciava para emergências. Janelle apontou-a para dentro da parede, revelando uma caverninha de pó e escuridão. Enfiou a mão lá dentro. Dessa vez, não precisou de muito esforço.

— Peguei — disse ela para Stevie.

Depois de um minuto de manobra e mais alguns golpes com o martelo de borracha, Janelle puxou um livrinho vermelho para fora do buraco.

O maravilhoso sobre a realidade é que ela é altamente flexível. Em um minuto, tudo é um desastre; no seguinte, floresce de possibilidades. Os sentimentos horríveis da noite anterior foram substituídos por um brilho, um batimento cardíaco que fez o braço e a mão dela tremerem enquanto pegava o livro. Tinha uma capa de couro vermelha que provavelmente já fora vermelho-vivo e estava um pouco escurecida pela sujeira, mas não a ponto de arruinar demais sua aparência. As bordas do livro eram arredondadas, e a palavra *DIÁRIO* estava escrita na capa em letras douradas. As bordas das folhas também eram douradas. Vê-lo sair da parede encheu-a de uma sensação que ela não sabia nomear. Era um tipo de foco intenso e selvagem, uma sensação de que o tempo estava desmoronando e o passado estava aparecendo para dar oi.

— Abre! — exclamou Janelle. — Abre!

O livro estalou levemente quando a lombada quebradiça e o couro cederam pela primeira vez em décadas. Logo em seu interior havia diversas fotos em preto e branco. Ficou imediatamente nítido que faziam parte da coleção que Stevie encontrara na lata. Francis e Eddie. Eddie estava esticado na grama, olhando para a câmera com um sorriso travesso. Havia outra de Francis com sua roupa de Bonnie Parker. E outras cenas também. Fosse lá quem tivesse tirado as fotos, a pessoa tentava fazer arte. Havia uma foto dramática do Casarão, outra da fonte jorrando, Leonard Holmes pintando no gramado. O livro estava grosso, repleto de papéis e escrita.

— Puta merda — disse Stevie.

— Viu? — falou Janelle. — Se quiser resultados, fala comigo.

Houve uma breve batida na porta, e Pix espiou para dentro.

— Jantar! — anunciou.

25 de fevereiro, 1937

A VIAGEM DE CARRO LEVOU A NOITE TODA; UM CAMINHO TORTUOSO PELAS montanhas Adirondack, passando por lagos e seguindo por estradas estreitas em meio ao gelo e à neve.

Como George suspeitava, Jerry sabia por alto aonde ir. Sabia o nome da cidade — Saranac Lake — e tinha uma vaga ideia do caminho a partir de lá. Jerry não era muito inteligente, mas nem ele esqueceria por completo onde deixou a refém mais valiosa do mundo.

O carro sofreu, e se o tempo estivesse um pouquinho pior, não teriam nem chance de conseguir. Quando o dia estava prestes a raiar, chegaram ao subúrbio de Saranac Lake, e ele pareceu ter mais certeza de que estavam no lugar certo. Guiou George por uma série de ruelas à margem da cidade.

— Me conte sobre Iris — ordenou George.

Jerry estava num estupor de exaustão e medo. Ergueu a cabeça e apoiou-a na janela.

— Andy achou que estávamos sendo feitos de trouxa — disse ele com cansaço. — Foi assim que começou. Ele disse que você ficou metido desde que foi morar com Ellingham. Ele me mostrou todos os artigos, todas as histórias sobre Ellingham. Disse que ele era um dos caras mais ricos do mundo e que dois mil não eram nada. Disse que aquela era nossa grande chance. Uma oportunidade única. Que tinha sido entregue de bandeja. Levaríamos a mulher e usaríamos você para conseguir mais dinheiro. Mas então, quando paramos o carro, havia uma criança lá dentro. Já começou tudo errado.

— Vocês podiam ter deixado a criança na estrada.

— Eu falei isso! Mas Andy disse que a gente tinha que continuar... que seria ainda melhor com a criança. E, a princípio, foi. A mulher... ficou quieta; queria se certificar de que a criança não fosse machucada. Todo mundo estava se comportando superbem. Achei que fôssemos libertá-las depois da bolada que recebemos naquela noite em Rock Point, mas Andy achou que a gente poderia conseguir um milhão. Um milhão não é nada para um cara que nem Albert Ellingham. Ele disse que deveríamos esperar um pouco mais. Encontrou um lugar, uma fazenda no meio do nada. Disse que não tinham como procurar em todas as fazendas do país. Acho que é pra virar à direita aqui.

George fez a curva, observando Jerry de soslaio.

— Já tinham se passado alguns dias — continuou Jerry. — Deixamos as duas confortáveis. Eu conversava com elas. Até levei um rádio para elas ouvirem. Deixávamos a mulher amarrada, mas a criança... eu a deixava brincar às vezes quando Andy não estava. Enquanto — ele parecia não conseguir dizer o nome Iris — *ela* estivesse vendo a criança, ela ficava parada. Viu que eu estava dando comida para a menina. Levei até uma boneca para ela. Ficava dizendo para ela que ia ficar tudo bem. Ela ficou quieta por alguns dias. Ela e a criança dormiam juntas. Ia ficar tudo bem. Mas então, naquele dia...

Jerry precisou parar por um minuto.

— Deixei a menina brincar um pouco quando Andy saiu para arrumar comida. Do nada, a mulher disse: "Alice, vai brincar!" E a criança *saiu correndo*. Acho que ela vinha treinando a menina para fazer isso, como se fosse uma brincadeira ou algo assim. Antes que eu conseguisse correr atrás dela, a mulher pulou em cima de mim. Tinha soltado as mãos. Ela era *forte*. Nunca conheci uma dona tão forte. Ela pulou em cima de mim, enfiou os dedões nos meus olhos. Derrubei a arma. Não queria machucá-la. Pensei: *Só deixa ela ir, deixa ela correr*. Mas algo dentro de mim... Não sei, quem está acostumado a brigar o tempo todo não consegue não brigar quando é atacado. Quando ela avançou para a arma, peguei uma pá ou algo assim da parede e bati nela, com força. Saiu sangue, mas... ela continuou de pé. Começou a correr. Ainda consigo vê-la disparando por aquele campo, gritando para a criança correr. A menina não estava em lugar nenhum. Na minha cabeça, eu só pensava:

Acabou. Que bom. Acabou. Podemos ir embora agora. Mas ela estava gritando tão alto que fiquei com medo. Eu a alcancei quando ela caiu. Havia sangue no rosto dela, nos olhos. Falei para ela calar a boca, *calar a boca* que tudo ficaria bem. Bati uma ou duas vezes nela, só para tentar fazê-la parar. E ela começou... a rir.

Nesse momento, Jerry parou e pareceu genuinamente confuso com a história. George segurou o volante com mais força.

— Andy voltou enquanto isso acontecia. Quando o vi, eu a soltei. Porque eu sabia. Pensei: *Dê uma chance para ela.* Ela se levantou e começou a gritar de novo. E Andy, ele simplesmente...

George visualizava a cena por completo e com clareza até demais. Iris era uma das pessoas mais vivas que já conhecera. Amava dançar, festejar... podia nadar por quilômetros. Aquele momento no campo — ela treinara para aquilo a vida toda. Era uma valquíria. Lutava até o fim.

— ... atirou nela — concluiu Jerry. — Foi tudo tão rápido.

Jerry ficou em silêncio, perdido lá no campo, no momento da morte de Iris.

— E Alice — incitou George.

— Levamos uma hora para encontrar a menina — continuou Jerry em voz baixa. — Eu disse que a mãe dela tinha ido para casa. Ela começou a chorar. Nós nos mudamos para outro lugar. Enrolamos o corpo da mulher, Andy dirigiu de volta até o lago Champlain e o deixou lá para fazer parecer que estávamos mais perto de Burlington do que estávamos. Depois disso, Andy começou a ficar louco, falando do FBI o tempo todo. Nunca mais me deixou sozinho com a criança. Dirigíamos de canto em canto. Dormíamos em parques, às vezes em hotéis, mas normalmente ao ar livre, no carro. Então um dia ele decidiu que poderia me deixar com a criança de novo por um tempinho. Ele saiu por uma hora e voltou dizendo que tinha encontrado um lugar. Deixaríamos a criança por um tempo e voltaríamos quando a poeira baixasse. Tinha um casal que cuidaria dela. Dissemos que ela era filha da irmã dele, que o marido não era flor que se cheirasse e queríamos manter a menina em segurança enquanto lidávamos com a situação. Eles pareceram acreditar, e gostaram do dinheiro. Dormimos num celeiro aquela noite. Andy falava de Cuba, que conhecia um cara com um barco que nos levaria para lá por quinhentos

165

dólares. Disse que deveríamos ir para lá. Iríamos de carro até Boston e pegaríamos o barco. Quando acordei, Andy tinha ido embora. Deixou mil dólares no meu bolso. Eu não sabia o que fazer. Tenho primos em Nova Jersey, então fui para lá. Mas não sabia o que fazer em Nova Jersey. Então voltei para Nova York. Sabia que você apareceria em algum momento.

— Então por que deixou o cartão-postal para mim? — perguntou George.

— Acho que estava cansado de fugir. A gente cansa.

George sentiu algo se revirar na barriga; café e bile. *A gente cansa.* Ele estava tão cansado. Quando recuperasse Alice, tudo terminaria. Depois disso, não importava o que acontecesse com ele. Recuperar Alice e encontrar Andy. Albert Ellingham conhecia metade do governo de Cuba. Seria um acordo fácil. Um alívio doce emergiu junto do amanhecer. Tanto sofrimento, tensão e medo nesse último ano, e para quê? Era momento da redenção.

— Aqui — disse Jerry. — Vire aqui.

Entraram em algo que mal podia ser chamado de estrada; era uma rua de terra aberta no meio da floresta, irregular e esburacada, cheia de gelo e neve. O carro engasgou e, em certo momento, quase deslizou para fora da estrada e bateu numa árvore. Ao final da rua havia uma casa, rústica, feita de troncos e tábuas, com uma varanda afundada e vários chifres de veado espalhados ao redor. Um fiapo anêmico de fumaça saía da chaminé.

— É aqui? — perguntou George.

— É aqui. Essa é a casa. Essas são as pessoas. Gente do bem.

— Então é o seguinte — disse George. — Eu te desamarro. Você vai até a porta na minha frente, para o caso de eles serem o tipo de gente que diz oi com a espingarda. Estarei atrás de você com minha arma. Não esquece que eu *quero* atirar em você. Se fizer qualquer gracinha, vou ceder ao impulso.

— Nenhuma gracinha, nenhuma gracinha.

George afrouxou as cordas para Jerry poder sair do carro. Manteve as algemas, novamente cobertas com o casaco de George. Jerry cambaleou à frente quando a porta da casa se abriu e um homem saiu. Ele poderia ter a idade de George, ou ser até mais novo, mas o tempo ali era devastador. O cabelo dele era ralo e oleoso, grudado à cabeça. Tinha a pele acinzentada, a aparência de alguém que não via o sol ou uma refeição decente havia algum tempo. Usava um macacão largo e uma camisa de flanela, mas nenhum casaco. Não pareceu feliz em receber visitas.

— Bom dia! — cumprimentou Jerry com uma alegria falsa nauseante. O sotaque de Nova York ecoou como galhos se partindo numa manhã fria. — Lembra de mim? Com a criança?

O homem os avaliou por um longo momento, e George apoiou a mão na coronha da pistola presa na parte traseira da calça, só por garantia. Ele tinha olhos perspicazes e pareceu interpretar bem a situação; observou Jerry, suplicante e amarrado, e George, que sempre parecia um policial, não importava o que fizesse.

— Demorou um bocado para voltar pela menina — falou o homem em tom irritado. — Você disse uma semana. Tem bem mais de uma semana.

— Eu sei — respondeu Jerry. — Peço desculpas. Mas estamos aqui agora.

— Só nos pagaram por uma semana.

— Você será pago — interveio George antes que Jerry conseguisse dizer qualquer coisa. — Toma aqui um adiantamento.

Ele enfiou a mão no bolso e pegou um bolo de notas. Não fazia ideia de quanto. Poderiam ser duzentos ou dois mil. Estendeu o dinheiro, e o homem deu um passo para fora da varanda e o pegou. As mãos eram grossas e calejadas pelo trabalho, mas limpas. Isso acalmou o coração de George de alguma maneira. Era uma casa pobre num terreno irregular, mas não havia nada de errado em ser pobre, e as pessoas sabiam como viver aqui, como se manter aquecido e alimentado, mesmo em meio às profundezas de um inverno interminável.

— Foi o que pensei — declarou o homem, olhando para a mão cheia de dinheiro. — É a criança das notícias, não é? Só pode ser. A menina dos Ellingham.

George inclinou a cabeça de maneira descompromissada.

— Aposto que tem mais de onde veio isso — disse o homem enquanto erguia as notas amassadas.

— Você será bem pago.

O homem grunhiu.

— Vocês deveriam ter vindo antes. Já faz muito tempo. Você disse uma ou duas semanas.

— Estamos aqui agora — respondeu George.

— Ela está lá atrás.

George começou a subir os degraus de pedra, mas o homem balançou a cabeça.

— Não, não na casa. Ela está do lado de fora, nos fundos. Vem.

George olhou para o campo nevado que se estendia atrás da casa. Um bom lugar para uma criança. Ela poderia fazer um boneco de neve ali fora. Ele praticamente já conseguia vê-la, pisoteando a neve, rindo. Talvez tudo isso tivesse sido para melhor. Talvez Alice tenha tido uma vida normal aqui, uma vida simples. Talvez ela tivesse nadado num lago no verão, catado maçãs no outono.

— Bess gostava de ter uma criança na casa — disse o homem, caminhando por quinze centímetros de neve.

George olhou para a neve pura e lisa ao redor. Não havia, ele notou, nenhuma pegada.

— Cadê? — perguntou ele, escrutinando a área.

— Bem ali — respondeu o homem, um pouco impaciente. — Perto das árvores.

George começou a andar mais rápido, esquecendo-se de Jerry, que tropeçava ao seu lado com as mãos presas às costas e o casaco escorregando dos ombros. Alice. Viva. Alice. Viva. Ela estava ali, brincando. Ela estava ali, na neve. Ela estava...

Não havia ninguém perto da árvore.

George sentiu uma onda de pânico e seus reflexos entraram em ação. Ele sacou a arma da cintura e girou ao mesmo tempo, um pouco atrapalhado pela neve acumulada ao redor dos tornozelos. Como fora tão burro? Tinha caído numa armadilha. Isso era um complô, e George estava prestes a ser derrotado.

No entanto, quando encarou o desconhecido e Jerry, não havia nenhuma arma apontada para ele.

— O que está havendo? — gritou ele. — Cadê ela?

— Já falei — respondeu o homem. — Está aqui.

— *Não tem ninguém aqui.*

— Olha para baixo — disse o homem.

George baixou os olhos para a neve.

— Não faz nem duas semanas — explicou o homem. — Ela pegou sarampo. Marquei o lugar dela aí, onde a pedra está.

Então George viu: uma pedra. Não uma lápide. Nem mesmo uma pedra gravada. Só uma pedra, coberta de neve.

— Falei que vocês deviam ter vindo antes — continuou ele. — Não dá para fazer nada contra o sarampo. Deixei ela nos fundos. Uma criança daquelas nunca ia sobreviver. Ela era fraca.

George olhou para a pedra que marcava a cova da filha.

— Vocês chamaram um médico? — perguntou ele, rouco.

— Não podíamos chamar um médico para aquela menina — disse o homem, com desdém. — Quando descobrimos quem ela era.

Quando descobrimos quem ela era. George inspirou o ar congelante. Não sentia frio.

— Pegue uma pá — ordenou ele.

George mandou o homem de volta para a casa e ficou de guarda enquanto Jerry cavava. A primeira camada foi rápido: só neve. A cova de Alice era rasa, mal tinha trinta centímetros de profundidade, e não tinha nem caixão. O corpo havia sido enrolado em algum tipo de tecido rústico.

— Ah, meu Deus — disse Jerry, olhando para a trouxa. — Eu nunca...

— Largue a pá e se afaste dela.

Jerry cambaleou para trás e largou a pá. Ele ergueu as mãos num gesto de rendição.

— Não vou atirar em você, Jerry — anunciou George enquanto guardava a arma na cintura.

Jerry meio que desabou, respirando com dificuldade, arfando, agradecendo a George e a Deus em medidas iguais. Não viu George pegar a pá e foi pego de surpresa pelo primeiro golpe, que o derrubou de joelhos. Os seguintes vieram depressa, numa enxurrada misturada com gritos e choramingos. A neve ficou respingada de sangue.

Quando acabou, George jogou a pá no chão e recuperou o fôlego. Nenhum movimento vinha na direção da casa. Estavam longe o bastante para nada ser visto ou ouvido. O homem provavelmente estaria esperando ouvir tiros, e não houvera nenhum.

Ele se recompôs e se aproximou da cova. Ergueu o embrulhinho do buraco. Estava rígido e congelado. Ele pôs Alice na neve fresca com cuidado, então usou a pá para alargar e aprofundar a cova. Depositou Jerry nela, com o rosto para baixo.

Carregou Alice até o carro e posicionou-a delicadamente no banco de trás, arrumando o tapete do carro com cuidado sobre ela como se o calor pudesse reanimá-la.

Depois de parar um momento para pensar no que fizera, tirou o revólver da cintura, confirmou que estava carregado e começou a caminhar de volta para a casa.

16

STEVIE SENTIA COMO SE ESTIVESSE ESCONDENDO UMA BOMBA.

Era tão estranho que já fosse noite, estranho que o grupo estivesse reunido novamente ao redor da grande mesa de madeira. Na empolgação da busca, Stevie temporariamente esquecera de tudo mais que estava acontecendo: a neve, David, os arquivos que estavam lendo.

Pix, alheia à toda atividade que acontecia ao redor, tinha servido pão e ingredientes para sanduíche, além de algumas das saladas e comidas diversas que tinham sido deixadas no refeitório. Havia bebidas frias com gelo ainda nas garrafas. Stevie pegou um dos refrigerantes de bordo que achava nojento. Não se importava com o sabor de nada nesse momento. Precisava seguir a maré, comer e voltar para o quarto, onde o diário esperava sobre a cama. Havia uma tigela de salada de atum. Ela pegou duas fatias do pão mais próximo e jogou uma colherada de salada nele, achatando-a. Fatiou o sanduíche com um longo corte e se jogou numa cadeira num dos extremos da mesa.

David se sentou do outro lado, com um dos tablets velhos ao lado, virado para baixo.

— Não como salada de atum — declarou enquanto pegava uma fatia de pão. — É muito *misteriosa*. As pessoas colocam coisas nela sorrateiramente. É uma comida sorrateira.

— Eu gosto — disse Hunter. — Fazemos em casa com picles de endro e bastante tempero.

— Bom saber — respondeu David. — Nate, qual é sua opinião sobre salada de atum?

Nate tentava ler e comer macarrão com queijo frio em paz.

— Não como peixe — declarou ele. — Peixes são assustadores.

— Entendi. E você, Janelle?

Vi não parava de lançar olhares furtivos para Janelle. Janelle permanecia educada, mas resoluta. Ela fez um prato de frango assado frio e salada, então se sentou ao lado de Stevie. Vi encarou as profundezas da sua xícara de chá.

— Tenho coisas melhores para pensar — disse ela. — Como foi seu dia?

— Lento — respondeu David. — Mas sabe como é.

— Não sei, na verdade — retrucou Janelle.

David não parava de olhar para Stevie. Era impossível ler sua expressão. Não era hostil. Era quase... piedosa? Como se estivesse se sentindo *mal* por ela.

Isso era inaceitável. Que desse um sorrisinho desdenhoso. Que a ignorasse. Mas pena não combinava com o rosto anguloso de David. Stevie ergueu o queixo e o encarou de volta enquanto comia sua salada de atum. E quando acidentalmente derrubou um pouco no colo, espanou-a para o chão, recusando-se a admitir que o acidente acontecera.

Ela se retirou assim que terminou o prato. Janelle acompanhou-a. De volta ao quarto, Stevie se ajoelhou ao lado da cama, como alguém rezando ou se curvando diante de um artefato. Janelle se sentou na cama e observou enquanto Stevie voltava a abrir o livro. A capa estalou novamente. Tinha um cheiro bem leve de mofo, e as páginas estavam amarelo-claras, mas, fora isso, encontrava-se em bom estado. A letra era cursiva e floreada, perfeitamente alinhada, pequena e refinada. A tinta estava manchada em alguns lugares.

— Vamos começar com as fotos. — Stevie ergueu a fotografia da garota com o vestido justo de tricô, a mão na cintura e um cigarro entre os dentes. — Essa é Francis. Esse só pode ser o diário dela. Ela morava aqui.

Francis Josephine Crane e Edward Pierce Davenport eram alunos da primeira turma de Ellingham, do ano letivo de 1935 a 1936, que precisou voltar para casa no começo de abril quando os sequestros aconteceram. Francis morava na Minerva; aquele tinha sido seu quarto. A família dela era dona da empresa Farinha Crane ("A favorita dos americanos! Cozinhar nunca é chato quando se usa Crane!" aparentemente era o slogan deles). Era uma família impressionantemente rica, amiga dos Ellingham em Nova York; tinham casas vizinhas na Quinta Avenida. Ela só tinha dezesseis anos quando foi para Ellingham, mas sua vida era cheia de viagens, tutores, verões em Newport, invernos em Miami, passeios na Europa, bailes, festas e tudo que estivesse à disposição dos ricos durante a Grande Depressão enquanto o país morria de fome. A vida dela depois de Ellingham foi meio que um mistério. Ela teve um baile de debutante no Ritz aos dezoito anos, mas havia pouquíssima informação depois disso.

Edward, ou Eddie, viera de uma criação parecida. Era um garoto rico que deixara sua marca em várias escolas e tutores. Eddie queria ser poeta. Seu destino era conhecido. Depois de Ellingham, foi para a faculdade, então a abandonou e foi a Paris para virar poeta. No dia em que os nazistas tomaram a cidade, ficou bêbado de champanhe e saltou do alto de um edifício em cima de um veículo nazista, uma queda fatal.

Naquelas fotos, eles estavam vivos novamente, e rebeldes. Stevie virou as páginas com cuidado, a princípio avaliando os recortes avulsos. Muitos eram de jornais; matérias sobre John Dillinger, Ma Barker, Pretty Boy Floyd. Todos ladrões de banco. Fora da lei. Também havia outras coisas — páginas arrancadas de livros de ciência. Fórmulas.

— Significa alguma coisa para você? — perguntou Stevie a Janelle.

— Só que a maioria é de explosivos — respondeu Janelle.

Na margem de uma das páginas havia uma nota: *Impressões digitais: $H_2SO_4 NaOH$.*

— O que é isso? — perguntou Stevie.

— Ácido sulfúrico e hidróxido de sódio. Ácidos comuns. Não entendi a parte das impressões digitais.

— Acho que se refere a queimar impressões digitais — sugeriu Stevie.

— Gângsteres e ladrões de banco faziam isso. Queimavam-nas com ácido.

As páginas seguintes eram repletas de mapas desenhados à mão, muito detalhados e bem-feitos a lápis, resquício de uma época pré-Google, quando era preciso encontrar cópias físicas para planejar rotas. Quem quer que tivesse desenhado aquilo era habilidoso e tinha a mão firme e precisa. Havia mais páginas, tanto escritas à mão quanto rasgadas de outras fontes, sobre armas e munições.

— Que troço sinistro — comentou Janelle. — Parece alguém se preparando para um tiroteio numa escola.

— Não acho que seja o caso — respondeu Stevie. — Acho que é um guia de própria autoria. São informações sobre como se tornar um gângster ou um ladrão de banco. Não existia internet, então ela fez um manual para si mesma.

Uma fita dividia o livro na metade. Stevie abriu na página marcada. Ali havia menos recortes avulsos e mais escrita. Eram entradas de um diário. Stevie passou os olhos pela primeira:

12/09/35
Tudo deveria ser diferente aqui, mas para mim, parece a mesma mesquinharia que aguento em casa. Preciso olhar para Gertrude van Coevorden todo dia, e às vezes acho que, se ela disser mais uma tolice, serei obrigada a tacar fogo no cabelo dela. Ela é tão esnobe que parece mentira. É muito cruel com Dottie, que parece ser a única com algum neurônio por aqui. É uma pena que seja tão pobre.

20/09/35
Uma faísca brilhante. O nome dele é Eddie; e é um garoto muito interessante. Se for o mesmo Eddie no qual estou pensando, ele tem umas histórias e tanto. Dizem que já engravidou uma garota e ela precisou ser levada para fora de Boston para dar à luz em privacidade. Ele parece capaz disso. Pretendo descobrir mais.

21/09/35
Perguntei a Eddie sobre o bebê. Ele sorriu e disse que, se eu estivesse disposta a descobrir, ele estaria disposto a me mostrar. Respondi que, se ele voltasse a dizer algo do tipo para mim, eu apagaria um cigarro no olho dele. Vamos nos encontrar hoje à noite, depois do anoitecer.

22/09/35
Eddie me deu umas aulas. Esse lugar não vai ser tão ruim assim, no fim das contas.

25/09/35
Estudos bem intensos com meu novo professor. Ah, papai. Ah, mamãe.
Se vocês soubessem. Que Deus abençoe vocês e sua devoção aos amigos.
Obrigada por me mandarem para cá.

— Vai fundo, gata — disse Janelle.

Stevie continuou folheando, passando os olhos pelas entradas. Mais à frente, havia alguns poemas.

NOSSO TESOURO
Tudo que me importa começa em nove
Dance mil e duzentos passos até a linha norte
À margem esquerda trezentas vezes
I+E
Linha da bandeira
Ponta dos pés

Esse aturdiu Stevie um pouco mais. A letra E sugeria Eddie, mas quem seria I?

Então ela chegou à página que quase fez seu coração parar. Ali, em preto e branco, estava o rascunho do Cordialmente Cruel. Stevie conseguia visualizá-los trabalhando no texto.

Charada, charada, hora de brincar
Uma corda ou uma arma, qual devemos usar?
~~Fósforos queimam, tesouras cortam~~
~~Facas cortam, fósforos queimam~~
~~Facas cortam~~
Facas são afiadas
E têm um brilho tão lindo
~~Bombas são~~
~~Veneno é amargo~~
Veneno é lento

Havia três páginas disso antes de chegarem à versão final.

Stevie teve que andar em círculos pelo quarto várias vezes.

— Sabe o que é isso? — perguntou Stevie.

— Prova — respondeu Janelle.

— Mais prova. De alguma coisa. Ao menos de que Cordialmente Cruel é...

Então acabou a luz.

17

— Curiosidade — disse Stevie, tentando amenizar o clima no espaço vasto e escuro. — Essa lareira? Henrique VIII tinha uma igualzinha em Hampton Court. Albert Ellingham mandou fazer uma réplica exata.

— Curiosidade — respondeu Nate. — Henrique VIII matou duas esposas. Quem quer a lareira de um assassino?

— Não sei, mas esse é o nome do meu novo programa de auditório.

Nate e Stevie foram os primeiros a chegar ao Casarão, que foi para onde os residentes da Minerva foram transferidos depois da queda de energia; o Casarão tinha um gerador próprio. A Minerva só ficava a algumas centenas de metros do Casarão, mas as condições externas tinham se tornado perigosas demais para caminhadas. Mark Parsons foi buscá-los com a motoneve, que ele deixara estacionada embaixo do pórtico já pensando na nevasca. A cabine fechada da motoneve só comportava duas pessoas por vez, além de Mark. Houve muita confusão enquanto todo mundo tentava resolver quem ia com quem e em que ordem. Janelle e Vi se aproximaram com incerteza. Hunter parecia profundamente desconfortável com tudo o que acontecia nesse universo confuso no qual acabara de aterrissar. David estava distribuindo olhares sombrios e misteriosos.

— Eu vou com Stevie — anunciou Nate, cortando o lengalenga.

Nos poucos segundos que Stevie ficou do lado de fora, o vento quase a derrubou de lado. Por sorte, a neve a mantinha de pé. Estava batendo nos joelhos. A motoneve serpenteou pelas trilhas; sua luz era a única coisa visível do mundo além da neve que caía em redemoinhos. Mark não parecia muito animado de ter precisado sair de um prédio quentinho para dar carona para um bando de alunos idiotas no meio de uma nevasca, mas não comentou nada. Provavelmente já presenciara muitas atitudes de alunos idiotas ao longo dos anos.

Charles e a dra. Quinn os esperavam. Charles estava vestido de maneira mais informal do que o normal, com um casaco de lã grosso e calça de moletom. A dra. Quinn mostrava que não estava ali para brincadeiras num suéter de caxemira rosa acinzentado, uma saia de lã volumosa, meias-calças pretas de caxemira e botas pretas de cano alto. Nenhuma quantidade de neve conseguiria roubar seu charme majestoso. Charles tinha uma expressão que dizia: "Não estou com raiva, estou decepcionado." A da dra. Quinn dizia: "Ele é passivo-agressivo. Eu, não. Sou agressiva mesmo. Já matei antes."

— Falaremos com todos vocês quando os outros chegarem — avisou Charles. — Por enquanto, sentem-se perto da lareira.

Nate e Stevie se sentaram lado a lado e ficaram se aquecendo. As lareiras eram agradáveis no começo da tempestade, mas já estavam perdendo o apelo. Ou se ficava perto demais ou não perto o suficiente. Um lado seu assava enquanto o outro congelava. Exigia muitas trocas de posição, aproximações, recuos, suor e tremedeira.

Do lado de dentro, o salão gigantesco estava mergulhado em sombras amarronzadas. Havia algumas luzes acesas, mas a energia estava claramente sendo economizada. O Casarão, que fora construído para aguentar nevascas de Vermont, rangia ao ser atingido pelo vento. As lufadas frias se esgueiravam para dentro pela chaminé e por baixo da porta gigantesca. O vento circulava e girava pelo salão principal, deslizava para cima e para baixo pela escadaria e assoviava pelo mezanino do andar de cima.

Enquanto esperava, Stevie notou como o Casarão mudava de personalidade em tipos diferentes de luz. Da primeira vez que entrara ali, num dia iluminado de fim de verão, ele estava fresco e vasto como um museu; sua opulência silenciada pelo sol forte. Na noite do Baile Silencioso, ele brilhara, e a luz refletida no cristal dos lustres e das maçanetas dançava. Esta era outra personalidade, estoica, cheia de sombras e recantos. Um lugar onde se esconder da tempestade. Nunca deixava de impressioná-la o fato de que aquele palácio de mármore, arte e vidro fora construído pra abrigar três pessoas, na realidade. Três pessoas, seus empregados e hóspedes; mas três pessoas. No auge da Grande Depressão, enquanto o povo dormia em caixas em parques. O dinheiro permite que algumas pessoas vivam como reis enquanto outras morrem de fome.

— Às vezes não sei por que estou aqui — ela se ouviu dizendo. — O que é que estou fazendo? Ninguém pode ajudar os Ellingham. Eles já se foram. Ninguém jamais vai encontrar Alice.

— Talvez encontrem — respondeu ele. — Ela ainda poderia estar viva, não pode? E pessoas... coisas... vivem aparecendo. Tipo em bancos de dados de DNA ou algo assim.

— Mas encontrá-la não a *ajudaria* — argumentou Stevie. — Ela foi sequestrada em 1936. Nada que estou fazendo ajuda ninguém.

Nate lançou um olhar cansado para ela.

— Acho que você está resolvendo suas paradas — disse ele. — Todo mundo tem suas paradas. Tipo, eu sei que sei escrever porque escrevi um negócio uma vez. Mas acho que não consigo escrever de novo porque estou com medo. Estou com medo de não conseguir me expressar em palavras tão bem quanto na minha cabeça. Porque não sei como fazer isso, só sei que acontece. E porque sou preguiçoso. Todo mundo tem dúvidas. Mas você fez algo incrível. Solucionou uma parte enorme do caso. *Conta para alguém.*

Stevie roeu uma unha por um momento.

— E se eu estiver errada?

— Aí você vai estar errada. Eles já morreram. Não têm como morrer mais. E você tem... coisas. Tem pistas. Mostra seu trabalho para alguém.

— Mas então ele vai estar encerrado — disse ela.

— E não era isso que você queria?

Stevie não fazia ideia do que responder. Por sorte, Vi e Janelle entraram em seguida e interromperam a conversa. Estavam agasalhados de um jeito parecido; Vi estava usando roupas de Janelle porque, é claro, Vi não tivera oportunidade de ir à sua casa depois do café da manhã. Por mais que houvesse uma frieza entre o casal, Janelle não negaria suéter, cachecol e gorro a Vi.

Logo atrás, vieram Hunter e David. Pix encerrava a fila. Quando todos se acomodaram, Me Chame de Charles e a dra. Quinn começaram seu sermão: como estavam decepcionados *de verdade*, e, sim, Charles entendia (a dra. Quinn ficou em silêncio nesse momento) que era difícil deixar a escola. Mas os alunos colocaram a si mesmos e aos outros em risco, como Mark, que não deveria ter precisado sair na motoneve hoje à noite. Ele estava vermelho e tremendo de fazer tantas viagens na neve.

— Está frio demais lá em cima — disse Mark. — Precisamos conservar o calor. Se eles dormirem na sala da manhã, consigo deixá-la numa temperatura decente.

— Certo — respondeu Charles. — Vou te ajudar a pegar os cobertores e travesseiros no andar de cima.

— Nós podemos *todos* ajudar — ofereceu Pix.

— Não. Todo mundo fica aqui embaixo. Não vou arriscar que ninguém caia no escuro.

Então todos se sentaram perto da lareira, acovardados e quietos. Todos menos David, que pegou um tablet e continuou a ler como se não houvesse nada errado. Mark e Charles jogaram cobertores e travesseiros do mezanino para economizar viagens. Todas essas coisas foram levadas para a sala da manhã, que estava mais fria do que qualquer cômodo tem direito de estar.

— Não temos nenhuma cama dobrável — disse Charles. — Tem alguns tapetes emborrachados que usamos no salão de baile. Eles vão cortar o frio do chão e deixá-lo um pouco menos duro. Mas vocês terão que dormir no chão. Um ou dois de vocês podem usar os sofás e cadeiras. Todos têm que ficar nesse cômodo ou no salão principal. Ninguém no andar de cima. Ninguém lá fora, obviamente. Sinto muito, mas é o que precisamos fazer. Tem comida e bebida na cozinha dos professores.

Eles saíram do cômodo para deixar o grupo se instalar. As arandelas das paredes estavam ligadas em meia potência e banhavam o cômodo numa luz suave, apenas suficiente para enxergar o caminho por entre a delicada mobília francesa.

— Escolham um lugar — orientou Pix. — Acomodem-se. Vamos ficar aqui por um tempo.

Todo mundo começou a pegar itens da pilha de roupas de cama. Havia duas cobertas por pessoa, mas duas não bastariam, especialmente dormindo no chão.

— Quaaaanta diversão — comentou Nate baixinho enquanto pegava um travesseiro. — É como se estivéssemos numa daquelas viagens para o Monte Everest. Sabe, aquelas com taxa de mortalidade de dez por cento e cuja metade dos marcos de distância é de cadáveres congelados.

— Tem Wi-Fi — disse Vi. — Já é alguma coisa.

— É mesmo? — perguntou Nate.

David pegou um cobertor, acomodou-se em duas cadeiras, puxou o cobertor sobre o corpo e continuou lendo. Não era tão babaca quanto pegar o sofá. Ainda assim, de alguma forma, escolher a opção ligeiramente menos babaca parecia ainda mais babaca. Janelle e Vi voltaram a se encarar, então desviaram o olhar e arrumaram suas camas em cantos diferentes ao redor das mesas baixas e decorativas cheias de panfletos de Ellingham.

— O que está rolando com o casal? — perguntou Pix a Stevie em voz baixa.

— Nada — respondeu Stevie. — Sei lá.

Stevie escolheu o chão atrás do sofá. Tinha carpete ali, e o sofá lhe parecia um corta-vento. Nate se enroscou num canto. O sofá foi deixado para Hunter, já que deitar no chão frio e duro seria difícil para ele.

Uma vez que os cobertores estavam posicionados, o cômodo rapidamente se dividiu em dois campos: as pessoas com os tablets e as pessoas sem. Vi, Hunter e David se sentaram próximos e leram, comparando observações de tempos em tempos. Do outro lado do cômodo, Stevie, Janelle e Nate se sentaram juntos e separados, cada um imerso no próprio mundo. Janelle estava de fone de ouvido e escutava alguma coisa tão alto que o som vazava. Estava lendo um livro com um monte de diagramas mecânicos. Tudo em seu jeito transparecia que tentava bloquear o que Vi estava fazendo. Nate alternava entre o livro e o computador. Stevie pensou até tê-lo visto abrir um arquivo que parecia o livro novo dele. Ela viu a palavra *capítulo* no topo de algumas páginas enquanto ele rolava a tela para baixo. Visto que Nate só escrevia quando era obrigado, isso indicava bem claramente sua opinião sobre a situação.

Stevie foi deixada para marinar num estado de confusão e leve pânico indefinido. Se pudesse, não faria nada além de encarar David. As pontas dos dedos dela ainda conseguiam sentir o cabelo dele, os músculos dos ombros. Seus lábios lembravam de todos os beijos. E o calor... de estar perto de alguém daquele jeito.

Daria no mesmo se ele estivesse do outro lado do oceano, não a três ou quatro metros de distância, atrás de uma mesa de pés dourados e um sofá rosa.

Quanto a trabalhar na situação atual, bom, ela não tinha privacidade, e precisava de privacidade para pensar. Precisava andar de um lado para o outro, colar papéis nas paredes e murmurar para si mesma.

Talvez nada estivesse acontecendo. Talvez Hayes, Ellie e Fenton tivessem morrido das exatas maneiras que todo mundo pensava. Acidentes acontecem, sim, ainda mais com quem corre riscos. Eles eram a prova viva disso no momento. Tinham jogado com o tempo, quebrado as regras, e agora estavam presos juntos ali.

Ela precisava se mexer. O banheiro. Poderia ir lá.

Stevie se levantou, pegou a mochila e foi para o salão. Os banheiros ficavam atrás da escada, depois do salão de baile e do escritório de Albert Ellingham. Ambas as grandiosas portas estavam fechadas. Ela matou tempo escovando os dentes, lavando o rosto e encarando-se no espelho; o cabelo loiro tinha crescido. As raízes castanhas estavam aparecendo. A pele estava rachada do frio e os lábios, ressecados. Ela se debruçou sobre a pia, a mesma pia à qual os *glitterati* tinham vindo há tantos anos para retocar o batom e ter ânsia de vômito.

Talvez fosse o fim. Ela solucionara o caso — em sua mente —, mas havia poucas provas. Poderia ir para casa, pôr tudo em palavras. Talvez postar na internet, ver se recebia atenção dos conselhos. Mostrar seu trabalho.

Então tudo acabaria. E depois?

Ela exalou longamente, juntou os pertences e saiu.

David esperava por ela, sentado numa das cadeiras de couro do salão.

— Lembra daquele favor que fiz para você? — perguntou ele. — Tenho uma novidade, se quiser ver.

Ele ergueu o celular.

PARA: jimmalloy@electedwardking.com
Hoje às 9h18
DE: jquinn@ellingham.edu
CC: cscott@ellingham.edu

Sr. Malloy,
Não vejo como aquele documento possa ser da conta do senador.
Atenciosamente,
Dra. J Quinn

— Ela deu um corte — comentou David. — Foi meio sexy.

— Mas! — exclamou Stevie, com o rosto corado. — Ela disse *aquele documento*. O que significa que existe um documento. *Existe um documento.*

— Parece que sim — concordou ele.

— O que significa que precisamos vê-lo. Podemos responder. Quer dizer, Jim pode responder. Jim deveria responder.

— Jim está ocupado — respondeu David. — Jim não está aqui para seguir suas ordens.

— David — disse ela, girando na frente dele. — Por favor. Olha. Eu sei. Você está puto comigo. Mas isso é importante.

— Por quê?

— Porque, se existe um adendo, significa que existe um motivo. Significa que existe dinheiro. Preciso ver esse documento.

— Quero dizer: por que isso é importante para mim? — esclareceu ele. — Sei que você disse que nem tudo gira ao meu redor, mas...

— É sério?

— E se eu descobrir alguma coisa? E se dissesse que eu faria isso por você se você me deixasse em paz?

— O quê?

— Vou fazer o que você quer — declarou ele. — Vou responder. Vou te ajudar a arrumar essa informação. Mas eu e você, acabou. Não nos falamos mais.

— Que tipo de pedido estranho é esse? — perguntou ela, com um nó na garganta.

— Não é estranho. É bem direto. Meu pai te deu algo que você queria para você voltar aqui e me vigiar. Então estou te oferecendo algo parecido. Quero saber o que é mais importante. Eu, ou o que posso fazer por você?

Parecia que o Casarão estava se inclinando para o lado.

— Está demorando demais para decidir — observou ele.

— Não acho que seja justo.

— Justo?

— Você está dizendo isso enquanto está, neste exato momento, fazendo outras pessoas bisbilhotarem as coisas do seu pai. Que você roubou.

— Para impedir que ele fique mais poderoso.

— E estou tentando descobrir o que aconteceu com Hayes, Ellie e Fenton.

— É *isso* que você está fazendo?

— Sim — disse Stevie com rispidez. — É.

— Porque meio que parece que você quer mais podres para o seu projetinho de estimação.

Foram as palavras *projetinho de estimação* que mexeram com ela. Um tipo de raiva branco-azulada subiu aos olhos dela.

— Eu quero a informação — declarou ela.

David abriu aquele sorriso largo e lento; o sorriso que dizia: "Eu te disse que é assim que o mundo funciona."

— Muito bem — respondeu ele com animação. — Vamos escrever uma bela resposta.

O texto deu as caras com velocidade surpreendente. David murmurava baixinho enquanto escrevia. Talvez tenha sido assim quando Francis e Edward compuseram o poema do Cordialmente Cruel, com as cabeças juntinhas:

O senador considera da conta dele qualquer assunto que envolva o filho. Foi por isso que o senador doou um sistema de segurança privado para assisti-los depois dos seus problemas recentes. Não preciso lembrá-los de que dois alunos morreram na escola e de que o filho do senador fugiu enquanto se encontrava sob sua supervisão. O senador gostaria de ter conhecimento de quaisquer possíveis

problemas que possam se originar de sua negligência; isso inclui qualquer publicidade relacionada às questões históricas da escola. Sentimos que esta é uma forma educada de obter informação, mas, se desejarem que recorramos a uma ação judicial, assim faremos.

Atenciosamente,

J. Malloy

— Pronto — disse ele. — Sabia que todos os anos que passei rodeado por esses babacas valeriam a pena. Seu e-mail. E agora, estamos acabados.

Ele apertou "enviar", então se virou e voltou para o acampamento.

13 de abril, 1937

Montgomery, o mordomo, cuidava da mesa da sala da manhã com a eficiência taciturna de sempre. A casa ainda produzia um bom e amplo café da manhã, com grandes quantidades do famoso xarope de Vermont aquecidas com delicadeza por uma lamparina. Havia comida para alimentar vinte hóspedes, mas as quatro pessoas à mesa comeram pouquíssimo. Flora Robinson bebericava numa xícara de café com a estampa delicada de rosinhas que Iris escolhera. Robert Mackenzie folheava as correspondências da manhã. George Marsh se escondia atrás de um jornal. Leonard Holmes Nair deu algumas facadas em sua meia-toranja, nenhuma fatal.

— Você acha que ele vai descer essa manhã? — perguntou ele ao grupo.

— Acho que sim — respondeu Flora. — Precisamos agir do modo mais normal possível.

Leo foi educado o suficiente para não rir dessa sugestão.

Fazia exatamente um ano desde o sequestro. Um ano de buscas, espera e sofrimento... um ano de negação, violência e um pouco de aceitação. Havia um acordo tácito de que a palavra *aniversário* nunca seria dita.

A porta da sala do café da manhã se abriu de repente, e Albert Ellingham entrou, vestido com um terno cinza-claro e, por mais que parecesse estranho, com cara de quem estava muito bem descansado.

— Bom dia — disse ele. — Peço desculpas pelo meu atraso. Estava ao telefone. Achei que podíamos...

Ele lançou um olhar desconfiado para o café da manhã, como se tivesse se esquecido do propósito da comida. Precisava frequentemente ser lembrado de comer.

— Achei que podíamos fazer uma viagem hoje — concluiu ele.

— Um viagem? — perguntou Flora. — Para onde?

— Para Burlington. Vamos pegar o barco. Passar a noite em Burlington. Já mandei aprontarem a casa por lá. Podemos estar prontos para sair em uma hora?

Só havia uma resposta possível.

Enquanto se aproximavam do carro à espera, Leo viu quatro caminhões subindo aos sacolejos pela entrada para carros, dois cheios de homens e dois cheios de terra e pedras.

— O que está havendo, Albert? — perguntou Flora.

— Só um pouco de trabalho — respondeu Albert. — O túnel embaixo do lago é... desnecessário. O lago não existe mais. É melhor enchê-lo.

O túnel. Aquele que traíra Albert e permitira que o inimigo entrasse. Seria sufocado, enterrado. A visão das pedras e da terra pareceu provocar algo em George Marsh, que pôs sua mala no chão.

— Sabe — disse ele —, talvez fosse melhor eu não viajar para ficar de olho nas coisas.

— O mestre de obras é capaz de lidar com qualquer imprevisto — declarou Albert.

— Talvez seja melhor — insistiu George Marsh. — Para o caso de algum repórter ou turista tentar entrar.

— Se você diz — respondeu Albert.

Leo olhou com mais atenção para George Marsh e observou o jeito estranho, a fascinação com que observava os carrinhos de mão cheios de terra e pedras sendo levados para o jardim dos fundos. Havia algo ali, no rosto de George... algo que Leo não conseguia identificar direito. Algo que o intrigava.

Leo vinha observando George Marsh desde que Flora lhe contara que Marsh era o pai biológico de Alice; o grande e corajoso George Marsh, que já salvara Albert Ellingham de uma bomba, que seguia a família a todo lugar oferecendo tranquilidade e proteção.

É claro que ele não protegera Iris e Alice naquele dia fatídico, mas não podia levar a culpa por isso. Iris gostava de sair sozinha. Ele não podia ser culpado por não recuperá-las naquela noite; tinha ido se encontrar com os sequestradores e acabou levando uma bela surra no processo. Não era um grande gênio, um Hercule Poirot, que solucionava crimes em sua mente enquanto batia com uma colher no ovo cozido do café da manhã. Era um amigo, a força bruta, uma boa pessoa para alguém como Albert Ellingham ter por perto. E sim, trabalhava para o FBI, mas nunca parecia fazer muito por eles. Albert tinha garantido que ele fosse promovido a agente, e havia um papo vago sobre uma busca por traficantes do Canadá, mas ele nunca parecia notar os que Leo encontrava regularmente, os que forneciam a Iris seus pós e poções de preferência.

Ou talvez notasse e fizesse vista grossa.

Naquele momento, George Marsh estava mentindo sobre os motivos para ficar. Disso, Leo tinha certeza. O fato de que pessoas mentem não era algo particularmente interessante. Não é a mentira em si que importa... é o porquê da mentira. Alguns, como Leo, mentiam por diversão. Era possível ter noites excelentes com uma boa mentira. Mas a maioria das pessoas mentia para esconder coisas. Se fosse algo simples como um caso amoroso — bem, ninguém se importava com isso. Fosse o que fosse, era *secreto*, não apenas privado.

George Marsh, como Leo enxergava com muita clareza, tinha um segredo.

— Muito bem, então — disse Albert, guiando Leo, Flora e Robert em direção ao carro.

George Marsh ficou parado à porta e observou o carro se afastar. Quando teve certeza de que o grupo estava a uma distância decente, entrou no próprio carro e saiu da propriedade.

Passou várias horas fora e retornou perto do anoitecer. Estacionou na estrada de terra, bem longe dos fundos da residência. Depois, voltou à casa e observou quem continuava por lá. Os trabalhadores braçais tinham ido embora, assim como os empregados do turno do dia. Montgomery se retirara para seus aposentos e os outros empregados aos deles. Ele falou com os seguranças e mandou que patrulhassem as fronteiras da propriedade. Ao fim de tudo isso, trocou de roupa e vestiu uma calça de trabalho e uma camiseta simples. Então pegou uma lanterna, saiu pelos fundos da casa e apanhou uma pá no caminho.

Deslizou pelo solo enlameado para dentro do poço pantanoso onde o lago estivera, então caminhou até a ilha no centro, onde o domo de vidro refletia o luar fraco.

Era desagradável voltar ao domo agora. Cheirava a terra e abandono e estava cheio de pegadas dos trabalhadores. Não havia mais mantas nem almofadas. Ele se sentou no banco lateral, exatamente onde estivera quando se deparou com Dottie Epstein. Ela tentara se esconder sob uma manta no chão, mas o medo e a curiosidade levaram a melhor sobre ...

— Não tenha medo. Pode sair.

Dottie olhou para as coisas que ele tinha posto no chão: a corda, o binóculo, as algemas.

— Isso é para o jogo — dissera ele.

— Que tipo de jogo?

— É muito complicado, mas vai ser bem divertido. Preciso me esconder. Você também estava se escondendo aqui dentro?

Ele começara a suar profusamente naquela parte da conversa, ao sentir tudo se desenrolar. Como foi que conseguira parecer tão calmo?

— Para ler — respondera ela.

A menina estava com um livro. Ela o abraçava como um escudo.

— Sherlock Holmes? Eu amo Sherlock Holmes. Que história você está lendo?

— *Um estudo em vermelho.*

— Essa é muito boa. Vá em frente. Leia. Não me deixe atrapalhar.

Até aquele momento, ele não decidira nada. Seu cérebro estava dando voltas. O que fazer com ela? Dottie tinha olhado para ele, e ele conseguia ver nos olhos dela... ela sabia. De alguma maneira, *sabia.*

— Preciso devolver isso à biblioteca. Não vou contar para ninguém que você está aqui. Odeio quando me deduram. Preciso ir.

— Você sabe que não posso deixá-la ir — respondera ele. — Gostaria de poder.

As palavras saíram de seus lábios, mas ele não fazia ideia do que significavam.

— Pode, sim. Sou boa em guardar segredos. Por favor.

Ela abraçara o livro.

— Sinto muito — dissera ele.

George Marsh pôs a cabeça entre as mãos por um momento. Era muito difícil se lembrar do restante, da parte em que Dottie largara o livro e se lançara em seu salto heroico e fatídico em direção ao buraco. O som que ela fez ao atingir o chão lá embaixo. Escorregando pela escada... todo aquele sangue. O jeito com que ela gemia e se arrastava pelo chão.

Ele piscou, ficou de pé e se balançou para mandar o pensamento para longe. Baixou a lanterna com uma corda, então jogou a pá e desceu a escada. As prateleiras tinham sido esvaziadas das garrafas de bebidas alcoólicas. O espacinho estava vazio, frio. Ele seguiu em frente, passou pela porta e entrou. A equipe tinha começado a encher o túnel pelo meio, então seria para lá que ele iria. Entrou no breu; seu pequeno feixe de luz mal cortava a escuridão.

Parecia que estava indo ao submundo. Ao inferno. Ao lugar de onde não havia retorno.

O cheiro de terra ficou mais forte, e em pouco tempo, ele a sentiu sob os pés. George parou, apoiou a lanterna no chão e testou o espaço com a pá. Então começou a cavar, jogando a terra para os lados, criando uma abertura. Quando o espaço estava da sua satisfação, pegou a lanterna e voltou por onde tinha vindo, de volta ao mundo dos vivos. Saiu do domo, atravessou o poço afundado e foi até o carro. Abriu a porta traseira.

Havia um pequeno baú lá dentro. Ele também o abriu.

Havia frigoríficos em Vermont, lotados de gelo, neve e feno. Era lá que ele mantinha Alice. Ela não estava totalmente congelada, mas estava rígida.

— Vamos lá — disse a ela baixinho. — Vou levar você para casa. Está tudo bem.

Ele fechou o baú e o tirou do carro. George carregou seu triste fardo pelo mesmo caminho de volta, andando cautelosamente para não derrubá-lo enquanto descia pela lateral escorregadia do antigo lago. Baixou o baú com uma corda, tomando cuidado para posicioná-lo no chão com a maior delicadeza possível. Então carregou-a para dentro do túnel e do espaço que havia cavado. Preencheu o espaço ao redor dela com as mãos. Depois que já estava quase coberta por inteiro, ele começou a encher com a pá, até que houvesse vários metros de terra entre ela e o mundo.

Era quase meia-noite quando ele emergiu com o rosto molhado de suor frio. Foi em silêncio em direção à casa por um caminho onde não seria visto da janela de Montgomery.

Assim que entrou, houve um movimento atrás de uma árvore na extremidade do jardim, o som de um fósforo sendo riscado e o pequeno brilho da ponta de um cigarro. Leonard Holmes Nair emergiu e observou enquanto George Marsh saía de seu campo de visão.

— O que estava fazendo? — perguntou para si mesmo quando a porta se fechou.

Então avançou silenciosamente pelo jardim, seguindo o caminho contrário que Marsh acabara de fazer.

18

Não que fosse possível saber, mas era de manhã.

A neve obliterava o horizonte. Não dava para ter noção de onde o céu terminava e o mundo começava. Havia vestígios de árvores, mas elas estavam encurtadas em perspectiva pela profundidade da neve, e seus galhos finos e sem folhas usavam luvas brancas. Só o domo na pequena ilha parecia estar no lugar certo. O jardim afundado estava sendo preenchido novamente. O mundo estava sendo apagado e reiniciado.

A sala da manhã, onde todo mundo estava acampado, conseguia ser fria e abafada ao mesmo tempo. Stevie acordou, dolorida e ainda cansada, e olhou para fora da cama improvisada. O tapete de borracha e os cobertores não ajudaram muito a isolar o frio intenso do chão. Ela tinha uma visão limitada por baixo do sofá e conseguia ver o braço de Janelle estendido meio que na direção de Vi, por mais que elu estivesse a vários metros de distância, dormindo sentade, com o tablet ainda na mão. Nate estava enroscado embaixo de uma coberta que puxara por cima da cabeça. Havia um ronco suave e baixo vindo de alguém.

Stevie enxugou um pouco de baba e se levantou em silêncio. Até David ainda dormia, curvado sobre a cadeira, com pernas penduradas para o lado e aninhado a um tablet. Hunter, a origem do ronco suave, estava deitado de barriga para cima no sofá, com o gorro de tricô puxado por cima dos olhos como uma máscara de dormir. Havia algo de estranho e íntimo na maneira com que a luz suave banhava seus amigos adormecidos; era quase como se os Ellingham tivessem planejado um cômodo onde a luz incidiria delicadamente sobre quaisquer foliões que dormissem depois de uma festa.

Foi para o salão principal na ponta dos pés, onde Me Chame de Charles estava próximo à lareira com seu computador e uma pilha de arquivos. Me Chame de Charles era muito para lidar ao que seu celular informava serem seis horas da manhã, mas não havia como evitá-lo.

— Não sei você — disse ele, gesticulando para que ela se aproximasse —, mas não dormi muito. Adiantei um pouco de trabalho. Estou lendo inscrições para a turma do ano que vem.

Inscrições. Mais pessoas viriam para cá, arriscando-se da mesma forma que Stevie: escrevendo para Ellingham sobre suas paixões, torcendo para alguém ver uma faísca e te aceitar. Era bem estranho pensar em pessoas chegando depois dela.

— Espero que ainda tenhamos uma escola até lá — completou ele.

— Você acha que a escola não vai reabrir? — perguntou Stevie.

Charles suspirou e fechou o computador.

— Um gato não tem vidas infinitas — respondeu ele. — Faremos o nosso melhor. Talvez sobrevivamos para lutar por mais um dia. Precisamos ter esperança.

Ele deu um golinho no café e encarou o fogo por um momento.

— Deixa *eu* perguntar uma coisa — disse ele. — O caso Ellingham. Você acha que o compreende minimamente melhor desde que chegou aqui?

Stevie poderia ter dito: *"Eu o solucionei. Então, sim, um pouquinho melhor."* Mas não era o momento, e Charles não seria sua maneira oficial de divulgar isso para o mundo.

— Acho que sim — respondeu ela, evasiva. — Por quê?

— Porque — disse ele — foi por isso que você foi aceita.

— Você realmente achou que eu conseguiria solucioná-lo?

— O que eu pensei e continuo pensando — explicou ele — é que vi alguém com um interesse fervoroso. Na verdade, achei que você poderia ficar entediada aqui, então fui até o sótão ontem à noite e peguei um negócio para você.

Ele indicou uma mesinha perto dele, onde havia quatro grandes livros. Ela os reconheceu imediatamente, com a inscrição dourada na lombada que indicava anos e meses.

— Os registros domésticos — constatou ela.

— Achei que você gostaria de dar uma olhada — afirmou ele. — Só se quiser.

Stevie já tinha lido aqueles registros antes. Eram mantidos pelo mordomo, Montgomery. Listavam as idas e vindas dentro da casa: que refeições eram servidas, que eventos eram organizados, que hóspedes compareciam.

— Valeu — disse Stevie, aceitando-os.

No andar de cima, a dra. Quinn saiu de um dos escritórios. Estava vestida com um suéter de caxemira e uma legging elegante com flores entrelaçadas na lateral. Ellingham continuava na ativa.

— Posso ir ler no salão de baile? — perguntou Stevie.

— Não vejo por que não — respondeu Charlie. — Mas está frio lá dentro.

— Não tem problema.

Ele se levantou e destrancou o cômodo para ela.

O salão de baile de Ellingham era um salão magnífico de espelhos e, dessa forma, era muito frio e vazio. Ela se sentou no meio do chão de madeira, cercada por mil outras Stevies. Pousou a pilha de registros domésticos no chão e pegou o diário vermelho na bolsa. Sentiu as páginas que continuavam surpreendentemente lisas para a idade. Papel caro num livro bem-feito, a caligrafia formal e rebuscada, com ocasionais gotas de tinta na página. Francis Josephine Crane, herdeira da farinha, tinha muito a dizer sobre a escola e as pessoas que ali moravam. Para início de conversa, ela não tinha muitas coisas boas a dizer sobre o patrono da escola.

13/11/35

Albert, Lorde Albert, esse homem deve achar que é um deus. Afinal, mandou construir para si mesmo seu próprio Olimpo em menor escala e mobiliou-o com deuses gregos. E pode dizer o que quiser sobre seu grande experimento, mas o que ele quer é criar todo um grupo de pequenos Alberts, ou o que ele acredita ser. Por sorte, tem amigos ricos que lhe entregarão os filhos (meus pais nem pensaram duas vezes) para esse propósito. E os pobres? Ora, quem não confiaria o filho ou filha nas mãos do grande Albert Ellingham? O papo sobre jogos é especialmente cansativo. Acho que a esposa dele talvez seja aceitável. Já a vi por aí, correndo em seu carro. (Um bem bonito. Vermelho-cereja. Eu gostaria de um carro assim). Acho que ela esquia e bebe, e é amiga de Leonard Holmes Nair, que vem para cá pintar e visitar.

16/11/35
O grande Albert Ellingham me levou num passeio pelo campus hoje, aquele cretino hipócrita. Tive que fingir que estava impressionada com tudo o que ele já fez para convencê-lo a me mostrar alguma coisa de interessante. Ele riu de mim. Algo precisa ser feito em relação a isso.

Ela também tinha coisas surpreendentes a dizer sobre Iris.

01/12/35
Descoberta incrível. Eu e Eddie nos esgueiramos até o jardim dos fundos hoje, onde os Ellingham têm um lago particular. Iris e uma amiga estavam sentadas lá fora no frio, envoltas em casacos de pele, rindo de alguma coisa. Observamos enquanto Iris tirava um estojinho na bolsa, pegava algo lá de dentro com um pequeno objeto de prata e aspirava seja lá o que fosse para dentro do nariz! A amiga dela se serviu em seguida. Nossa querida madame Ellingham tem uma queda por cocaína! Eddie ficou encantando e disse que precisávamos nos aproximar e pedir um pouco; ele ama esse negócio. Nunca usei, mas ele disse que faz a gente ver galáxias. De qualquer modo, não pedimos, mas é um ótimo fato para guardar. Nunca se sabe quando algo assim pode vir a calhar.

Sempre houve indícios de que Iris Ellingham gostava de uma boa festa, mas nada sobre cocaína. Havia observações sobre as colegas de casa de Francis, assim como das professoras responsáveis pela casa.

03/12/35
Gertie van Coevorden fez uma observação mordaz sobre o tempo que passo com Eddie. Ela disse: "O que vocês passam tanto tempo fazendo?" Eu disse que fazemos a mesma coisa que o pai dela faz com a empregada do andar de baixo. Ela não entendeu. Ela é burra nesse nível.

06/12/35
A única pessoa por aqui que vale um maldito centavo além de mim e de Eddie é Dottie Epstein, e isso é basicamente porque ela é sorrateira.

08/12/35
Nelson é sacal. Ela desfila pela casa em sua única saia boa e suéter, nos dizendo quando devemos ir deitar e quando devemos estudar. Eddie me disse que nas casas dos garotos não há essas regras. Nelson tem um segredo. Não sei o que é, mas vou descobrir.

16/01/36
Gertie van Coevorden bebe tanto gim que se alguém botasse fogo nela, ela ficaria queimando por uma semana.

À medida que as entradas se tornavam mais sobre carros, armas, cofres abertos e rotas para o oeste, algumas notas sobre Eddie começaram a transparecer um tom diferente do maravilhado do começo do diário.

05/02/36
Será que Eddie é forte o bastante para fazer o que queremos? Sei que eu sou. Ele gosta de falar de poesia e da estrela negra e de levar uma vida perfeitamente imprudente, fora da moralidade, mas será que sabe o que isso significa? E se ele acabar sendo igual aos outros? Para mim não dá.

09/02/36
Sempre senti que garotos eram fracos de espírito. Acho que não conseguem evitar ser assim na maior parte do tempo. Pensei que Eddie fosse diferente. Ele é um bêbado debochado, isso que ele é. Essas são virtudes, até certo ponto, mas pensei que houvesse mais. E se não houver?

18/02/36
Como ele é mimado. Eu sou mimada também, mas isso não me estragou tanto quanto a ele. O dinheiro o corrompeu. O que há comigo para amar a decadência?

E havia essa entrada, para a qual Stevie vivia voltando.

NOSSO TESOURO
Tudo que me importa começa em nove
Dance mil e duzentos passos até a linha norte
À margem esquerda trezentas vezes
I+E
Linha da bandeira
Ponta dos pés

Stevie descansou o diário no colo.

Estava cansada das pessoas não dizerem o que queriam dizer. Isso, é claro, seria uma grande parte de seu trabalho como detetive. As pessoas mentiriam para ela ou evitariam determinados assuntos. Era algo com o qual precisaria se acostumar.

Mas David... ele não poderia estar falando sério ontem à noite, quando falou sobre eles se ignorarem para sempre. Era um de seus joguinhos. Um teste.

Por que David tinha voltado, afinal?

No meio da manhã, ela se cansara de encarar o diário e os registros domésticos. Havia um limite para a quantidade de energia que conseguia dedicar a listas de rotas e menus de 1935. Levantou-se e se reuniu aos amigos.

A porta da sala da manhã estava fechada e emitia um burburinho baixo de conversas. Quando Stevie entrou, Janelle e Nate assistiam à movimentação do cômodo como se fossem espectadores de um grande evento esportivo.

— O que estão fazendo? — perguntou Stevie.

Ninguém daquele lado da sala respondeu ou sequer ergueu o olhar. Stevie se virou para Nate e Janelle. A amiga gesticulou para que ela se aproximasse.

— Tem alguma coisa rolando ali — comentou Janelle em voz baixa. — Eles ficaram muito empolgados há mais ou menos uma hora.

David comparava a tela de dois tablets. Stevie se aproximou, sentou-se no braço do sofá e olhou-as de cima.

— Aconteceu alguma coisa? — perguntou ela.

Vi fez shh para ela, o que não é o tipo de coisa que elu normalmente faria.

— Então todos esses pagamentos aqui — disse David a Hunter.

— ... batem com esses pagamentos aqui. E as datas.

— Além dos registros de e-mail no terceiro — adicionou Vi. — Todos os doadores vêm fazendo isso. Esse cara, o detetive particular, está sempre listado nesses com asterisco.

Stevie tentou juntar as peças. Pagamentos. Detetives particulares.

— Vocês estão falando de chantagem? — perguntou ela.

Três rostos se inclinaram para cima a fim de olhá-la.

— Algo do tipo — confirmou Hunter com um sorriso.

— Quem está sendo chantageado? — perguntou Stevie. Independentemente do que estivesse acontecendo, uma conversa sobre detetives particulares e chantagem sempre a interessaria. Ela se dirigia basicamente a Hunter e Vi, tentando não fazer contato visual com David depois da noite anterior.

— O que parece estar acontecendo — explicou Vi — é que sempre que essa pessoa, que descobrimos ser um detetive particular, aparece nos arquivos relacionados a esses grandes doadores da campanha de King, esses doadores de repente passam a dar muito mais dinheiro, e com uma frequência regular. Chegaram a formar organizações para angariar ainda mais.

— O que o detetive particular está fazendo? — perguntou Stevie.

— Alguma coisa relacionada a documentos financeiros — respondeu David, sem olhar para cima. — Ele entrega um bando dessas planilhas. Não conseguimos descobrir o que significam exatamente porque não temos informação suficiente, mas com certeza parece se tratar de informações sobre atividades que essas pessoas querem manter escondidas. Talvez sejam fraudes fiscais ou algo assim. Seja lá qual for, meu pai usa essas informações contra eles e recebe um monte de dinheiro para a campanha. É chantagem.

— E essas pessoas? — completou Vi, sem fôlego. — São do pior tipo que você possa imaginar. Esse cara aqui — ela apontou para uma linha da planilha — é responsável por abafar praticamente por conta própria um vazamento de óleo gigantesco.

— Gigantesco *mesmo* — enfatizou Hunter.

— Foi assim que ele conseguiu — concluiu David, quase para si mesmo. — Ele nunca teve dinheiro o bastante para começar essa campanha presidencial, então do nada o dinheiro começa a entrar assim que ele consegue esse material. E não tem a menor chance de essas coisas terem sido obtidas por vias legais. Ele está conseguindo informações sobre atividades provavelmente criminosas e as usando para impulsionar a campanha. Crimes para impulsionar crimes.

— É um baú de tesouros — disse Vi. — Se você colocasse esse negócio num Dropbox para qualquer agência de notícias, poderia jogar tudo no ventilador. Se divulgássemos isso, poderíamos derrubar algumas das piores pessoas soltas por aí hoje em dia.

— Ou vocês poderiam destruir tudo — sugeriu Janelle.

Nate e ela tinham se aproximado para escutar a conversa. Janelle estava sentada no sofá, empertigada. Mesmo de pijama com estampa de cabeças de gatos, parecia séria.

— Destruir? — repetiu Vi.

— Se o objetivo é derrubar Edward King — disse Janelle —, vocês precisam acabar com a fonte de dinheiro dele. Se destruírem tudo, ele não vai ter mais como chantagear essas pessoas.

— E não teremos nada contra ele — argumentou Vi. — Ou o resto.

— Mas terão completado o objetivo — afirmou Janelle. — Se esse material foi obtido ilegalmente, então o destrua. Acabe com o crime. Não siga mais por esse caminho. Se querem fazer o bem, façam do jeito certo.

— Mas todas essas pessoas... — falou Vi.

— Se a informação foi roubada — declarou Janelle —, a destrua.

— Complicado — comentou Hunter. — Não sei bem o que eu faria.

David se recostou contra a parede às suas costas e encarou os tablets.

— Sendo bem sincero — disse ele —, se isso for deter meu pai, não me importo como será feito. Vi, você decide.

A bola estava com Vi, que encarava os tablets e a bolsa de pen drives.

— Tem tanta coisa aqui — comentou elu.

— E essas pessoas vão cair — falou Janelle. — Mas há jeitos certos e jeitos errados.

Vi olhou para Janelle. Stevie sentiu algo passar entre o casal, algo palpável no ar. Vi se levantou e reuniu todos os tablets. Então os jogou na lareira fria, pegou o atiçador e começou a destrui-los. Janelle se sentou com as costas mais retas e os olhos brilhando com lágrimas.

— Vou jogar isso na privada — anunciou David, pegando os pen drives e reunindo os restos dos tablets.

Todo mundo se afastou para dar um pouco de espaço a Vi e Janelle quando Vi se sentou ao lado da namorada e pegou ambas as mãos dela.

Quando David saiu da sala, Stevie quase pensou ter sentido ele também lhe lançar um olhar. Senão ele, alguém a observava. Ela conseguia sentir.

19

Ficar preso num retiro na montanha durante uma nevasca parece divertido e romântico, especialmente se estivermos falando de um lugar como o Instituto Ellingham, que era todo cheio de recantos e vistas. Era abundante em lareiras e comida. Era grande o bastante para todo mundo. Deveria ser agradável, no mínimo.

Mas a neve faz coisas estranhas com a mente. Tudo parecia próximo e rarefeito. O tempo começou a perder todo o significado. Agora que a tarefa que muitas pessoas desse grupo em particular tinham ficado para realizar estava completa, havia uma ampla confusão em relação ao que deveria acontecer em seguida. Pelo menos Vi e Janelle estavam juntos de novo, sentades com os corpos tão colados que Stevie achou que elus pudessem acabar se sobrepondo. Hunter cochilava. Nate tentava afundar no sofá e ser deixado em paz.

E David? Bem, ele se sentou na cadeira e jogou um jogo no computador, olhando para Stevie por cima da tela de vez em quando.

Ela se levantou, saiu do cômodo e levou sua bolsa consigo.

Não deveriam ir para o andar de cima, mas ninguém dissera que não podiam se sentar *na* escada, então foi ali que ela se sentou, sozinha e em público, na grande escadaria. *Onde você procura alguém que nunca está ali de verdade? Sempre numa escada, mas...*

— Provavelmente vamos conseguir sair daqui em umas 24 horas — ela ouviu Mark Parsons dizendo.

Ele estava no corredor do andar de cima com a dra. Quinn e Me Chame de Charles. Planos estavam sendo feitos. Todo mundo sairia desse lugar em direção a um futuro incerto.

Ela se sentou no patamar, enrolada num cobertor, e encarou o retrato da família Ellingham. Essa seria a âncora dela. Fazia tanto sentido quanto qualquer outra coisa. O redemoinho de cores, a distorção da lua, o céu escuro, o domo pairando ao fundo. Sua pulsação acelerou e o mundo oscilou, então ela mergulhou dentro da pintura. Estava lá, parada ao lado dos Ellingham naquele mundo caleidoscópico. Os malfadados Ellingham.

A pintura. Aquela foto de Leonard Holmes Nair pintando no gramado...

Ela puxou a bolsa para si e tirou o diário de dentro. Piscou para se livrar de alguns dos pontinhos em sua visão, abriu-o, pegou as fotos e folheou os retratos de Francis e Eddie em suas poses, no meio das árvores, e ali...

Ali estava. A foto de Leonard Holmes Nair no gramado. Ela olhou para a foto e para a pintura acima várias vezes. Então se levantou, aproximou-se da pintura e a analisou de perto. Olhou especificamente para o céu, para o formato dele ao redor dos Ellingham. O posicionamento da lua.

Era a mesma pintura. As figuras eram exatamente as mesmas. A lua nessa pintura estava na mesma posição do sol na da fotografia. O Casarão da pintura da fotografia fora transformado no plano de fundo do domo, numa auréola de luz.

Mesma pintura. Cenário diferente. Por que ele a repintara daquele jeito? A lua estava alta na pintura, e seus raios desciam ao redor do domo e aterrissavam num ponto ao lado, bem em cima de onde o túnel ficava. E o círculo de luz...

Havia algo ali, algo que ela não conseguia identificar.

Ela desviou o olhar da pintura, abriu o diário de novo e folheou pelas entradas já familiares. Francis apaixonada. Francis infeliz. Francis entediada. Francis fazendo gráficos de munições e explosivos. Ela passou os olhos pelos poemas, mas sempre acabava voltando para aquele que se destacou dos outros.

NOSSO TESOURO
Tudo que me importa começa em nove
Dance mil e duzentos passos até a linha norte
À margem esquerda trezentas vezes

I+E
Linha da bandeira
Ponta dos pés

Será que se referia a lugares onde ela já estivera? Dançando em bailes? A Linha Norte de Londres? A margem esquerda, Rive Gauche, de Paris?

A cabeça de Stevie estava a mil. Ela sabia o que era aquilo. Já *tinha visto*. Só não conseguia lembrar onde.

Esfregou os olhos e voltou a encarar a pintura, o domo no luar.

O domo.

Não era um poema. Eram *instruções*. E ela sabia exatamente do que Francis estava falando.

Ninguém prestou nenhuma atenção quando ela entrou tranquilamente na sala da manhã e pegou um dos panfletos da mesa perto da porta. Ela voltou aos degraus para ter privacidade, sentou-se no chão e abriu o diário na página do poema e o panfleto no mapa de Ellingham, aquele idealizado, desenhado pelo artista que ilustrava livros para crianças.

Tudo que me importa começa em nove. Nove era a Casa Minerva no mapa; a casa onde Francis morou.

Dance mil e duzentos passos até a linha norte. Era uma instrução bem direta. Mil e duzentos passos para o norte. Stevie não tinha como dar mil e duzentos passos, mas as instruções indicavam a direção. À margem esquerda trezentas vezes... isso representava um quarto da distância da primeira instrução. Se tentasse calcular por alto, iria parar no...

Topo do mapa, nas iniciais *I* e, de *Instituto Ellingham*, no círculo onde se lia "FUNDADO EM 1935".

Linha da bandeira. Havia uma bandeira no topo do domo e, se seguisse uma linha a partir dela nessa imagem, ela apontaria direto para o *I* e *E*.

Havia algo ali, algo que Francis estava chamando de tesouro. O que significava que Stevie iria encontrá-lo.

Havia o pequeno problema da nevasca e de não ter permissão para sair. A segunda parte não a preocupava muito. Quando já se está muito encrencado, não faz mal se arriscar um tiquinho mais. David dissera mais cedo que o sistema de segurança era operado por Wi-Fi. Por mais que o Wi-Fi estivesse funcionando dentro da casa, não estava ao redor do campus, então ninguém necessariamente saberia que ela estava lá fora. O que precisava era do casaco e das botas, que ficaram no escritório de segurança porque estavam encharcados. Tudo que precisava era entrar lá, pegá-los e sair de fininho. Pegar um ar. Nada de errado em dar uma caminhadinha.

Stevie pendurou a mochila no ombro e desceu as escadas sem dar bandeira. Entrou no banheiro antes e deixou a bolsa no chão. As janelas do banheiro eram grandes o bastante para que conseguisse sair e davam no fim do passeio de pedra que se estendia pela lateral e pelos fundos da casa. Ela saiu. Charles e a dra. Quinn não estavam à vista, mas, pelo barulho, parecia que estavam num dos escritórios do segundo andar. Mark Parsons estivera indo e voltando e provavelmente se encontrava na frente da casa com a motoneve. Pix, no entanto, estava sentada em frente à grande lareira do salão, lendo. Precisaria passar por ela.

Pelo que notara de sua pesquisa, é sempre o básico que funciona. Ela só precisava de um minuto.

Stevie se aproximou de Pix.

— Hum — disse ela. — Acho que Janelle e Vi... acho que querem falar com você?

— Sobre o quê? — perguntou Pix.

— Não sei. — Isso era bom, porque era verdade. Sempre use a verdade. — Acho que...

Ela deixou a frase no ar, então deu de ombros. Pix deu de ombros e se levantou para entrar na sala da manhã. Stevie não hesitou. Essa era outra parte importante: uma vez que der início ao plano, não pare. Não olhe para trás. Ela pegou o casaco e as botas e caminhou devagar de volta ao banheiro. Nunca corra.

O resto foi fácil. Vestir o casaco. Calçar as botas. Mochila nas costas. Ela subiu na pia e passou pela janela sem muita dificuldade.

As dificuldades começaram quando aterrissou em noventa centímetros de neve. Pensou em escalar a janela de volta para dentro imediatamente, mas aquela era a hora. Agora ou nunca.

Então começou. Primeiro, à Minerva.

A jornada, que precisou ser feita pelo jardim dos fundos e fora de vista da casa, levou cerca de meia hora, em vez dos cinco minutos que normalmente levaria. A neve estava pesada e grudenta e se agarrava às suas botas e pernas. O ar frio ressecava a traqueia e lhe fazia arder a cada respiração, então Stevie puxou o cachecol por cima do rosto. Ao chegar lá, entrou para se esquentar e recuperar o fôlego por alguns minutos. Adicionou uma camada de roupa e passou as mãos embaixo da água morna.

De volta à neve.

Mil e duzentos passos ao norte. Stevie pegou o celular e deixou a bússola girar. Começou a caminhar, contando os passos.

Mil e duzentos passos normalmente seria uma missão bem direta. Mil e duzentos passos nessa neve eram tipo dezesseis quilômetros. Ficou sem ar depois de duzentos passos, e, quando chegou aos quatrocentos, estava encharcada de suor frio. Precisou dar a volta no *yurt* e tentar compensar isso no cálculo de passadas, e no celeiro de arte teve que fazer algumas estimativas.

Exausta e cega pela neve, ela parou onde devia ter completado mil e duzentos passos. Aquela missão estava começando a parecer bem idiota, e o desejo de voltar ao Casarão era forte, mas, no fim das contas, o caminho de volta seria mais ou menos tão longo quanto o que faltava agora. Trezentos passos.

Ali atrás, no meio das árvores nevadas, onde ninguém nunca ia, num lugar que ela nunca notara, havia uma estátua. O que não era nenhuma novidade no Instituto Ellingham; o lugar era lotado de estátuas, como se alguém tivesse se empolgado um pouco demais numa Target de Estátuas. Elas eram como latas de lixo ou lâmpadas — apenas parte da paisagem. Essa era de um homem grego ou romano, com uma postura altiva em sua toga e a cabeça coberta de neve. Ele estava de pé num pedestal, parecendo entediado.

— Muito bem — disse Stevie. — Ponta dos pés.

Ponta dos pés? Como raios poderia andar na ponta dos pés nessa neve? Ela se equilibrou sobre os dedões e olhou para os joelhos da estátua.

Não era isso.

Ela se virou para a casa e a escola e ficou na ponta dos pés. A vista não mudou.

Talvez exigisse mais esforço. Ela pulou algumas vezes. Chutou a base da estátua, fazendo uma nuvenzinha de neve se erguer no ar.

— Vamos *lá* — sibilou ela, virando-se e olhando para o céu que escurecia. — Tem alguma coisa aqui. Ponta dos pés. Ponta dos pés...

Quando disse em voz alta, ela entendeu. Francis tinha pensado de uma maneira bem Albert Ellingham. Ponta dos pés. Literalmente. A ponta dos pés.

Ela espanou a neve da base da estátua e revelou seus pés descalços. De fato, o dedão do pé esquerdo estava levemente erguido, como se ele estivesse prestes a dar um passo. Stevie se inclinou para olhar e discerniu uma levíssima rachadura — um risco onde a pedra se partia. Ela tirou a luva, ignorou a dor causada pelo frio, e segurou o dedão, puxando, empurrando, puxando de novo até ceder. Ele se articulou um pouco para trás.

Ela não teve tempo de expressar empolgação. Porque estava caindo para dentro da terra.

13 de abril, 1937

Uma suave chuva noturna caía sobre o Casarão dos Ellingham. Leonard Holmes Nair estava no pátio de pedras em meio à neblina. Seus pés e mãos estavam cobertos de terra; a barra da calça provavelmente nunca se recuperaria. Ele tentava deixar que a chuva lavasse o que tinha visto lá embaixo, dentro do túnel.

Leo passara o dia inteiro na casa; não chegara a sair da propriedade em momento nenhum. Num impulso, quando o carro estava no meio do caminho da descida até o portão, Leo disse: "Quer saber, se não se importarem em encostar o carro, não estou me sentindo muito bem. Acho que talvez precise passar o resto do dia na cama, se não tiver problema. A caminhada de volta vai ajudar, eu acho." Ele saiu do carro e voltou para a casa.

Uma coisa muito boa sobre a casa de Albert era que, quem quisesse passar despercebido, conseguia. O tamanho por si só já possibilitava isso, mas as várias passagens e recantos tornavam a tarefa simples. Ele observou George Marsh mandar um segurança para cada canto da propriedade, observou Montgomery limpar as coisas enquanto ouvia o rádio. George Marsh passara o dia todo perambulando, dormira um pouco e, de maneira geral, não fizera nada até a noite cair, quando percorreu sua jornada curiosa até o jardim. Leo não ousou segui-lo para dentro do domo, mas o observou voltar coberto de terra, ir até o carro e pegar um embrulho. O embrulho não voltou com ele. Então, quando George Marsh voltou para dentro de casa, Leo foi para debaixo do domo a fim de ver o que tinha sido colocado ali.

Agora estava na superfície de novo, enjoado e chocado. O choque tornava tudo ameno, quase razoável. Acabara de ver George Marsh enterrar o corpo de Alice. Leo já vira cadáveres antes. Na época em que era estudante de arte, fez ilustrações médicas por dinheiro. Já tinha visto partes humanas em tanques e bacias e frequentado autópsias. Depois da guerra, tivera a infelicidade de estar presente em dois suicídios. Isso, no entanto, era totalmente diferente, novo e atordoante. Não fazia sentido e exigia compreensão.

E era por isso que Leo estava parado no pátio, tremendo e molhado embaixo de uma lua fina, planejando sua próxima atitude. O que fazer quando se estava numa localização remota com um suspeito de assassinato? Havia seguranças por ali, mas estavam distantes. Montgomery se encontrava na casa, mas estava dormindo e não era fisicamente robusto o suficiente para enfrentar alguém como Marsh.

A coisa sensata a se fazer seria entrar de fininho no escritório de Albert e ligar para a polícia. Uma centena de homens chegaria na casa na próxima hora. Ele poderia se esconder até lá.

Esse era o plano de ação óbvio. Ligar para a polícia. Imediatamente. Manter-se fora de vista e esperar.

Mas Leonard Holmes Nair não era conhecido por fazer a coisa óbvia e sensata. Não era imprudente, mas muitas vezes escolhia o outro rumo, o menos usado. Fosse lá o que estivesse acontecendo com George Marsh, havia uma *história* ali, uma história que ele talvez nunca descobrisse se a polícia tomasse a casa e o levasse embora. Era uma história claramente bem complicada, porque, se George matara Alice, por que a trouxera de volta? Perguntas como essa rodeariam sua cabeça para o resto da vida, e essa perspectiva o deixava deveras atormentado.

Por outro lado, confrontar um homem que estava acostumado a brigas físicas e era provavelmente um tanto nervoso também não parecia uma boa ideia.

Então, o que fazer?

Leo olhou para a lua em busca de ajuda, mas ela simplesmente ficou parada lá no céu sem dizer nada. O frio penetrava suas roupas. Ao menos o cheiro estava começando a abandonar seu nariz. Ele nunca mais se sentiria do mesmo jeito em relação ao cheiro de terra fresca. Fora ao submundo e voltara outro homem.

Abriu a porta do escritório de Albert e acendeu um pequeno abajur verde na mesa perto da porta. Tinha bastante certeza de que Albert guardava um revólver na mesa. Tentou todas as gavetas, mas encontrou-as fechadas. Vasculhou o tampo da mesa em busca de uma chave, revirou papéis, telegramas, potes de canetas e lápis e olhou embaixo do telefone. Fez o mesmo com a mesa muito mais organizada de Mackenzie do outro lado do cômodo. Passou uma hora infrutífera revistando cuidadosamente o cômodo antes de parar e se recostar na lareira fria. O relógio francês tiquetaqueava sem parar marcando as horas da madrugada.

O relógio. Aquele bloco de mármore verde, famoso por já ter pertencido a Maria Antonieta. Leo o pegou. Era pesado, com dez quilos ou mais. Ele o levou até uma das poltronas de leitura e o virou de cabeça para baixo. Tateou-o em busca da lingueta que Albert lhe mostrara havia tanto anos, naquele dia de neve na Suíça. Seus longos dedos percorreram a base do relógio até encontrarem um pequeno entalhe, quase imperceptível. Ele o pressionou e sentiu algo ceder: o pequeno compartimento na base. Virou o relógio de cabeça para cima e puxou a gavetinha, revelando uma pequena coleção de chaves.

— Albert, seu louco — disse Leo, pegando-as depressa.

Algumas tentativas revelaram quais chaves abriam quais gavetas, e, ao bisbilhotar um pouco mais, encontrou um revólver pequeno, porém de aparência poderosa e um pouco de munição. Leo nunca carregara uma arma antes, mas os mecanismos gerais do objeto pareciam claros o bastante.

Cinco minutos mais tarde, avançava em direção ao grande átrio aberto da casa; seus passos ecoavam contra o mármore, o cristal e quilômetros de madeira polida que compunham aquela catedral de riqueza e tristeza. Parecia melhor não se aproximar sorrateiramente de Marsh; não era uma boa ideia pegar de surpresa uma pessoa que acabara de enterrar um corpo num túnel à meia-noite. Era melhor ser espalhafatoso.

— Olá! — chamou ele. — Sou eu, Leo! George, você está aí em cima?

George apareceu no patamar em segundos, vestido apenas com a parte de baixo de um pijama.

— Leo? — disse ele. — O que está fazendo aqui? Há quanto tempo está na casa?

O tom dele não delatava nada, mas a pergunta, sim.

— Eu voltei — falou Leo. — Meu Deus, que terrível. Venha tomar uma bebida.

George hesitou por um momento, segurando o corrimão, então respondeu:

— Claro, sim. Uma bebida. — Ele caminhou ao longo do corrimão do mezanino, olhando para baixo ao se aproximar da escada. — Mais alguém voltou? Não ouvi você.

— Não — declarou Leo, tentando parecer descontraído. — Fiquei muito mal e voltei mais cedo. Passei o dia na cama. Acordei e pensei que estivesse por aqui.

Era uma história estranha e uma maneira estranha de anunciar que você passara as últimas horas por perto, mas teria que servir. A arma no bolso de Leo pareceu ficar ainda mais pesada. Será que daria para notá--la? Talvez. Melhor tirá-la dali.

— Venha ao escritório de Albert — chamou Leo, apressando-se de volta naquela direção. — As coisas boas ficam lá dentro.

Ele se acomodou rapidamente na poltrona ao lado de um dos carrinhos de bebida e escondeu a arma às costas, certificando-se de que o cano estivesse apontado para baixo. Esperava que ela não disparasse sozinha. Armas não faziam isso, faziam?

— Engraçado eu não ter te escutado — comentou George. — Quando você voltou?

— Ah... — Leo fez um gesto vago. — Nem cheguei a ir. Dei meia--volta a caminho da saída. Não ia conseguir enfrentar um dia no barco. A coisa toda está bem...

Ele estremeceu de leve para indicar o estado emocional da situação.

— É — disse George, parecendo relaxar um pouco. Ele se aproximou e se serviu de um pouco de uísque do decanter. — Está mesmo. Uma bebida me cairia bem.

— Você foi esperto em ficar também — afirmou Leo, dando golinhos cuidadosos. — Que pesadelo.

A arma o impedia de se recostar, então ele se curvou um pouco para a frente como se o peso do dia estivesse sentado sobre seus ombros feito um macaco. Os dois homens beberam em silêncio por vários minutos, escutando a chuva açoitar a parede de portas francesas e o vento assobiar na chaminé.

Era naquele momento ou nunca. Ele poderia beber e ir se deitar, ou poderia continuar.

— George... — começou Leo.

— Sim?

— Sabe, eu... Bem, eu gostaria de fazer uma pergunta.

A expressão de George Marsh não mudou muito. Algumas piscadas. Uma ou duas contrações na mandíbula.

— O quê?

Leo girou o líquido no copo com uma das mãos e manteve a outra ao lado da perna, pronto para deslizá-la para trás se necessário.

— Vi o que você fez. Achei que pudesse se explicar.

Não houve resposta imediata, apenas o tique-taque do relógio e o tamborilar da chuva.

— Viu? — perguntou George enfim.

— Embaixo do domo, dentro do túnel.

— Ah — respondeu George.

Ah não fazia muito jus à situação, na opinião de Leo, mas a conversa fora iniciada. George soltou um longo suspiro e se inclinou para a frente. Leo foi tomado por uma onda de pânico e quase estendeu a mão para a arma, mas George estava apenas descansando o copo para poder apoiar os cotovelos nos joelhos e afundar a cabeça nas mãos por um momento.

— Eu a encontrei — contou George.

— Claramente. Mas onde? Como?

George ergueu o rosto.

— Venho fazendo algumas investigações em Nova York — disse ele. — Seguindo algumas pistas. Consegui uma informação promissora há algumas semanas, alguns bandidos começaram a falar sobre fazer o trabalho de Ellingham. Corri atrás, entreouvi um pouco mais. Finalmente encontrei um dos caras, o peguei em frente a um restaurante em Little

Italy. Não foi difícil fazê-lo abrir a boca. Ele me deu uma localização. Fui lá. Encontrei o corpo dela.

— E por que não comentou nada? — perguntou Leo.

— Porque a ideia dela está mantendo Albert vivo — respondeu George, mais animado. — Ele não tem Alice, mas se tiver a ideia de Alice... alguém para procurar e para quem comprar brinquedos... O que ele faria sem isso?

— Seguiria com a vida.

— Ou acabaria com ela. Aquela criança é tudo para ele. — A voz de George falhou um pouco nesse momento. — Eu o desapontei naquela noite. Desapontei Iris e desapontei Alice. Mas então a encontrei. Eu a trouxe para cá porque ela deveria ficar em casa, não no lugar onde a encontrei, um campo qualquer. Ela deveria ser enterrada com algum tipo de amor. Perto do pai dela.

— Perto do *pai*? — repetiu Leo.

— Albert — respondeu George. Mas o leve tremor em sua voz revelou a Leo o que ele precisava saber.

— Então Flora contou — declarou Leo.

George se curvou para a frente, deixando a cabeça pender na direção do peito.

— Por quanto tempo isso deve se manter em segredo? — perguntou Leo. — Para sempre? Até que ele gaste toda a fortuna tentando encontrá-la?

— Não sei. Só sei que é o melhor por enquanto.

— Então, em algum momento, você vai dizer: "Você não imagina o que aconteceu! Encontrei sua filha e enterrei-a ali nos fundos. Feliz aniversário!"

— Não — retrucou George com rispidez. — Para sempre, então. Provavelmente para sempre. Enquanto ela estiver viva na mente, essa parte dele se manterá viva.

— E os responsáveis?

— Cuidei deles — respondeu George. Dessa vez, seu tom não tolerava qualquer comentário adicional.

— Então — disse Leo, tamborilando com as unhas no braço da poltrona —, o caso está encerrado.

— Está.

— Com Alice enterrada aqui, atrás da casa.

— Isso.

— Algo que só eu e você sabemos — disse Leo.

— Sim.

— Então o que você quer é que eu faça um pacto de silêncio com você em relação a essa questão.

— Sim. Precisa ser segredo.

— É óbvio que precisa — respondeu Leo.

— Quero dizer, só entre nós. Ninguém mais. Nem Flora. Nem ninguém.

— Novamente, isso é óbvio. Não quero isso na consciência dela.

— Então — disse George —, estamos de acordo?

Leo se mexeu cuidadosamente na cadeira, ainda sentindo a arma se pressionando contra sua coluna. Por um lado, era óbvio o que precisava fazer: contar para alguém. Contar para todo mundo. Ligar para a polícia agora.

Ainda assim...

Ele já tinha visto pessoas perdendo a esperança antes, já tinha visto a luz se apagar dos olhos delas. Albert Ellingham podia comprar quase tudo o que queria, mas não esperança. Esperança não se vende. Esperança é um presente.

— Acho — disse ele depois de um momento — que nada pode ser feito por Iris ou Alice agora. Então devemos cuidar dos vivos.

— Exatamente. Vamos cuidar dos vivos. Estou feliz que você saiba, na verdade. — George massageou a testa. — Tem sido difícil.

— Bem, um fardo dividido...

Os dois homens continuaram bebendo uísque enquanto a chuva caía. Mais tarde, quando se retirou para dormir, Leo levou a arma consigo para o quarto, mesmo sem conseguir articular o porquê.

20

Cair num buraco é fácil. Todo mundo deveria tentar. É só deixar o chão ceder e permitir que a gravidade faça seu trabalho.

Havia algumas notícias boas sobre aquele buraco. Não era tão fundo, só uns dois metros, e não tinha escada, só uma rampa de terra. Stevie rolou, o que, pelo visto, era uma coisa boa a fazer quando se cai. Ela parou uns seis metros depois e se deu um momento para deixar o mundo parar de girar. A mochila absorvera grande parte do impacto e impedira que sua cabeça atingisse o chão, que, repetindo, era de terra. Terra dura e congelada, mas terra mesmo assim. Ela tateou o rosto e a cabeça em busca de sangue, mas não encontrou nada, o que era bom.

Ainda assim, cair dois metros do nada não é ideal.

Ela se levantou devagar e se inclinou para a frente para recuperar o fôlego. Estava dolorida, mas nada parecia estar quebrado. Ela se remexeu para pegar a lanterna na mochila e subiu a rampa de volta. Acima dela, o alçapão aberto no chão revelou um retângulo de céu e uma beirada de neve. Ficou imediatamente óbvio que não conseguiria alcançar a borda, mas ela pulou algumas vezes mesmo assim e quase rolou rampa abaixo de novo no processo. Verificou o celular e o encontrou intacto e, é claro, sem sinal. Se não havia sinal na superfície, definitivamente não haveria num buraco gigante no chão.

— Não. Surta — disse em voz alta para si mesma; as palavras ecoaram de volta para ela.

Ao contrário de vários outros lugares secretos de Ellingham, esse não era um túnel; era mais uma caverna, um espaço subterrâneo amplo e aberto, com paredes de pedra ásperas cravejadas de formações salientes.

Sim, estava escuro. Sim, estava frio. Sim, ela estava sozinha num buraco no chão. Mas, nos últimos tempos, as coisas andavam piores do que isso. Um grande buraco no chão com um alçapão aberto era melhor do que um buraco estreito no chão com um alçapão fechado.

Era preciso tirar o melhor do que se tinha.

Uma coisa boa sobre as lanternas fornecidas por Ellingham era que elas eram poderosas o bastante para sinalizar para um avião a doze mil metros. Stevie passou o feixe de luz pela caverna e viu que ela seguia por uma boa distância, talvez uns vinte metros, e então virava à esquerda. Deu alguns passos hesitantes e avaliou o terreno ao redor. Havia algumas coisas: pás quebradas, uma garrafa de uísque de uma época passada, uma colher, um cotoco de vela derretida, algumas placas de madeira, algumas garrafas de cerveja e um saco de parafusos. Também havia alguns pedaços amassados de jornal que estavam num estado frágil e nojento, mas bons o bastante para ela conseguir alisar um deles e ver a data: 3 de junho, 1935.

A confusão em ter caído no buraco começou a ser substituída pela confusão sobre onde é que tinha caído. Para uma caverna natural, o lugar era bem pouco natural, cheio de estalagmites e estalactites que pareciam ter sido feitas artificialmente. Era tudo arranjado de uma maneira estranhamente precisa e organizada. Ela andou com cuidado, apontando a lanterna para cima e para baixo, certificando-se de que o chão e o teto eram seguros. A luz se refletiu em algo no chão, e ela se abaixou para examinar. Cartuchos de balas... vários. A parede acima deles estava marcada. Alguém andara fazendo prática de tiro por ali. O antigo maço de cigarro que encontrou por perto indicava que isso não acontecera recentemente.

Seguiu até o final da caverna. Ali, no fundo, havia uma curva e uma abertura mais ou menos duas vezes maior do uma porta normal. Ela investigou a escuridão com a lanterna, fez uma pausa e considerou o risco de entrar.

— Seria idiota entrar ali — disse ela em voz alta.

Mas é claro que entrou.

Ao passar pelo portal, entrou num mundo de fantasia bizarro.

A maior parte do espaço era ocupada por uma vala rasa, de um pouco mais de um metro no ponto mais profundo. Na outra margem havia um barco no formato de um cisne, pintado de ouro. Estava virado de lado, com a cabeça do cisne afundada para dentro da vala. Quanto mais Stevie iluminava a área, mais via os detalhes inacabados: azulejos azuis, fios conectados a nada, videiras de madeira pintadas de verde forte. Na parede dos fundos havia um afresco de mulheres — deusas, vestidas em robes translúcidos — olhando para baixo em nuvens de um rosa dourado.

Estava entrando no sonho de um homem de ideias estranhas do passado, um sonho realizado em pedra.

Aquilo era, quase certamente, o tesouro. Era para cá que Francis e Eddie tinham vindo. Ela encontrou vestígios deles quase na mesma hora: várias velas num círculo no chão, em todos os estágios de derretimento. Encontrou um grande botão vermelho arrancado de alguma roupa, mais cigarros, várias garrafas de vinho e gim, e mais cartuchos de balas.

Havia alguns sacos de concreto num canto e alguns caixotes surrados. Ela testou os caixotes para ver se seriam estáveis o bastante para aguentar o peso dela, mas estavam quebrados.

Stevie se sentou no chão no meio das velas e absorveu tudo. O mundo do presente se afastou por um momento. Ela estava em 1936. Era para cá que o casal vinha ficar junto. O botão provavelmente tinha sido arrancado de um vestido ou casaco de Francis. Este era o tesouro: outro lugar subterrâneo. Outra viagem a lugar nenhum. Era fantástico, mas não lhe dizia nada.

Luz. Pelo canto do olho, viu um feixe de luz balançando. Alguém estava ali dentro com ela. Sem um momento de hesitação, ela se escondeu atrás de uma das formações rochosas, com o coração martelando no peito. Alguém a seguira. Alguém estava se esgueirando atrás dela. Ela pegou uma pá do chão. Não era uma arma muito boa, mas era melhor do que nada. Ela a segurou como se fosse um bastão, com as mãos tensas.

A luz estava bem próxima. A pessoa entrara na gruta. Ela estabilizou os pés. Estava pronta...

— Ei! *Ei!* Stevie!

Era a voz de David.

— Que *droga* é essa? — disse ele, perplexo. — Você ia me bater?

— O que você está fazendo aqui? — perguntou ela, ainda segurando a pá.

— O que você acha? Eu vi você andar até uma estátua, dançar ao redor dela, chutá-la, então cair num buraco no chão. O que você achou que eu ia fazer? Dá para abaixar esse negócio?

Ela olhou para a pá na mão como se precisasse consultá-la primeiro. Colocou-a no chão devagar.

— Por que se esgueirou atrás de mim? — perguntou ela.

— Não me esgueirei. Fiquei gritando seu nome lá em cima. Quando você não respondeu, pulei atrás de você para ter certeza de que não tinha se machucado.

— Não ouvi nada.

— Acha que estou mentindo? — disse ele. — Eu deveria pedir *desculpas* por seguir você para dentro de um buraco? Porra, valeu, hein.

Stevie não sabia o que achar, exceto que o som deveria ecoar dentro de uma gruta subterrânea. Mas esse não era o tipo de coisa sobre o qual alguém mentiria. Sua respiração se acalmou um pouco. Ela saiu de trás da formação rochosa.

— Achei que você quisesse me ignorar — argumentou ela.

— Você desapareceu da casa.

— E você correu atrás de mim?

— Não corri. Está nevando. Havia um único rastro de pegadas. Até eu, com minha habilidade inferior para solucionar crimes, consegui pegar essa.

— Tá bom — disse ela.

— Tá bom?

— O que você quer que eu diga?

Ele balançou a cabeça.

— Nada — respondeu ele. — Não diga nada.

Stevie acabara de ser reprovada em algum teste que não fazia ideia que precisava fazer, numa matéria que nem sabia da existência. Estava sentada ali no seu buraco no chão, cuidando da própria vida, aí aconteceu isso. Ninguém saía ganhando numa história dessas.

David iluminou o ambiente ao redor com a lanterna.

— Já vi umas merdas loucas por aqui, mas talvez essa seja a vencedora — comentou ele. — Como você encontrou?

— Eu achei um diário — contou ela. — De uma aluna que estudou aqui nos anos 1930. Havia instruções. Eu as segui. A última coisa a fazer era puxar o dedão do pé da estátua, e foi o que eu fiz. Então caí no buraco. Acho que ninguém tinha achado esse lugar ainda porque ninguém puxa dedões de estátuas com tanta frequência.

— Nossa geração é muito preguiçosa mesmo — disse ele. — Então você saiu no meio de uma nevasca para puxar um dedão.

Ele entrou na vala para olhar o barco de cisne tombado e o afresco mais de perto.

— Tem uma vibe Rei Louco da Baviera isso aqui, né?

— O quê?

— Viajei para a Alemanha com meu pai aos dez anos — explicou ele. — Isso, se não me engano, é uma réplica de alguma coisa de um dos castelos do Rei Luís II da Baviera. Gruta subterrânea, grande pintura clássica na parede, grande barco de cisne. Tudo bate. Por que *não* ter sua própria gruta subterrânea com um barco de cisne? Você é o quê, pobre?

Enquanto ele olhava ao redor, a mente de Stevie continuou a trabalhar. Ele a seguira pelo meio da neve, para um lugar ao qual não tinha como saber que ela estava indo. Esse não poderia ser o plano dele, já que nem ela sabia qual era o plano.

— Vamos precisar escalar para fora daqui — disse ele. — Vamos.

— Antes — respondeu ela —, quero saber uma coisa.

— O que foi agora?

— Conheci alguns amigos seus na cidade. Na colônia de arte.

Claramente não era o que David esperava. Ele recuou ligeiramente a cabeça de surpresa.

— Ah, a casa de arte. Lugar divertido. Você conheceu o Paul? Ele continua falando por meio de fantoches?

— Acho que ele entrou em algum tipo de fase de silêncio — contou Stevie.

— Melhor do que fantoches.

— A Bath... Bathsheba... disse que Ellie contou alguma coisa sobre a mensagem que apareceu na minha parede naquela noite antes de Hayes morrer...

— Já te disse e vou dizer de novo: não projetei nenhuma mensagem bizarra na sua parede.

— Bem, Ellie sabia da mensagem e achava que era real, e ela parecia saber quem tinha sido. Se não foi você nem Ellie, quem foi?

— Não faço a menor ideia — respondeu ele. — Mas está ficando tarde. Se quisermos sair daqui, temos que ir logo. Vamos.

Devia ter escurecido consideravelmente do lado de fora, porque, quando se aproximaram da entrada, não havia nenhuma nesga de luz entrando pelo alçapão, nenhum quadrado escurecido de céu nevado. À medida que se aproximavam, a percepção lenta e nauseante entrou na corrente sanguínea dela. Ela já sabia antes mesmo de confirmar com o olhar.

O alçapão se fechara acima deles.

21

— Uhhhhh — disse David.

Era uma bela síntese da situação.

— Ah — falou Stevie.

Novamente, aquilo resumia direitinho.

O Instituto Ellingham tinha um problema sério com sepultamentos. Isso era inegável. Stevie sentiu uma veia latejar perto do ouvido e teve uma sensação certeira de que um ataque de pânico gigantesco estava prestes a pegá-la de jeito. Ele apagaria o mundo ao redor, a derrubaria de joelhos e a mataria.

Ela esperou. A veia continuou a palpitar, como a batida irritante de uma música em um carro distante. Mas o pânico não veio. Ela apontou a lanterna para o alçapão no alto, depois para David, que também estava um pouco pálido.

— Não achei que isso fosse acontecer — disse David. — O alçapão abre para dentro.

— Mas aconteceu. Como?

— O vento está bem forte lá em cima — respondeu ele, apontando a lanterna para o alçapão liso de metal. — Sucção? Eu acho?

— Ou é feito para fechar — sugeriu Stevie. — Covil secreto, porta secreta.

— Não tem maçaneta desse lado — observou David, com uma pontada de preocupação brotando na voz. — Por que não tem maçaneta desse lado? Quem constrói um alçapão que não abre por dentro? *Quem faz uma coisa dessas?* Aí é problema. *Problema sério.*

Ele iluminou o espaço ao redor e inspecionou os destroços. Pegou um cabo quebrado de pá e tentou cutucar o alçapão. Não alcançou. Jogou-o no chão.

— Calma — disse ela, então se arrependeu imediatamente.

Falar para alguém se acalmar era péssimo. Ele não pareceu notar; estava ocupado demais surtando.

— Precisamos fazer alguma coisa um pouco mais proativa — afirmou ele. — Não dá só para esperar. A temperatura vai cair. Precisamos abrir isso e dar o fora daqui.

— Aquele barco — falou ela, segurando o braço dele. — Vamos pegá-lo e subir nele. Somos dois. Dois é melhor do que um. E, se alcançarmos o alçapão, podemos pensar num jeito de abri-lo.

— Acho que sim — concordou ele, um pouco sem fôlego. — Tá. Beleza.

No fim das contas, ser a calma da situação aliviava o pânico de Stevie. Quanto mais ansioso David parecia ficar, mais Stevie conseguia orientá-lo. Ela percebeu que seus passos estavam estáveis e firmes enquanto guiava o caminho de volta para a caverna.

Primeiro tentaram colocar o barco de pé, o que exigiu a força dos dois. O barco de cisne era pesado — *muito* pesado — e parecia ser feito de metal e concreto. De maneira geral, esses materiais não são considerados ideais para a construção de um barco, o que indicava que talvez ele não tivesse sequer sido feito para ser um barco. Talvez devesse ser uma decoração para a estranha gruta subterrânea do amor de Ellingham. Qualquer que fosse o caso, não conseguiriam carregá-lo.

— Que ódio — disse David. — Que ódio a gente aqui embaixo.

Stevie escrutinou a área. Como poderia ter tanta tralha e nada de útil? As formações rochosas não podiam ser exatamente arrancadas das paredes. Os três sacos de cimento velho tinham se tornado sólidos. A única coisa que restava era uma pequena pilha de tijolos num canto.

— Tijolos! — exclamou ela com animação, como se tijolos fossem objetos divertidos que alguém levaria para uma festa.

David apontou a lanterna para a pilhinha mixuruca.

— Não é o suficiente — disse ele.

— Mas é alguma coisa. Alguns tijolos é melhor do que nenhum tijolo. Somos dois. Talvez um de nós possa subir nos tijolos e fazer pezinho para o outro.

— É... talvez. Acho que sim. Tá.

O problema com tijolos é que eles não são fáceis de carregar. Um em cada mão é meio que o limite. Não havia nada na gruta para usar como carrinho de mão.

— Vamos ter que fazer algumas viagens — disse ela, tentando não perder o embalo do entusiasmo. — Vamos esvaziar as mochilas para poder carregar mais.

Com a mochila de Stevie cheia de dez tijolos e a de David com uma quantidade similar, eles começaram a jornada de volta à frente da caverna. David usou a mão livre para segurar a lanterna.

— Vamos especular — falou Stevie, tentando manter a animação. — Digamos que você estivesse planejando fazer algo com Hayes. Digamos que você achasse que, sendo a detetive local, eu poderia criar umas ideias sobre o acontecido, achar que não foi um acidente (que foi o que aconteceu)... Então você faz alguma coisa para que eu passe uma imagem meio maluca. Vejo mensagens ameaçadores na minha parede à noite.

— O assunto ainda é esse? — respondeu David. — Olha onde a gente está.

— Só me escuta. Minhas ideias pareceriam menos razoáveis, certo?

— Por que estamos falando disso?

— É algo para fazer, pelo menos — explicou Stevie, com a voz cansada do esforço de carregar tijolos no frio.

— Bem, vamos não fazer isso. Não precisamos revisar suas notas sobre o caso toda vez que estivermos sozinhos. Nem sempre precisa ter relação com assassinato.

— Tá bom — respondeu ela.

— Temos que sair daqui.

— Estamos tentando.

— Você não fica de saco cheio desse lugar? — perguntou ele com rispidez. — Quem faz uma merda dessa? Quem constrói todos esses túneis e grutas falsas?

As palavras dele atingiram as paredes da caverna e quicaram de volta.

Stevie percebeu que seu corpo estava começando a ficar rígido e tremer de frio. Precisava segurar a onda. Tinha que ficar bem para que David ficasse bem. E ela ficaria bem porque David estava ali.

— Sabe — disse ela —, a Disney é construída num declive porque também tem uma vasta série de túneis subterrâneos.

Nada de David.

— Eles foram construídos para manter os personagens nos lugares certos. Ninguém quer um monstro espacial na Frontierland.

— Um monstro espacial? — disse David. — Você já foi *alguma vez* à Disney?

— Não — respondeu Stevie.

— Sério?

— É caro demais. Mas vivo planejando meu casamento dos sonhos perfeito na Disney, com o monstro espacial e um... Mickey... alguma coisa...

Eles largaram os vinte tijolos no topo da rampa.

— Para de falar — pediu ele. — Não está ajudando.

Na segunda viagem, tiraram outra camada da deprimente e pequena pilha de tijolos. Não tinha a menor chance daquilo bastar para qualquer coisa, mas, resignada, ela abriu a bolsa para aceitar mais alguns. Seus braços doíam do frio.

— Ai, meu Deus — disse David.

Stevie ergueu o olhar. David estava encarando a pilha de tijolos. Bem... não a pilha. Algo no círculo de luz da lanterna dele. Embaixo da camada superior de tijolos havia várias caixas de madeira onde se lia: LIBERTY POWDER CO, PITTSBURGH PA, ALTAMENTE EXPLOSIVO, PERIGO.

— Puta merda — falou David.

David tirou mais alguns tijolos dos arredores das caixas. Eram três no total. Um pouco mais de escavação revelou um longo rolo de fio.

— Acha que é de verdade? — perguntou ele.

— Acho que definitivamente é de verdade — confirmou Stevie. — *Esse* é o tesouro.

— Tesouro?

— Francis, a autora do diário, devia estar roubando dinamite e estocando.

— Tinha um aluno daqui que roubava e estocava dinamite? E as pessoas dão um puta escândalo por causa de alguns esquilos na biblioteca?

Avaliaram a pilha por um momento. Era óbvio o que estava por vir, apesar de Stevie não querer tocar no assunto.

— Vou falar uma coisa que você não vai gostar — disse David.

Stevie ficou quieta.

— Tipo, tem *muita* dinamite aqui — continuou ele. — A gente não precisa de tanto. Um bastão deve ser suficiente. Olha só para isso. Ponta do detonador, cabo. Tudo o que é preciso para detoná-la, menos o êmbolo. Acho que só precisamos de uma carga elétrica. Devo ter alguma coisa na mochila...

— A gente não pode detonar dinamite — afirmou ela.

— Claro que pode. Você nunca viu desenhos animados?

— Vamos nos matar.

— Não vamos, não. Provavelmente não. Um ou dois bastões? Isso não é nada.

— É dinamite — observou ela. — Dinamite velha. Vai *explodir*.

— Dinamite — disse ele, erguendo o olhar para ela — é um alto explosivo. Ela produz uma onda de pressão. Imagine uma esfera... uma esfera em expansão. Essa é a onda de pressão. À medida que a esfera se expande, a área da superfície aumenta pelo quadrado do raio, portanto, a pressão cai pelo quadrado do raio. Além disso, a gente tem uma parede, o que significa que a onda de pressão tem que fazer uma curva, o que é possível por meio de difração, mas ela vai perder energia no processo. O que estou dizendo é que não vai ser tão ruim.

Stevie estava perplexa demais para responder.

— Janelle não é a única que sabe física — disse ele. — Tenho algumas coisas aqui que podem funcionar. Na verdade, a lanterna...

Ele abriu a lanterna dele.

— Nove volts — anunciou ele. — Talvez sirva. Então a gente só precisa ligá-la no cabo.

— Dinamite — retrucou ela. — Isso era usado para explodir e abrir coisas. *Para nivelar a montanha.*

— É, mas tem que usar um monte para fazer isso — argumentou ele.
— Um bastão não deve começar uma avalanche nem nada assim. Pelo menos acho que não.

— Você *acha* que não?

— Não! — exclamou ele. — Não. Provavelmente não. Não. A gente não está num declive aqui. Não tem nada para cair em cima da gente.

— Exceto o resto da montanha lá em cima.

— Um bastão — disse ele. — Uma dinamitezinha. Uma dinamitezinha fofinha. Acho que consigo. Você confia em mim?

A verdade é que não havia escolha. Estava ficando mais frio e mais escuro, e ninguém sabia que eles estavam ali embaixo.

E, no fundo, ela confiava nele.

— Como vamos fazer isso? — perguntou ela.

O "como" não estava completamente claro, e Stevie estava ficando nervosa com o fato de que grande parte desse plano realmente parecia estar sendo baseado em desenhos animados. Eles esticaram o cabo primeiro.

— Isso tem o quê, uns seis metros? — disse David. — Quer dizer, não é suficiente para conseguirmos prendê-la no alçapão e voltar aqui para dentro, onde seria seguro. Vou ter que ficar mais perto.

— A gente vai ter que ficar mais perto — rebateu Stevie.

— Não faz sentido a...

— A gente — insistiu ela. — Não vou morrer nesse buraco idiota sozinha. A gente.

O segundo problema era que não teriam como prender a dinamite no alçapão em si. Só poderiam posicioná-la embaixo e torcer para que a força da explosão bastasse. O que significava... mais dinamite.

Decidiram usar dois bastões.

— Isso deve fazer algum estrago, certo? — disse David enquanto as depositava no chão.

— Ou derrubar o teto na nossa cabeça.

— Ou isso — concordou ele.

David cuidou de ligar os cabos à ponta do detonador. Stevie não quis assistir a essa parte por causa do pavor que sentia e também pelo fato de que desconfiava de que ele estivesse improvisando conforme fazia. Então os dois se agacharam atrás de uma pequena formação rochosa.

Isso significava que estariam mais perto da explosão, mas teriam algum tipo de proteção. Stevie e David se encolheram embaixo do cobertor aluminizado que Janelle tinha embalado de maneira tão atenciosa e exigido que levassem.

— Tem certeza de que não quer ir lá para trás? — perguntou David.

— Antes de fazermos isso — respondeu ela. — Quero que você saiba de uma coisa.

— Ai, caramba.

— Eu solucionei o caso.

— Você fez o quê?

— Solucionei o caso — anunciou ela, como se não fosse nada demais. — O caso Ellingham.

— Você solucionou o crime do século.

— Sim.

— E quem foi?

— George Marsh — respondeu ela. — O policial, o cara do FBI.

— E... é isso? Você simplesmente sabe disso?

— Eu não simplesmente sei — disse ela. — Eu estudei o caso. Pesquisei. Fiquei sentada na merda do sótão lendo cardápios e inventários.

— Você... solucionou o caso.

— Aham.

— E quem sabe disso?

— Nate.

— Nate — repetiu ele.

— Aham. Nate sabe.

Ele fez uma pausa.

— Justo. Faz sentido.

— Então agora me diz por que não ganhei um tablet — disse Stevie. David se remexeu ao lado dela.

— Ele te afetou uma vez — explicou ele. — Não queria que ele conseguisse se aproximar de você nunca mais. Feliz agora?

— Tão feliz quanto é possível dentro de um buraco e prestes a detonar umas dinamites velhas e instáveis.

— E tem mais uma coisa — disse ele. — Quando você saiu, eu estava indo te mostrar uma coisa.

Ele pegou o celular e abriu uma mensagem.

— Me Chame de Charles respondeu o Jim de Mentirinha — falou ele. Stevie leu o texto:

PARA: jimmalloy@electedwardking.com
Hoje às 15h47
DE: cscott@ellingham.edu
CC: jquinn@elingham.edu

Sr. Malloy,
Compreendemos as preocupações do senador, e certamente somos gratos pela ajuda dele com nosso sistema interno de segurança. Segue anexo uma cópia do adendo de Albert Ellingham. Confiamos que o senador manterá o documento em confidencialidade estrita.

Além de todos os outros legados, a quantia de dez milhões de dólares fica no nome da minha filha, Alice Madeline Ellingham. Caso ela não esteja mais entre os vivos, qualquer pessoa, grupo ou organização que localizar seus restos terrenos — desde que seja estabelecido que não tenha conexão alguma com seu desaparecimento — deve receber essa soma. Se ela não for encontrada até o dia do seu aniversário de 90 anos, os fundos devem ser liberados para serem usados pelo Instituto Ellingham do modo que o conselho achar conveniente. Fica ainda estipulado que nenhum membro do corpo docente ou da administração do Instituto Ellingham pode reivindicar esta soma como sua.

— É real — disse Stevie. — O documento é real.

— Pelo visto.

— É *real* — repetiu ela.

— É.

Ela apoiou a cabeça na rocha fria às costas e riu. A risada rapidamente se transformou num tipo de gargalhada vomitada, interminável e constante, ao ponto de ela começar a engasgar. David riu também, provavelmente porque ela estava rindo.

— Então você conseguiu o documento — disse ele. — Ele te informou o que você precisava saber?

— Não — respondeu ela, recuperando-se sofregamente da histeria. Ela secou os olhos.

Eles se apoiaram um no outro. Ela envolveu a cintura dele com os braços e ele fez o mesmo. O cobertor aluminizado farfalhou.

— Decidi não te ignorar — afirmou ela. — Não estou nem aí para minha promessa.

— Não importa. Eu estou ferrado.

Ele abriu outra mensagem, uma mensagem de texto dessa vez.

```
Hoje, 14h24
Percebi que alguém chamado Jim Malloy trabalha para
mim agora. Só posso presumir que seja você. Também
soube que você voltou para Ellingham. Esteja ciente de
que sei que você acessou meu cofre e nosso servidor
privado. Se pensa que não vou prestar queixas contra
você, está muito enganado. Como servidor público,
preciso dar o exemplo: meu filho não receberá tratamento
especial. Pense com muito cuidado no seu próximo passo.
Como quer que sua vida seja?
```

— Fuén-fuén — disse David, imitando um trombone triste. — Minha vida, da maneira como a conheço, acabou. Especialmente depois que mandei isso.

Ele abriu outra mensagem.

```
Hoje, 14h26
Seu material de chantagem foi destruído. Quero que
minha vida seja melhor do que a sua, e agora ela será.
Chupa.
```

— Você não esperou muito — observou Stevie.

— Não — concordou ele. — Não havia no que pensar. Mas ele vai dificultar muito, muito a minha vida.

— E agora ele não dificulta, por acaso?

— Faz sentido.

Ficaram sentados com as costas contra a pedra por um momento; os fios estavam nas mãos de David.

— Você realmente nunca foi à Disney? — perguntou ele.

— Não.

— Temos que dar um jeito nisso.

— Quando sairmos daqui, você me leva — disse ela. — Está pronto?

— Claro. Por que não. Podemos?

— Acho que sim — respondeu ela.

David pegou as duas extremidades do cabo e, com muito cuidado, tocou-as nos polos da bateria.

Por um momento, nada aconteceu. Stevie ergueu o olhar para as rochas e a escuridão e se perguntou se o tempo estava avançando lentamente. Talvez já estivesse morta. Talvez fosse isso. Enfim Ellingham a reclamaria, assim como engolira Hayes e Ellie.

Então houve um barulho estranho, algo irritado, sibilante.

Depois, uma explosão — uma explosão tão alta que seus ouvidos arderam. Uma nuvem de poeira branca passou rapidamente por eles e um cheiro acre se espalhou. Quando abriu os olhos de novo, descobriu que estava colada com força em David, e David nela. Ela não conseguia escutar direito por causa do apito nos ouvidos, e estava tossindo descontrolada.

Contudo, estavam vivos. Cobertos de poeira. Talvez com a audição prejudicada. Mas vivos.

Eles se levantaram e espiaram com cuidado pelo canto da rocha. Havia uma pilha de escombros rochosos sob a entrada, e uma minúscula fenda de luz. Eles se aproximaram. O chão ao redor da explosão estava afundado e as paredes, destruídas. Acima deles, o alçapão estava curvado para cima; não completamente aberto, mas também não completamente fechado.

— Isso foi incrível — disse ela.

— Foi mesmo. Foi mesmo!

Ele se virou para ela, lhe deu um abraço forte e entusiasmado e começou a pular para cima e para baixo. Ela começou a pular também, porque era difícil não pular, e porque a situação era digna de pulos. Não estavam livres, mas também não estavam mais presos. E estava frio e nevando, e eles estavam num buraco no chão.

— Ainda não temos como sair! — disse ele. — Ainda estamos presos! Explodimos a entrada e continuamos presos! Talvez a gente congele até a morte!

Os pulos já estavam perdendo a graça, e ela desacelerou. Ele também. Ambos recuperaram o fôlego por um momento. Ela conseguia vê-lo melhor agora que havia um pouquinho de luz entrando na gruta.

— E agora? — perguntou ele.

Um barulho de algo sendo esmagado veio de cima deles. Um par de mãos segurou as laterais do alçapão e o puxou para trás.

Então um rosto apareceu.

— *Germaine?* — disse Stevie.

22

— Ei — disse Germaine. — Gente, vocês explodiram esse negócio? Achei ter ouvido uma explosão.

Germaine Batt estava vestida da cabeça aos pés com trajes de inverno: calça e casaco de esqui, óculos de proteção, um gorro gigantesco, além de bastões para ajudá-la a caminhar na neve. Ela tirou os óculos, revelando uma marca vermelho-vivo ao redor dos olhos. Também não parecia tão chocada com qualquer possível explosão que pudesse ter testemunhado.

— Não acredito que estou olhando para você e no quanto eu te amo — gritou David para cima.

— O quê?

— Nada — gritou ele.

— Vocês têm uma corda? — perguntou ela de cima.

— Não — disse David. — A gente não planejava cair nesse buraco.

— Tá. Espera aí. Já volto.

— Não vamos a lugar nenhum — berrou ele. — Mas você pode usar alguma coisa para manter o alçapão aberto? Estamos meio paranoicos com ficar presos em buracos no chão.

Germaine tirou a mochila e usou-a como calço.

— Germaine — disse David, virando-se para Stevie com uma expressão maravilhada.

— Germaine — repetiu ela.

A neve caía dentro do buraco, mas Stevie e David se sentaram embaixo dele mesmo assim, recusando-se a abrir mão do seu quadrado de céu. Eles se espremeram um ao outro sob o cobertor aluminizado. O frio estava penetrante agora. Os pés e as mãos de Stevie estavam dormentes.

Sua pele começava a queimar inteira, e seu corpo estava cansando do esforço de tentar se manter aquecido.

— E se ela não voltar? — perguntou David.

— Ela vai voltar — afirmou Stevie, pressionando-se contra a lateral do corpo dele. — Ela é a Germaine. Nem um incêndio ou uma enchente podem impedi-la.

Germaine de fato voltou.

Voltou com alguns tecidos plastificados que estavam no chão onde as armas de paintball da máquina de Janelle dispararam. Ela deu alguns nós neles e os amarrou um no outro. Envolveu uma ponta ao redor da estátua. Germaine jogou a corda de tecido para eles. David testou-a com um puxão e fez que sim.

— Quer ir primeiro? — perguntou a Stevie. — Eu te dou uma ajuda.

Stevie nunca tinha escalado nada daquele tipo. As mãos dela estavam dormentes de frio, e os pés escorregaram várias vezes nos nós. Mas a determinação de sair dali lhe deu a força nos braços para continuar se puxando para cima. As poucas vezes em que perdeu o apoio nos pés, sentiu David segurá-la por baixo. Germaine ajudou a puxá-la para a camada profunda de neve acima. Ela se arrastou para fora da terra como se estivesse saindo da própria cova. Depois de ficar tanto tempo na gruta subterrânea escura, a claridade branca do mundo quase a cegou. O frio era puro e anestesiante. David escalou em seguida, com Germaine e Stevie o puxando para fora quando ele chegou ao topo. Eles caminharam com dificuldade de volta ao Casarão. Não havia mais preocupação sobre levar esporro de ninguém. Já tinham passado muito desse nível de receio. Pix os recebeu com uma resignação cansada e arrastou os alunos molhados e gelados para dentro.

— Vocês voltaram — declarou ela. — E estão com... Germaine?

— Oi — respondeu Germaine.

Pix balançou a cabeça.

— Vão se esquentar — disse ela, apontando para a lareira. — Eu desisto.

Tem algo engraçado em passar muito frio: às vezes não dá para senti-lo de verdade até começar a se aquecer de novo. Assim que Stevie se pôs na frente da lareira, começou a tremer de maneira quase incontrolável. Seus pés e mãos queimavam.

— C-c-como é que você também está aqui? — perguntou Stevie batendo o queixo.

— Vocês n-n-não apareceram no ônibus naquele dia — respondeu Germaine. — Eu i-i-imaginei que estivesse rolando alguma coisa. Peguei o ô-ô-ônibus de volta quando vieram buscar a segunda leva. Falei para o cara que tinha esquecido uma coisa. Então eu f-f-fiquei. Foi bem fácil. Escrevi para os meus pais e avisei que ficaria aqui.

— Você p-p-pode fazer isso? — perguntou Stevie.

— Meu pais c-c-confiam em mim.

Stevie e David olharam para ela com expressões vazias.

— Como é a s-s-sensação? — perguntou David.

Germaine deu de ombros.

O restante do grupo chegou para ver os perdidos na neve e se surpreenderam ao descobrir que Germaine Batt se juntara a eles. Tinham muitas perguntas, mas nenhum dos três estava apto a respondê-las ainda. Estavam cobertos de poeira e ainda tossiam. O apito nos ouvidos estava ficando menos alto, mas ainda não tinha parado por completo.

Então ela chegou.

A ansiedade não pede licença. Não vem quando é esperada. Ela é muito grosseira. Chega com o pé na porta nos momentos mais estranhos, interrompendo todas as atividades, focando tudo em si mesma. Ela suga o ar dos pulmões e embaralha o mundo. Stevie sentiu a visão falhar nas bordas. O apito nos ouvidos voltou a se intensificar. Os joelhos cederam.

— Stevie? — chamou alguém. Ela realmente não sabia quem.

Cambaleou para longe do grupo. O Casarão estava se transformando numa paródia medonha de si mesmo. A lareira era uma bocarra terrível de fogo. O rosto dos amigos não fazia sentido. Tudo se movia num borrão. Ela estava numa correnteza que não conseguia controlar.

— Cadê seu remédio? — perguntou Janelle, ajoelhando-se ao lado dela.

O remédio estava num buraco no chão; ela o jogara para fora da mochila a fim de abrir espaço para os tijolos. Atravessaria essa sem ajuda.

Stevie encarou a grande escadaria que se erguia à frente dela. Ansiedade, como seu terapeuta já dissera muitas vezes, nunca matara ninguém.

Parecia a morte, mas era uma ilusão. Uma ilusão terrível que habitava o corpo e tentava torná-lo um fantoche. Que lhe dizia que nada importava porque tudo era feito de medo.

— Que se foda — murmurou ela, mal conseguindo pronunciar as palavras.

Por nenhuma razão específica, ela seguiu em direção aos degraus.

— Ei, espera — disse Janelle, segurando o braço dela. — Talvez você devesse se sentar.

— Degraus — falou ela. A palavra se lançou para fora da boca de Stevie feito uma bolha estranha.

— Degraus — repetiu Janelle. — Tá bom. Beleza. Nate, segura o braço dela. Vamos ajudar você.

Onde você procura alguém que nunca está ali de verdade... Juntos, entre os dois amigos, Stevie subiu a escada.

Os Ellingham a esperavam no patamar. Sempre numa escada, mas nunca num degrau. Era ali que estavam. Ela precisava procurar algo e se agarrar a isso; algo que ela conseguisse compreender. Qualquer corda serviria. Os Ellingham. Era por isso que estava ali. Albert. Iris. Alice. Ela repetiu o nome deles para si mesma de novo e de novo. Leonard Holmes Nair os preservara ali, naquela pintura bizarra que ele tinha alterado para incluir o domo, o raio de luar se estendendo...

Onde você procura por alguém que poderia estar em qualquer lugar?

A pergunta brotou no canto de sua mente, distraindo-a por um momento.

A criança está aí, Fenton dissera ao telefone. *A criança está aí.* Se George Marsh tivesse cometido o crime, talvez ele tivesse a trazido de volta, não é? E se ele a enterrou por culpa? E se Alice estivesse no túnel, e...

Ela olhou novamente para o quadro e forçou os olhos a focarem. O círculo de luz, o raio de luar, ele se estendia até o ponto onde o túnel estaria. E o formato da luz... lembrava vagamente um...

— Ei — disse David. Ele se juntara ao grupo e estava sentado na frente dela. — Está tudo bem. É só pânico.

— Cala a boca — respondeu Stevie.

Ela não conseguia articular o que se passava em sua cabeça, aquele gigantesco problema de lógica que se formava em alguma parte do cérebro dela. Alice tinha sido enterrada lá. Alice estava ali. A criança estava ali. Alice fora encontrada.

De ponto em ponto, as coisas começaram a se organizar. De repente, tudo fez sentido. Tudo. Todos os fatos, que anteriormente estavam caindo do céu feito neve e evaporando em sua memória, saltaram à frente, sólidos, e se puseram em ordem. O túnel. A escavação. Hayes no túnel... Fenton...

— Tudo faz sentido — falou ela a David.

Ela conseguia sentir os olhos se arregalando.

— Você está bem? — perguntou ele.

— Seu celular! — exclamou ela. — Me dá aqui.

— Por quê?

— *Por favor.*

Seu tom deve ter transparecido alguma coisa. Por mais que parecesse confuso, ele o tirou do bolso e o entregou. Ela rolou a tela até encontrar o que precisava.

Ali estava — a nota dissonante.

Claro que as coisas não tinham acabado daquele jeito por acidente. Ela fizera o trabalho, lera por anos. Conseguira entrar em Ellingham. Transformara a si mesma em detetive e se colocara nesse caminho. Ela havia chegado a esse momento com muito trabalho, caíra em buracos e correra em direção à escuridão. Estava na hora de reunir os suspeitos, como se fazia ao final de todos os livros de mistério.

— Vá buscar todo mundo — pediu Stevie a ele. — Todos do prédio.

— Por quê? — perguntou ele. — O que houve? Você está bem?

Ela ergueu o olhar para ele; o pânico tinha ido, a visão estava nítida, o mundo começava a se encaixar de volta no lugar.

— Está na hora de solucionar uns assassinatos — disse ela.

10 de novembro, 1938

ANARQUISTAS SUSPEITOS DE EXPLOSÃO MORTE DE ALBERT ELLINGHAM

New York Times

A polícia e o FBI estão investigando um grupo local de anarquistas em relação à morte de Albert Ellingham e do agente do FBI George Marsh.

"Acreditamos que possa ter sido uma retaliação pela morte de Anton Vorachek", disse o agente Patrick O'Hallahan do FBI. "Estamos avaliando várias pistas. Não pararemos até que o culpado ou culpados sejam capturados, escrevam o que estou dizendo."

Vorachek, o homem condenado pelo sequestro e assassinato de Iris Ellingham e pelo desaparecimento de Alice Ellingham, foi assassinado por um pistoleiro na frente do tribunal depois de sua sentença. O pistoleiro nunca foi encontrado.

Albert Ellingham fora alvo de muitas ameaças. Inclusive, ele conhecera o detetive George Marsh, do Departamento de Polícia de Nova York, depois que Marsh descobriu e impediu um ataque a bomba contra ele. Em agradecimento, Albert Ellingham contratou Marsh como seu segurança pessoal. Quando Marsh entrou para o FBI, Ellingham pediu ao diretor J. Edgar Hoover para alocá-lo na área de Vermont ao redor da casa e escola dos Ellingham. Apesar dessa precaução, Iris e Alice Ellingham foram abduzidas...

Leonard Holmes Nair empurrou o jornal para o lado, mas havia outro embaixo.

ALBERT ELLINGHAM ENTERRADO EM RETIRO NA MONTANHA

Boston Herald

Uma cerimônia privada para Albert Ellingham aconteceu hoje em seu retiro na montanha próximo a Burlington, Vt. O sr. Ellingham foi morto em 30 de outubro, depois que uma bomba explodiu em seu veleiro. Um agente do FBI, George Marsh, morreu com ele. Acredita-se que os dois homens tenham sido vítimas de um ataque a bomba anarquista. O funeral...

Leo se levantou, levou o café para a janela da sala do café da manhã e olhou para o caleidoscópio de cores do lado de fora.

O funeral foi uma mentira.

Partes haviam sido encontradas, o suficiente para comparar impressões digitais; a condição das mãos e dos dedos aos quais as digitais pertenciam informou às autoridades que as pessoas envolvidas não estavam mais vivas.

— Não havia muito — disse um investigador a Leo. — Encontramos três mãos, uma perna, um pé, um pouco de pele...

A polícia não tinha como determinar muito do que se passara, exceto pelo fato de que acreditavam que os explosivos provavelmente foram instalados na popa do barco. Albert e George saíram e nunca voltaram. Era bem certo que estavam mortos, mas os fatos acabavam aqui.

Iris tinha família, mas Albert, não; pelo menos nenhuma assumida por ele. E, por mais que tivesse muitos funcionários e intermináveis conheci- dos, as únicas pessoas que realmente contavam como amigos eram Leo, Flora e Robert Mackenzie, que era tanto secretário quanto confidente. Os restos mortais continuavam no mortuário da polícia, então esses três estavam no Casarão dos Ellingham, fazendo uma atuação macabra de que havia algum tipo de cerimônia de recordação acontecendo.

Grande parte do que sobrara era papelada e itens a serem encaixo- tados. Assim como Iris antes dele, Albert estava sendo classificado em pilhas e caixas. Uma vida tão grandiosa reduzida a isso. Leo pensou em se levantar e trabalhar um pouco mais no retrato da família. Era a única coisa que deveria estar fazendo. Era o correto a se fazer. A tela estava sob um lençol na sala da manhã. Ele abrira a porta da sala algumas vezes e a vira ali, feito um fantasma, congelada sob um raio de sol no centro do cômodo. Não conseguia enfrentá-la, nem à luz morna, nem aos ecos da casa. O Casarão dos Ellingham fora feito para festas, para famílias, para amigos — uma casa construída como uma peça central para uma escola que se estendia ao redor deles, vazia. Esse silêncio terrível era difícil de aguentar, então Leo decidiu passar a manhã no escritório de Albert Ellingham, um dos poucos lugares realmente pensado para ser silencioso e à prova de som. Mesmo que o cômodo tivesse dois andares, com um mezanino de livros e prateleiras que o circundava por cima, conseguia ser aconchegante com os tapetes e poltronas de couro e a lareira. Com as cortinas fechadas, o lugar ficava emudecido. O relógio de mármore verde que Albert comprara na Suíça na época do nascimento de Alice encontrava-se na cornija da lareira. Rezava a lenda que pertencera a Maria Antonieta. Era um sobrevivente de uma revolução. A realidade era provavelmente muito mais mundana.

— Bom dia — disse Robert Mackenzie ao entrar.

Mackenzie era um rapaz educado, sério e profundamente eficiente, mas Leo não o levava a mal por isso.

— Tem um bocado a ser organizado — continuou ele. — Vou encaixotar os objetos da mesa e mandar tudo lá para cima. Espero que não se incomode se eu trabalhar aqui.

Leo estava bem acostumado a assistir a outras pessoas trabalhando enquanto não fazia nada. Assentiu graciosamente. Mackenzie começou a mexer na mesa de Albert, examinando minuciosamente papéis timbrados, potes de tinta, canetas, bilhetes. Era relaxante de observar.

— Um momento, por favor — disse Mackenzie enquanto erguia uma caixinha onde se lia FIO DE GRAVAÇÃO WEBSTER-CHICAGO.

— Quero ver o que há nisso. Parece que o sr. Ellingham estava escutando essa gravação naquela manhã, e preciso saber do que se trata para catalogá-la.

— É claro — respondeu Leo.

Mackenzie foi até uma máquina encostada à parede. Tirou a tampa pesada e pôs o fio numa bobina. Um momento mais tarde, a voz de Albert Ellingham ressoou no canto da sala, o que fez o estômago de Leo dar uma cambalhota.

— Dolores, sente-se aqui.

A voz fina e aguda de uma menina respondeu. Ela tinha um sotaque nova-iorquino forte.

— Sentar?

— Bem ali. E se incline um pouco para perto do microfone. Ótimo. Agora tudo o que você precisa fazer é falar normalmente. Quero perguntar um pouco sobre suas experiências em Ellingham. Estou fazendo algumas gravações...

Mackenzie apertou o botão para desligar a máquina, e as vozes se silenciaram. Houve um zumbido enquanto ele rebobinava o fio e o guardava de volta na caixa.

— Dolores — disse ele. — Ele devia andar ouvindo essa gravação da voz dela. Sentia-se muito mal sobre a menina. Pelo visto, ela era extraordinária.

Leo não tinha resposta, então o cômodo quedou em silêncio exceto pelo tique-taque do relógio de mármore na cornija. Mackenzie pigarreou, pegou a embalagem com a gravação e guardou-a na caixa.

— Parece que ele também andava olhando o livro que ela estava lendo — adicionou Mackenzie. Ele pousou um dedo sobre um exemplar de *As aventuras de Sherlock Holmes*, que se encontrava sobre a mesa. — Estava com ela quando morreu. Acho que eu deveria devolvê-lo à biblioteca. Seria o desejo dele. Livros em seus lugares apropriados...

Ele deixou a frase no ar e ficou onde estava, com um dedo sobre a capa, olhando para nada em particular. Novamente, o som do relógio assumiu a conversa. Desconfortável, Leo começou a se remexer na cadeira. Talvez estivesse na hora de buscar uma xícara de chá.

— Algo vem me incomodando — declarou Mackenzie. — Preciso falar com alguém sobre isso. Mas preciso que guarde segredo. Isso não pode sair deste cômodo.

Leo voltou a afundar no assento e olhou ao redor num gesto automático, mas é claro que eles estavam a sós.

— Havia alguma coisa estranha naquela manhã, antes de ele sair de barco — contou Mackenzie. — Não sei o que era. Ele escreveu um enigma, o que pareceu uma coisa boa. Então me fez prometer que aproveitaria o dia. Ele estava dizendo coisas como...

Mackenzie se interrompeu.

— Como? — incitou Leo.

— Como se soubesse que não voltaria — respondeu Mackenzie, como se fosse a primeira vez que esse pensamento lhe passasse pela cabeça. — E também havia o adendo.

Ele vasculhou a mesa por um momento até encontrar um longo documento legal. Então se aproximou e o entregou a Leo.

— Leia só a parte de cima — pediu ele.

— Além de todos os outros legados — leu Leo em voz alta —, a quantia de dez milhões de dólares fica no nome de minha filha, Alice Madeline Ellingham. Caso ela não esteja mais entre os vivos, qualquer pessoa, grupo ou organização que localizar seus restos terrenos (desde que seja estabelecido que não tenha conexão alguma com seu desaparecimento) deve receber essa soma. Se ela não for encontrada até o dia de seu aniversário de noventa anos, os fundos devem ser liberados para serem usados pelo Instituto Ellingham do modo que o conselho achar conveniente.

— A mente dele estava sã — disse Mackenzie —, mas seu coração estava partido... Foi o que o fez tomar essa decisão. Não faço ideia de onde Alice esteja, mas se ela *estiver* por aí...

— Isso não vai ajudar — afirmou Leo, encerrando o sentimento.

Ele pôs o papel na mesa, atravessou o cômodo até a janela e abriu a cortina, revelando o poço no terreno atrás da casa onde já houvera um lago. Estava pantanoso e descuidado, o domo parecia um machucado exposto.

Ele poderia contar a Mackenzie nesse momento: contar que Alice estava lá, enterrada no túnel. Poderia ser o fim desse segredo terrível. Mas que bem faria? Ela seria exumada. Haveria um frenesi. O corpo seria fotografado, cutucado e espetado. Ela já passara por coisas o suficiente. Leo nunca tinha identificado nenhum instinto paterno em si mesmo, mas o sentia agora. Alice estava em casa.

— Eu não posso destruí-lo — continuou Mackenzie —, por mais que quisesse. É um documento legal. Mas também não posso permitir que seja liberado para o mundo. Seria um caos. Tornaria mais *difícil* encontrar Alice, não mais fácil. Não sei o que fazer com isso.

— Dê aqui — disse Leo, virando as costas para a janela e estendendo a mão.

— Não posso deixar que o destrua também.

— Eu não vou.

Mackenzie fez uma pausa, então o entregou novamente. Leo se aproximou da cornija, do relógio verde. Virou-o com cuidado, como já tinha visto Albert fazer. Precisou de um momento para encontrar o botão que abria o compartimento na base. Dobrou o papel diversas vezes sobre a cornija até que virasse um quadradinho, então o enfiou dentro do relógio e o fechou com força.

— Está seguro com os pertences de Albert Ellingham — disse ele.

Mackenzie fez que sim e respondeu:

— Obrigado. Acho que vou levar essas coisas lá para cima.

Quando Mackenzie saiu, Leo se sentiu tomado por uma energia nervosa. Deixou o escritório e atravessou o grande salão principal a passos largos até a sala da manhã. Foi direto para o cavalete e tirou o lençol de cima da tela com um puxão. Ali estava seu trabalho: Iris, capturada numa tarde há não muito tempo, relaxando no frio, implorando por mais cocaína. Albert e Alice tinham sido capturados em momentos diferentes, todos presos juntos nessa criação dele, com a casa ao fundo. As figuras estavam boas. O cenário precisava mudar.

Puxou o cavalete e a tela para o pátio de pedras do lado de fora, apontado na direção do lago vazio e do domo. Apontado para a própria Alice. Trabalhou com pinceladas rápidas e amplas, cobrindo o Casarão. Pintou o domo no lugar dele, e a lua crescente conforme o dia passava. Cortou o céu com golpes do pincel. Agora estava de todas as cores; o luto e a raiva iam se libertando, o conhecimento alojado em seu estômago ganhava vida. Sobre o ponto onde Alice fora enterrada, direcionou a mão de Iris. E o raio de luar que descia sobre o lugar ele transformou numa lápide delicada. Era o mínimo que podia fazer. Um pequeno gesto.

Trabalhou a noite toda, sem parar para comer; levou a tela para dentro e trabalhou perto da lareira.

Ao amanhecer, estava feito. A família Ellingham olhava para ele de sua interpretação alucinatória: todos os três juntos, trancados num mistério, mas juntos.

23

Precisava ser o escritório de Albert Ellingham; o lugar em que tudo começou naquela noite de abril de 1936, onde um homem desesperado tirou dinheiro de um cofre na parede. Esse cômodo, com o mezanino coberto livros como espectadores silenciosos do drama abaixo, já tinha visto tanto... tudo o que a riqueza construíra e tudo o que a riqueza destruíra.

Havia uma quantidade limitada de assentos no escritório. A dra. Quinn e Hunter ocuparam poltronas perto da lareira, que não estava acesa. Me Chame de Charles se recostou contra uma das duas mesas em sua pose "Trabalho pode ser divertido!" de sempre. Janelle, Nate e Vi sentaram-se no chão, evitando o tapete de pele, o qual Vi encarava com horror. Germaine se sentou num dos degraus que levavam ao mezanino do segundo andar, com um caderno em mãos. David perambulava um pouco perto das janelas. Mark Parsons e Pix estavam recostados na parede ao lado da porta.

Stevie tomou o centro da sala, porque aquele era o lugar do detetive.

As expressões dos presentes variavam entre confusas a irritadas a levemente entretidas a intensamente interessadas. Não importava o que pensavam de Stevie, ela estava fazendo uma grande cena estranha ali no escritório, onde já fizera uma grande cena estranha que levara à morte de Ellie.

Stevie resistiu ao impulso de dizer: "Aposto que estão se perguntando por que chamei vocês todos aqui." Mas então ela percebeu que o motivo pelo qual as pessoas diziam isso era que, uma vez que se chamava pessoas para dentro de uma sala, elas provavelmente *ficavam* se perguntando por que tinham sido chamadas ali. Quando deu por si, Stevie estava hesitando entre possíveis frases e se ouviu dizer:

— Então, hum, o motivo... bem...

Não. Comece de novo. Comece do jeito que pretende continuar.

— Teve gente que morreu aqui — disse ela —, e não foi por acidente.

— Tá bom, Stevie — falou a dra. Quinn —, o que está...

— É sério — afirmou ela.

As palavras saíram com tanta força que até a dra. Quinn foi pega de surpresa. Stevie se arrependeu na hora, porque Hercule Poirot ou Sherlock Holmes nunca tiveram que reafirmar a própria seriedade com rispidez.

Me Chame de Charles, que sempre estava disposto a um desafio, fez que sim.

— Não temos mais nada para fazer — observou ele. — Vamos ouvir o que ela tem a dizer.

Stevie respirou fundo, ignorou as faíscas brilhantes de pânico que dançavam na ponta de suas sinapses, e continuou:

— Elas não morreram em acidentes. Foram assassinadas.

O grupo permaneceu em silêncio. Os autores de livros de detetive faziam parecer tão fácil; como se bastasse convocar os suspeitos e esperar que todo mundo escute com expectativa, aguardando serem acusados para poderem seguir o roteiro de negação antes que o detetive revelasse que não eram os culpados. As regras eram assim. A realidade, porém, é que seus amigos olhavam para você com uma esperança que beirava o constrangimento, enquanto os professores e equipe da escola questionavam todas as escolhas que já tinham feito na vida para terem vindo parar nesse ponto. Mas até Hercule Poirot já teve que fazer isso pela primeira vez, e todo mundo tirou sarro do detetivezinho belga por seus trejeitos meticulosos até que ele os esmagasse com o martelo do raciocínio dedutivo, então...

— Stevie? — chamou Nate.

Ela estava com a boca entreaberta. Cerrou a mandíbula com força e andou determinada até a lareira.

— Hayes Mayor — disse ela. — Desde o primeiro segundo em que o conheci, ele só falava de Hollywood. Queria sair da escola e ir para lá assim que possível. Quando tudo isso começou, quando Hayes morreu, quando Ellie fugiu... achei que tudo rodasse em volta da série, em volta de *O fim de tudo*. Fazia sentido. Por que outro motivo Hayes morreria? Fazia muito sentido. Hayes era uma pessoa que pegava coisas que não lhe pertenciam. Que buscava a saída fácil. Que usava os outros para fazer o trabalho dele. Usou Gretchen, ex-namorada dele, para escrever seus deveres da escola. Ele nos usou para fazer o grosso do trabalho em seu projeto de vídeo. Usou outra pessoa para escrever o roteiro.

As palavras iam se ordenando à medida que Stevie as dizia.

— Só uma pessoa tinha qualquer motivo para matar Hayes por causa da série — continuou ela. — Ellie. Mas Ellie não ligava para dinheiro. Ela tinha recebido um pagamento, de quinhentos dólares, que usou para comprar um saxofone. Ela não ligava para o que acontecesse com a série porque estava ocupada fazendo a própria arte.

— Ellie fugiu — observou Vi.

— Porque estava assustada — argumentou Stevie. — Fugiu porque a acusei de algo. Mas ela sabia que tinha outra coisa rolando. Nem sei se entendia a dimensão da coisa, só que Hayes tinha se metido em alguma situação um pouco complicada demais para ele. Sempre houve um boato sobre um adendo no testamento de Albert Ellingham que deixava muito dinheiro para qualquer um que encontrasse Alice. A maioria das pessoas não achava que fosse real, mas era uma teoria popular, meio teoria da conspiração. Mas a dra. Fenton acreditava nisso. Ela tinha certeza de que era real. Tinha entrevistado Robert Mackenzie, secretário de Albert Ellingham, antes dele morrer. Mackenzie disse que era real. E é.

Ela pegou o celular e leu o texto do adendo:

— Além de todos os outros legados, a quantia de dez milhões de dólares fica no nome de minha filha, Alice Madeline Ellingham. Caso ela não esteja mais entre os vivos, qualquer pessoa, grupo ou organização que localizar seus restos terrenos (desde que seja estabelecido que não tenha conexão alguma com seu desaparecimento) deve receber essa soma. Se ela não for encontrada até o dia de seu aniversário de 90 anos, os fundos devem ser liberados para serem usados pelo Instituto Ellingham do modo que o conselho achar conveniente. Fica ainda estipulado que nenhum membro do corpo docente ou da administração do Instituto Ellingham pode reivindicar esta soma como sua.

Stevie olhou para Charles.

— Eu perguntei sobre isso — falou Stevie. — Se existia. Você mentiu para mim e disse que não.

Charles deu de ombros em seu suéter de caxemira.

— É claro que disse que não era real — respondeu ele. — É o que dizemos a qualquer pessoa que pergunte. Nós nem sabíamos da existência desse adendo até alguns anos atrás. Sabe o relógio que tenho no meu escritório? O de mármore verde? Ele foi mandado para uma limpeza e conserto e, no processo, descobriram uma gavetinha na base. O documento estava dobrado lá dentro. Claramente alguém quis escondê-lo para impedir que a escola fosse tomada por caçadores de tesouros. E concordamos com isso.

— Verdade — concordou a dra. Quinn do outro lado do cômodo. — Surgiria algum reality show onde as pessoas tentariam chegar aqui e fazer algum tipo de encontre-Alice-e-receba-uma-fortuna.

— Então a escola vai ficar com o dinheiro? — perguntou Stevie.

— Foi por isso que começamos a trabalhar no celeiro da arte — afirmou a dra. Quinn.

— Você acha que alguém estava tentando encontrar Alice e ficar com todo o dinheiro? — sugeriu Charles.

— É o que mais faz sentido — prosseguiu Stevie. — Estamos falando de uma fortuna gigantesca, equivalente a... quanto hoje em dia?

— Nos valores atuais, quase setenta milhões — afirmou a dra. Quinn. — Vai nos financiar por muitos anos.

— Setenta milhões de dólares é um bom motivo para cometer assassinato — disse Stevie. — Mas há restrições. Nenhum membro do corpo docente pode ficar com o dinheiro. Só alguém de fora, ou um aluno... Alguém como Hayes. Ou Ellie. Ou a dra. Irene Fenton.

Hunter ergueu o olhar.

— Todos os três morreram de formas diferentes, mas com um aspecto em comum: suas mortes pareceram ser acidentes nos quais ficaram presos. Hayes ficou preso numa sala. Ellie, num túnel. A dra. Fenton, numa casa pegando fogo. Não foi pessoal ou passional. Foi frio. Todas as mortes poderiam ser justificadas. De alguma forma, Hayes, Ellie e a dra. Fenton estavam conectados ao dinheiro. Nada fez sentido até que eu somasse três coisas: o crachá de Janelle, a mensagem na minha parede e o que a dra. Fenton disse ao telefone. Vou começar com a última. Na noite em que morreu, a dra. Fenton estava quando liguei para ela. Falou que não podia conversar naquele momento, então disse: "A criança está aí." E se ela estivesse falando de Alice? Que Alice estava aqui, em Ellingham. Se for verdade, tudo começa a fazer sentido. Tive que dar alguns passos para trás a fim de entender tudo. Sua tia...

Ela se virou para Hunter.

— Tinha um problema com álcool — falou ela.

— Sim.

— Ela não tinha olfato.

— E?

— Ela tinha vulnerabilidades, mas quanto você diria que ela se importava com o caso Ellingham, bem no fundo, de verdade?

— Era tudo para ela — respondeu Hunter. — Tudo.

— Tudo — repetiu Stevie. — Na noite de sua morte, ela intercedeu pelo caso. Intercedeu por Alice. E foi por isso que morreu. Porque parou de seguir com o plano. Ela sabia que o dinheiro era real, e sabia onde Alice estava. Essa última parte, tinha acabado de descobrir...

A cena era incrivelmente clara na cabeça de Stevie; Fenton à mesa, escutando, decidindo, pegando seus cigarros...

— Tudo começou com a construção do celeiro da arte — disse Stevie. — O dinheiro estava entrando, e o prédio estava sendo expandido. Então o túnel precisou ser escavado. Os operários encontraram Alice, mas não sabiam. Encontraram um baú. A pessoa que abriu aquele baú criou um problema. Ela tinha aberto algo que sabia que valia uns setenta milhões de dólares. Setenta milhões, parados lá, à disposição de quem quisesse. Só que ele não podia pegá-los.

Ela se virou e olhou para Me Chame de Charles.

24

O QUE SE FAZ QUANDO O GRANDE DEDO DE ESPUMA DA JUSTIÇA É APONTADO para você?

Em livros, os acusados riem, murmuram com raiva ou derrubam a cadeira e saem correndo. Foi isso que Ellie fizera, por mais que fosse inocente. Charles olhou para Stevie com a mesma expressão que alguém poderia fazer ao ver uma borboleta particularmente luminosa e bonita pousada na ponta do próprio nariz. Ele quase parecia encantado com essa reviravolta, o que era estranho. Fez Stevie se balançar sobre os calcanhares de ansiedade.

— Eu vi o baú — disse Stevie a ele. — Você fez questão de mostrá-lo para mim quando me levou ao sótão. Você o tinha enchido de jornal velho.

— E foi o que te mostrei: um baú cheio de jornal velho — confirmou Charles. — Sim.

Stevie se aproximou da janela e olhou para o jardim afundado do lado de fora, branco da neve. *Não entre em pânico. Continue.*

— Os operários escavaram o baú e o levaram para você — disse Stevie, tocando o vidro congelado com um dedo. — Eles provavelmente encontraram todo tipo de coisa lá dentro; lixo que os trabalhadores jogaram enquanto enchiam o túnel. Você o abriu esperando nada e, em vez disso, encontrou um corpo. Estava velho, em más condições. Você sabia que só poderia ser uma pessoa: Alice Ellingham.

— Era um baú cheio de jornal — afirmou Charles —, mas tudo bem.

— Talvez, antes, você nunca tenha pensado muito no caso Ellingham — prosseguiu ela. — Talvez estivesse pensando na escola a princípio.

A escola estava prestes a receber todo aquele dinheiro. Se os operários encontrassem o corpo, eles receberiam o dinheiro, e a escola não poderia se expandir. Então talvez, a princípio, você só quisesse enfiar o corpo em algum canto, enterrá-lo, deixar o assunto para lá. Você tirou o corpo do baú e o encheu de jornal velho. Depois, teve que deixar o corpo de lado até decidir o próximo passo. Mas...

Stevie começou a andar pela sala, tomando cuidado para não pisar nas cabeças dos tapetes de pele.

— ... é *tanto* dinheiro. Quer dizer, o que qualquer um faria se recebesse a chance de ganhar setenta milhões de dólares? Acontece que adendo era claro: você não podia reivindicá-lo. Mas e se tivesse um parceiro, alguém que pudesse localizar o corpo e tecnicamente receber o dinheiro? Você poderia providenciar uma divisão. Precisava de alguém que fosse plausível para encontrar algo enterrado no terreno, alguém que pudesse manipular. E você a encontrou. Dra. Irene Fenton, alguém obcecado pelo caso Ellingham. Alguém com problemas com álcool. Você daria um jeito de ela encontrar o corpo. Ela reivindicaria o dinheiro e dividiria com você. Hunter, você disse que sua tia estava falando com alguém de Ellingham, mas não sabia quem.

— Estava — confirmou Hunter. — Ela não dizia.

— Vamos chegar a Fenton mais tarde. Primeiro, tem Hayes.

Stevie parou perto da cornija e olhou para o mostruário do relógio.

— Hayes estava com raiva — disse ela. — Ele não parava de reclamar sobre não poder ir para a Califórnia, sobre como você não o deixava ir e voltar e receber crédito por isso. De uma hora para a outra, Hayes ficou só sorrisos. Você disse que ele poderia ter um cronograma flexível e ir para a Califórnia se completasse um projeto sobre o sequestro de Ellingham. O que te fez mudar de ideia?

— O fato de que ele estava me enlouquecendo — respondeu Charles. — Ele não parava de ir à minha sala reclamar.

Stevie se virou para encará-lo.

— O que significa que ele deve ter visto ou ouvido algo que não devia. Seja lá por qual motivo, você fechou um acordo com Hayes; ele poderia fazer um projeto e depois ir a Hollywood. Mas não foi o suficiente. Ele ameaçou você? Investigou as coisas mais a fundo? Alguma coisa aconteceu, porque você decidiu que Hayes tinha que morrer. Então lhe deu acesso ao túnel.

— Algo pelo qual nunca me perdoarei.

— E aí aconteceu o seguinte: — prosseguiu Stevie. — Na véspera da morte de Hayes, você deu o primeiro passo necessário. Sabia que o crachá de Janelle abria a cabana de manutenção. Quando estávamos na ioga, você entrou no celeiro da arte e o tirou da bolsa dela. Ninguém daria nenhuma atenção a você perambulando por lá. Ninguém pensaria que você pegaria um crachá. Você se certificou de que, em algum momento daquele dia, Hayes encostasse no crachá. Talvez o tenha chamado em sua sala, entregado alguma coisa a ele, sei lá. Você tinha que garantir que as digitais estivessem no crachá. Naquela noite, usou o crachá para pegar o gelo seco, colocou-o na sala ao fim do túnel e fechou a porta. O gelo seco sublimou e encheu a sala com dióxido de carbono o suficiente para fazer qualquer um desmaiar num minuto. A armadilha estava montada e preparada. Você só precisava da isca.

Novamente, a mente de Stevie viajou para o momento daquela noite em que todos os envolvidos no projeto do vídeo estavam indo para o refeitório, mas Hayes deu meia-volta na direção do jardim afundado sozinho.

— Depois de terminarmos as filmagens no jardim naquele dia — contou Stevie —, Hayes disse que precisava fazer uma coisa. Não quis dizer o quê. Ele precisava se encontrar com você. Entrou no túnel e não saiu. Você fez parecer que Hayes morreu como resultado da própria estupidez. Todo mundo deduziu que tivesse sido um acidente, menos eu. Mas você tinha pensado nisso também.

— Obrigado por pensar que fiz tudo isso tão bem. Se for para estar num mistério de assassinato, pelo menos não é como um fracasso.

Pela primeira vez, o sorriso dele tinha um ar tenso, forçado.

— Você, muito inteligente, deduziu que eu me interessaria. Quer dizer, faz sentido. Eu era a *detetive*. Tenho interesse por crimes. Então você cometeu o primeiro grande erro. Na noite antes de tudo isso acontecer, você se esgueirou até minha janela e projetou uma imagem na minha parede, uma versão da carta do Cordialmente Cruel. Quando a polícia chegasse, se começasse a balbuciar sobre mensagens na parede, ia parecer que eu estava inventando coisas para receber atenção, pareceria meio maluca. O caso de Hayes foi encerrado, e você pôde seguir em frente e cuidar de encontrar o corpo. Mas então houve outro problema, na noite da Festa Silenciosa, a noite em que confrontei Ellie sobre *O fim de tudo*. Naquela noite, todos viemos para essa sala. Ellie se sentou bem ali...

Ela apontou para a poltrona de couro que Hunter ocupava no momento.

— Você fazia alguma ideia de que Hayes não tinha escrito o roteiro sozinho? — perguntou ela a Charles. — Você ficou chocado quando Ellie começou a chorar e dizer coisas como...

Ela não conseguiu se lembrar das palavras exatas por um segundo.

— *Por que prestei atenção nele?* — interveio David. — Foi isso o que ela disse. *Hayes e suas ideias idiotas. Foi isso que o matou.*

— Você deve ter ficado apavorado — disse Stevie — ao descobrir que Hayes não tinha trabalhado sozinho, que ele poderia ter contado a Ellie algo que tinha visto ou ouvido, e agora Ellie estava prestes a abrir o bico. Você precisou pensar rápido. Então interrompeu a situação e disse que precisava ligar para o advogado da escola. Parecia a atitude legal e responsável a se tomar. Quando estávamos saindo da sala, você sussurrou para ela? Contou que havia uma passagem na parede? Talvez você tenha dito que ela deveria fugir e esperar num lugar do porão, e que você a ajudaria. Ela estava aterrorizada e deu o fora. Desceu até o porão, para dentro da passagem. Você só precisou empurrar alguma coisa por cima da abertura. De novo. Impessoal. Limpo. Apenas outro acidente. Ellie nem saberia o que aconteceu.

— Stevie — comentou ele —, está ficando claro que você lê muitos mistérios de assassinatos.

O sorriso de Charles se deslocara. Ele tentava mantê-lo no lugar, mas era como se estivesse suspenso por dois pregos nos cantos e um tivesse se soltado.

— Então agora dois alunos estão mortos — disse Stevie —, e bônus! Eu saí de cena. Meus pais me tiraram da escola. Mas não importa o quanto você queira que as coisas sejam limpas e bem-calculadas, a vida acontece. Pessoas chegam quando não deveriam. Coisas são deixadas para trás. Todo contato deixa uma marca. Nesse caso, Edward King entrou na jogada. Ele andava incomodado porque David estava sendo um babaca e queria que eu sossegasse o facho dele. Edward King não se importa que você esteja no comando da escola. Ele é um babaca ainda maior.

— Fato — concordou David.

— Ele aparece com um sistema de segurança barato, me traz de volta para cá de avião e me larga bem no seu colo. Então você precisa lidar comigo de novo. Tudo bem. Você continua com o plano de indicar a dra. Fenton como minha orientadora. Enquanto estávamos trabalhando juntas, ela me pedia para investigar coisas muito específicas... queria que eu encontrasse um túnel embaixo da Minerva. Eu obedeci. Foi onde encontrei Ellie. Isso só podia fazer parte do plano...

Essa parte, Stevie estava organizando na mente à medida que falava. Ela gesticulava, formando a imagem no ar com a mão.

— Eu acho — continuou ela — que você se deu conta de que seria melhor se o corpo de Ellie fosse encontrado. A escola precisava passar uma imagem de insegurança. Seria mais fácil se a escola estivesse fechada. Você não teria mais alunos circulando por aí, atrapalhando. Poderia esconder o corpo com mais facilidade, e ninguém esbarraria nele por acidente. Mas a escola se recuperou. Nada indo bem para você, principalmente desde que eu encontrei algo que chamou o interesse da dra. Fenton. Eu mostrei isso para ela.

Stevie pôs a mochila numa cadeira e pegou a lata.

— Você encontrou chá? — perguntou Charles.

— Isso mostra quem compôs a carta do Cordialmente Cruel...

— Stevie, quantas histórias...

— É tudo uma história só — declarou Stevie, surpreendida pela confiança na própria voz. — Foi por dinheiro antigamente, e é por dinheiro agora. Sequestraram Alice em 1936 e a usaram para tentar receber dinheiro. Você tinha Alice agora e estava tentando receber a fortuna que o pai dela deixou. E quase conseguiu. Você contou à dra. Fenton sobre Alice, e ela não conseguiu mais se conter. Ela não estava jogando seu jogo. De novo, do seu jeito de sempre, você preparou a situação para que ela simplesmente acontecesse. Abriu o gás e saiu. Em algum momento havia gás o suficiente no cômodo para que, quando ela acendesse uma chama, tudo fosse pelos ares. É esperto. É impessoal. Nem mesmo é culpa sua, é? Não é crime esbarrar num botão do fogão.

Qualquer um que atrapalhasse seu plano era simplesmente tirado do caminho. Foi ficando mais fácil quando você viu que não era pego? Você já tinha ido tão longe que precisava terminar. E, graças a Germaine, a última jogada foi óbvia.

— Graças a mim? — perguntou Germaine, erguendo os olhos das anotações.

— Quando Hunter recebeu o convite para vir morar aqui, Germaine perguntou por que alguém que não era aluno poderia morar aqui, e eu disse que a escola estava se sentindo mal. Ela estava certa. Escolas não se sentem mal. Você ainda precisava de uma pessoa sem conexão com a escola para reivindicar o dinheiro por você. Dessa vez, quis se certificar de que a escola estivesse fechada. Só precisava que mais uma coisa acontecesse. Novamente, você usou algo de Janelle. Mudou a configuração da pressão do tanque dela para fazer com ele atirasse para longe da máquina. Não acho que se importasse com quem se machucaria, desde que algo acontecesse. Um belo acidente. Você gosta de acidentes. Além disso, havia a nevasca. Esvaziar a escola. Mas Hunter poderia ficar.

— Eu não... — começou Hunter.

— Não — concordou Stevie. — Ele precisava esperar até que o lugar estivesse vazio. Jogaria o papinho dele em você que nem fez com sua tia. Jogaria com seus interesses, provavelmente diria algo sobre como você poderia usar o dinheiro para ajudar o meio ambiente...

— Stevie — interveio a dra. Quinn. — É uma história e tanto, mas não tem base nenhuma. Existe algum fato?

— Tem um — disse Stevie. — Mandamos aquele e-mail sobre o adendo.

— Aquele do escritório de Edward King? — perguntou ela.

— Aquele de Jim Malloy — explicou Stevie. — Aquele ao qual você respondeu. Então Jim escreveu de volta, um pouco mais enfático, e Charles mandou o adendo. Mas tem um detalhe...

Ela se voltou para Charles.

— Você ligou para o escritório de King. Descobriu que não havia ninguém chamado Jim Malloy por lá. Mas respondeu o e-mail mesmo assim... *depois* de fazer essa ligação. David, olha o celular. Que horas seu pai te escreveu?

David tirou o celular do bolso, e a sala ficou silenciosa enquanto ele olhava as mensagens.

— Às 14h24.

— Então às 14h24 já estava claro que Jim Malloy não era real. E o adendo foi enviado às...

David verificou um pouco mais.

— Às 15h47 — disse ele, parecendo confuso.

— Você deduziu direitinho quem Jim Malloy era — afirmou Stevie. — Queria que eu visse que havia uma condição no testamento que impedia professores e funcionários de se beneficiarem.

— Acho que essa é uma interpretação bem ampla da situação — falou Charles. —Respondi um e-mail de alguém que talvez fosse funcionário de Edward King. Agora, se já acabou, Stevie, acho que deveríamos...

— Onde você colocou Alice? — perguntou ela.

— Stevie... — Me Chame de Charles deu um sorriso amarelo. Não um sorriso de verdade. Foi bem desagradável. — Admiro o que você fez aqui. Acho que é um grande triunfo da imaginação. Também acho que o isolamento mexeu um pouco com você, mas não tem problema...

— Como eu disse — insistiu Stevie, reprimindo um tremor —, onde você colocou Alice?

Nesse momento, as portas do escritório se abriram e uma brisa fria entrou no cômodo.

— Acho que tenho a resposta para isso — disse Larry. — Você tinha razão, Stevie. Esse negócio funciona que é uma beleza.

Ele ergueu o scanner de parede.

25

— Ai, meu Deus — disse Stevie, soltando um longo suspiro. — Deu tempo? Porque eu estava ficando sem ter o que falar.

— De sobra — respondeu Larry.

— Que exaustivo — continuou ela, apoiando-se na cornija. — Sério. Fazem parecer tão fácil nos livros, mas você tem que ficar falando e falando...

— Posso saber o que está fazendo aqui? — perguntou Charles no lugar de um cumprimento ao antigo chefe da segurança. — Você não é mais funcionário desta escola.

— Tenho plena consciência disso — respondeu Larry. — No entanto, reingressei no departamento de polícia local em caráter temporário. Estou aqui oficialmente, verificando se todos estão bem. Comecei a fazer planos de vir para cá assim que soube que a escola estava fechando e alguns idiotas decidiram ficar e esperar a nevasca passar. Eu sabia sem sombra de dúvida quem seria um desses idiotas. Então descolei uma carona com um veículo de emergência para neve e caminhei da estrada até aqui. Levei quase dois dias. Então a tal idiota me mandou um e-mail para dizer o que ia fazer e que deixaria um scanner de parede e algumas instruções bem interessantes para mim. Que bom que confio em você.

Stevie baixou a cabeça para reprimir um sorriso.

— Já verifiquei a maioria das salas do segundo andar — informou Larry. — A do dr. Scott é a última que falta.

— Eu me oponho a uma revista policial ilegal da propriedade de Ellingham... — começou Charles.

— Larry — interrompeu a dra. Quinn —, eu autorizo qualquer coisa que você esteja fazendo.

Charles deu um giro e encarou Jenny Quinn, que pareceu se elevar um pouco do chão.

— Jenny — argumentou ele —, isso vai contra...

— Tenho tanta autoridade quanto você — disse ela simplesmente. — E estou dizendo a Larry que ele deve fazer o que achar melhor.

As palavras dela eram uma parede intransponível.

— Tudo bem — falou ele. — Vá olhar minha sala se quiser. Mas eu gostaria de estar presente.

— Vamos todos! — exclamou David alegremente.

Larry abriu a boca para protestar, mas David já saía pela porta. Depois de David, pareceu inevitável que o bando todo acompanhasse. Larry não estava em posição de impedir ninguém.

O grupo subiu a ampla e extensa escadaria. Stevie fez uma pausa no patamar para saudar os Ellingham. Eles seguiram pela sacada e pela porta com os pôsteres que pediam, tão claramente, para alguém entrar e propor um desafio.

Larry esvaziara as estantes de livros e as afastara das paredes. Todos os livros e fotos do dr. Scott estavam empilhados no meio da sala.

— Você vai colocar tudo no lugar — disse Charles a Larry.

— Pode deixar — respondeu Larry. — Sentem-se e abram espaço, todo mundo. Quer que eu comece por algum lugar em particular? — perguntou ele a Stevie.

Stevie fez que não com a cabeça. Estava seguindo o instinto àquela altura. Se Charles tivesse aberto o baú naquele dia e visto Alice lá dentro, ele precisaria decidir o que fazer com ela bem depressa. Era bem provável que tenha precisado escondê-la dentro do prédio. Ele teria tido meses para realocá-la, e Ellingham era cheio de possíveis esconderijos, mas se você tinha um corpo que valia setenta milhões de dólares, provavelmente ia querer garantir que ninguém o encontrasse por acidente. Isso significava mantê-lo por perto, num lugar sob seu controle.

Larry começou pela parede da janela, e foi avançando seção por seção. De lá, seguiu para a parede de frente para a janela. Depois a terceira parede. O clima na sala ficou mais denso, e Stevie tentou não notar ninguém lhe lançando olhares preocupados de esguelha. Larry foi para a última parede e trabalhou ao redor da cornija. Parecia que estava prestes a terminar quando parou perto do chão, num canto.

— Tem alguma coisa aqui. É pequeno, talvez uns 45 centímetros. — Ele se levantou e examinou a parede de perto. — Tem alguns cortes no papel de parede aqui.

Ele bateu na parede, que emitiu um barulho oco. Ele bateu ao redor do espaço e demarcou uma área de cerca de um por um metro, a uns noventa centímetros do chão.

— Podia ser onde ficava o cofre de joias — opinou Stevie. — Esse era o quarto de vestir de Iris Ellingham. Depois que a família morreu, o cofre foi retirado e doado ao Smithsonian com todo seu conteúdo. Já vi as fotos. É mais ou menos desse tamanho.

Larry tirou um canivete suíço do bolso e o usou para trabalhar com delicadeza ao redor da área.

— Vamos precisar dar uma olhada atrás dessa parede — disse ele. — Precisaremos de algumas ferramentas. Teremos que esperar...

— Você não vai abrir um buraco na minha parede. Você não tem...

Sem dizer uma palavra, Janelle se aproximou, deu algumas batidinhas na parede, então, com um único movimento contínuo, impulsionou o braço para trás como um arco e golpeou a parede uma vez com a base da mão. Com um barulho, a superfície rachou. Janelle mexeu os dedos e voltou ao sofá de dois lugares, onde Vi passou o braço ao redor dos ombros dela com orgulho.

— Puta merda — disse David baixinho.

— Força é igual à massa vezes aceleração — explicou Janelle enquanto verificava o esmalte das unhas. — Ou, mais importante, força vezes tempo é igual à massa vezes a diferença de velocidade ao longo desse tempo. Física básica para quebrar tábuas. Leva cerca de 1100 newtons. É mais uma questão de intenção do que força.

Charles ficou totalmente boquiaberto. Ele pode ter previsto muitas coisas, mas Janelle Franklin quebrando a parede de sua sala com as próprias mãos provavelmente não foi uma delas.

— Eu te amo — disse Vi.

Janelle abriu um sorriso que indicava que aquela não era a primeira vez que ela ouvia essas palavras.

— Preciso aprender física — murmurou Stevie para si mesma.

— Muito bem — disse Larry, deixando o interlúdio romântico para trás.

Ele pegou uma lanterna de um clipe no cinto e a posicionou no buraco. O som do relógio abafava qualquer outro som da sala. Stevie ouvia o barulho oco e pesado do próprio coração martelando no peito. Não conseguia suportar assistir a Larry encarando o vazio, então olhou para o relógio, aquele que guardara o adendo, que sobrevivera a revoluções e decapitações.

E se estivesse errada?

A ideia era engraçada. Ela quase deu risada. Estava tonta. A sala pareceu ficar cinza, branca e girar um pouco. Charles tinha a expressão calma quem observava algo acontecer de uma longa distância — uma tempestade, talvez um acidente. Algo que não poderia ser impedido. Germaine, ela notou, tentava filmar a cena toda sem ser notada.

— Preciso de luvas — anunciou Larry.

Stevie esticou as costas como se alguém tivesse dado um puxão na sua coluna.

— Luvas — repetiu ela, tirando um punhado de luvas de nitrilo do bolso frontal da mochila.

— Por que você tem luvas de nitrilo? — perguntou Janelle.

— Pelo mesmo motivo que você sabe quebrar uma parede — respondeu Stevie.

Janelle sorriu com orgulho.

Larry vestiu as luvas e retomou o trabalho com o canivete, cutucando a parte quebrada da parede até abrir um espaço grande o bastante para sua mão. Ele enfiou a mão para segurar um pedaço da parede e o puxou para trás com força, abrindo uma entrada maior. Voltou a apontar a lanterna lá para dentro, então a desligou e se posicionou na frente da abertura.

— Preciso que esvaziem essa sala — disse ele.

— Não serei expulso da minha própria sala — afirmou Charles, com o rosto meio sem cor.

— Essa não é sua sala — respondeu Larry, sem rodeios. — É uma possível cena do crime. Você irá para o cômodo ao lado e esperará com

Mark e a dra. Pixwell. Dra. Quinn, se importa de levar os alunos para o andar de baixo?

— Nem um pouco — disse ela.

— Não sei o que está acontecendo aqui — declarou Charles, mas parte da convicção se esvaía de sua voz.

Os bonecos Funko Pop! no parapeito da janela pareciam debochar dele. Quando Pix e Mark se aproximaram, ele os seguiu em silêncio.

Stevie se levantou, confusa, para seguir todo mundo para fora.

— Aonde você vai? — perguntou Larry.

— Você disse para todo mundo descer.

— Não me referia a você. Feche a porta.

Stevie fechou a porta com a mão trêmula.

— Você quer ver? — perguntou ele, sério.

— O que... o que tem aí dentro?

As palavras saíram secas. Depois de tudo isso — tudo o que fizera —, ela estava sem fôlego. Sem ar. Sabia o que havia ali dentro — quem —, mas as palavras eram demais para serem ditas. O conceito era amplo demais.

— Não é fácil de olhar, mas você já viu tanta coisa.

Ela não tinha escolha.

O espaço entre Stevie e a parede só tinha alguns metros, mas a distância pareceu se expandir até o tamanho de um grande e louco salão de baile. Ela se aproximou da abertura escura e aceitou a lanterna de Larry, assim como a mão no ombro dela.

A princípio, Stevie pensou estar olhando para uma grande sacola cinza, áspera, puída pelo tempo e pela exposição. Mas, à medida que a luz definia as margens e sua mente e seus olhos se ajustavam, começou a ver o formato de uma mão. Uma cabeça. Havia um sapato.

Era um espaço pequeno demais, pensou Stevie.

— Precisamos tirá-la dali — disse ela.

— E vamos. Precisamos esperar a equipe da perícia. Não podemos continuar sem eles.

Stevie fez que sim, atordoada, e se voltou para a figura dentro da parede.

— Oi, Alice — falou Stevie. — Está tudo bem. Acabou.

26

O SALÃO DE BAILE DE ELLINGHAM FORA CONSTRUÍDO PARA COMPORTAR 101 casais dançantes. Era um projeto de Iris Ellingham. Cem era um número elegantemente grande sem abrir mão da intimidade que um salão de baile deveria encorajar. O casal extra, dissera ela, era o que contava; esse casal era sempre o formado por você.

Iris Ellingham fora uma mulher especial e criativa. Por isso tinha sido amiga de tantos artistas. Por isso tivera amigos tão leais. Por isso que Albert Ellingham quis se casar com ela em vez de qualquer outra mulher do mundo. Stevie queria acreditar que Iris teria aprovado o único casal no salão de baile dela agora, os que descansavam lado a lado no centro da pista. Iris teria sorrido para a garota que encontrou sua Alice.

Depois da descoberta, a sala de Charles fora lacrada. O próprio Charles estava no andar de cima com Larry e os outros membros do corpo docente. Deixados por conta própria, os sete alunos estavam no andar de baixo, visto que não eram mais eles que precisavam ser vigiados para não cometer travessuras. Vi e Janelle tinham sumido para algum canto. Stevie e David ocuparam o salão de baile, porque... por que não ocupar o salão de baile se ele estava ali?

David juntara os cobertores deles — eram quatro — e fizera um ninho para os dois no salão de baile. Estavam deitados ali, naquele cômodo esplêndido e multiplicado de espelhos e máscaras, olhando para o teto ornamentado com seu lustre. David afagava o cabelo dela com suavidade. Stevie percebeu que estava exausta, talvez mais do que jamais estivera na vida toda. Estava entre estados, entre mundos. Os lustres ampliavam a luz escassa do cômodo e a refletiam pelo teto feito um punhado de estrelas.

— Eu consegui — disse ela.

— Aham.

— Você implicou comigo quando cheguei aqui — disse ela. — Mas eu consegui.

— Eu estava sendo amigável.

— Você estava sendo um babaca.

— Como falei, eu estava sendo amigável.

— Por que você acha que a gente se gosta? — perguntou Stevie.

— Faz diferença?

— Não sei. Não sei como essas coisas funcionam.

— Nem eu. Nem ninguém.

— Algumas pessoas parecem saber. Acho que Janelle sabe.

— Janelle — respondeu ele — pode saber tudo, mas ela não sabe isso. E eu gosto de você porque...

Ele rolou para ficar de lado sobre o cotovelo e olhou-a de cima. Passou um dedo pela linha do maxilar dela, provocando arrepios tão intensos por seu corpo que ela se esforçou para não se encolher.

— ... porque você veio fazer uma coisa impossível e conseguiu. E você é inteligente. E é muito, muito bonita.

Ali, no chão que já fora pisado por mil sapatos de dança, sob os olhos das máscaras na parede que já tinham visto décadas se passarem, eles se beijaram, de novo e de novo, e cada beijo ia renovando o anterior.

Do lado de fora, a neve se retraía lentamente como se pedisse desculpas pela intromissão e desse passos silenciosos de volta por onde viera.

Alice...

Stevie conseguia ouvi-la brincar. Ela corria pelo salão de baile; seus sapatinhos de couro lustroso deslizavam no chão e uma bola quicava à sua frente.

— Devemos deixá-la com a bola aqui dentro? — perguntou Iris. — Com os espelhos?

— É claro! — disse Albert. — Vai ficar tudo bem. Vamos lá, Alice! Jogue a bola! Quando a bola quicar aqui dentro, você verá uma centena de bolas quicando!

Alice ergueu os bracinhos gorduchos acima da cabeça, equilibrou a bola, e então a jogou com toda a força — o que não a levou muito longe, mas longe o bastante para satisfazê-la. Ela deu uma risada e a voz alta e límpida ecoou com alegria pelo cômodo.

— É bom estar em casa — declarou Iris, descansando a cabeça no ombro de Albert. — Ficamos fora por tanto tempo.

— Estamos todos em casa — falou Albert. — E é aqui que vamos ficar.

Ao nascer do sol, uma luz suave entrou pelas portas francesas e espalhou longos retângulos pela pista de dança. A luz acabara de chegar aos olhos de Stevie, entreabrindo-os. Ela olhou ao redor por um momento, certificando-se de que a realidade que lembrava da noite anterior correspondia à que ela se encontrava agora. Sim, tinha dormido no salão de baile. Sim, David estava ao seu lado, com os braços por cima dela. Estavam colados embaixo de uma pilha de cobertas. Stevie examinou o chão por um momento, vendo as marcas e os rejuntes na madeira de perto. O ar estava frio no cômodo. Embaixo da coberta, estava quente e perfeito. Era ali que queria ficar, para sempre se possível.

Mas havia um assassino com o qual lidar.

Stevie saiu cuidadosamente de baixo do braço de David, que a enlaçava num abraço suave e protetor. Ela o pôs de volta na mesma posição, então engatinhou por uns metros e recolheu suas roupas do chão. Vestiu-se depressa, vislumbrando seu reflexo ecoado pela sala. Não se incomodou com a garota que viu. Era a garota com o cabelo loiro curtinho, vestindo suas roupas pretas desbotadas. Era exatamente quem queria ser.

Abriu a porta do salão com cuidado e saiu de fininho. O Casarão ainda estava tranquilo e silencioso. Um pequeno fogo queimava na lareira do assassino. Larry estava sentado ali perto, com os braços cruzados, embalando uma caneca de metal com café. Stevie fechou a porta e atravessou o salão para se juntar a ele.

— Oi — disse Stevie, gesticulando para cima. — O que está havendo?

— Mark, dra. Pixwell e dra. Quinn estão lá em cima com ele na Sala dos Pavões. Não acho que ele vá tentar nada, mas, se tentar, os três conseguem cuidar dele sem problemas. Fiquei de olho aqui embaixo.

— Ele disse alguma coisa? — perguntou Stevie, sentando-se na cadeira em frente a Larry e estendendo as mãos para o fogo.

— Não. Ele anda bem quieto. A polícia vai chegar em breve. Falei que podiam vir de manhazinha, que eu cuidaria da situação. Vão mandar alguém de helicóptero e um limpa-neve com reforços à estrada principal para ajudar a levar todo mundo embora. Vamos usar a motoneve e pensar num jeito de levar todos vocês colina abaixo. Pessoalmente, eu sugeriria descer de trenó. Essa é a melhor colina para isso do estado, desde que você não deslize de cara no rio ou numa árvore.

— Mas ele — disse ela. — O que vai acontecer com ele? Eu consegui? Foi o suficiente para botá-lo na cadeia?

— Isso não é preocupação nossa — respondeu Larry. — Vai haver uma investigação. O promotor de justiça será envolvido. Lembre-se, é seu trabalho apresentar o caso. A promotoria assume a partir daí.

Larry estava falando com Stevie como se ela fosse uma detetive de verdade, alguém que poderia ir ao promotor de justiça. Stevie se virou na direção da sala da manhã para esconder o sorriso. A porta estava entreaberta. Ela viu Germaine arqueada sobre o computador, digitando fervorosamente. Hunter dormia no sofá. Nate estava curvado sobre as cadeiras próximas. Tinham passado pela nevasca juntos.

— Mas o que você acha? — perguntou Stevie.

— Acho que você montou um caso convincente — disse Larry. — Você encontrou um corpo. E vou ajudar a garantir que tudo o que você disse seja amplamente explorado. Vou sair da aposentadoria para isso.

— É mesmo?

— Não é todo dia que você recebe de bandeja uma solução para um assassinato triplo e encontra um corpo desaparecido no caso do século. Agora que sabemos que Alice está morta, o caso dela precisa ser investigado. Não há prescrição em assassinato.

— Eu também tenho algumas ideias sobre isso — disse ela. — Mas...

Eles ouviram ao mesmo tempo. Um helicóptero se aproximava.

— Vamos — chamou ele. — Vamos trazê-los para dentro.

O sol de inverno tocava o rosto de Stevie de maneira agradável enquanto ela esperava sob o pórtico. Teve que erguer a mão para proteger os olhos do brilho refletido na neve. O helicóptero estava tendo dificuldade para pousar. Ele pairou bem baixo sobre o gramado e quatro pessoas uniformizadas pularam para a neve. Duas pareciam ser policiais e duas eram paramédicas com grandes bolsas médicas vermelhas. O som despertou os outros. Vi e Janelle reapareceram de mãos dadas. Nate, Hunter e Germaine saíram da sala da manhã. David apareceu por último, abrindo a porta do salão de baile e vestindo um suéter. O grupo se reuniu à porta enquanto os paramédicos e a polícia conversavam com Larry na entrada para carros.

A grande porta foi deixada aberta enquanto os visitantes carregavam suas coisas para dentro, mandando uma breve brisa ártica para dentro do salão. Eles estavam de volta ao mundo. As coisas estavam seguindo seu rumo. David se aproximou e parou ao lado de Stevie. Passou um braço descontraidamente ao redor dos ombros dela, que se inclinou na direção dele e encaixou a cabeça na dobra do seu braço.

— Parece que vamos para casa — comentou Nate.

— Sempre teremos esse fim de semana — respondeu David, estendendo o braço livre para puxar Nate para o abraço. Nate desviou rapidamente.

A atenção de Stevie foi atraída para o mezanino acima, onde algo parecia estar acontecendo. Mark saiu da Sala dos Pavões e se apressou pelo corredor. Alguém estava esmurrando uma porta, exigindo que fosse aberta.

— Charles! — gritou a dra. Quinn. — Charles, abra essa porta.

— O que houve? — perguntou Janelle ao se aproximar.

Larry e a polícia começaram a subir correndo a grande escadaria, dois degraus de cada vez. Houve um barulho de algo se rachando, seguido por algo que pareceu um saco pesado sendo jogado por uma calha. Fosse o que fosse, passou pelo fundo da lareira do assassino. Larry correu para a Sala dos Pavões, então correu para o mezanino para gritar pelos paramédicos, que continuavam no andar de baixo.

— Porão! — berrou ele, correndo para as escadas de novo. — Porão, venham comigo agora! Agora!

O grupo de alunos assistiu à cena em silêncio.

— Acho que Charles não vai para a cadeia — comentou Stevie baixinho.

27

— Que coisa idiota de se fazer — disse a dra. Quinn. — Que coisa idiota.

Pela primeira vez, ela parecia atordoada.

Os paramédicos tinham descido para o porão, porque era lá que Charles estava, atrás de uma parede. Pix fora ajudar por ser o mais próximo de um profissional médico dentro do corpo docente presente e por ter experiência em tirar coisas de lugares difíceis. O restante dos ocupantes de Ellingham se reuniu na sala da manhã, porque continuava sendo o cômodo mais quente do prédio.

— Aquela passagem estava lacrada — disse ela.

— Ele passou a noite toda entrando e saindo do banheiro — contou Mark. — Deduzi que estivesse nervoso. Ele devia estar soltando os pregos com um canivete ou algo assim.

— Mas todo mundo conhece aquela passagem e sabe por que ela foi fechada com pregos. A escada conectada a ela está instável há anos. O lance de baixo nem existe mais. O que ele pensou que estava fazendo? Que se chegasse ao fim do primeiro lance conseguiria pular para o porão? Um andar inteiro? Sair por ali?

— Ele decidiu arriscar — disse Stevie.

Larry, recostado na parede, assentiu para Stevie. Foi ele, afinal, quem disse desde o começo que as pessoas sofriam acidentes quando entravam nas passagens.

Pix voltou do porão e parou no batente da porta. Anteriormente, teriam se reunido longe dos alunos. Mas já tinham passado muito desse estágio.

— Como ele está? — perguntou dra. Quinn.

Pix balançou a cabeça.

— Foi uma queda muito feia — disse ela apenas.

Stevie não pôde deixar de escutar o eco de Cordialmente Cruel: *uma cabeça quebrada, uma queda grave...*

Nas horas seguintes, mais pessoas chegaram à medida que mais veículos conseguiam acessar a escola. Havia um fluxo constante de gente uniformizada. Objetos foram fotografados, registrados, ensacados e selados. Todos do grupo foram interrogados, mas não por muito tempo. Então dois indivíduos de terno escuro e grandes casacos de inverno apareceram. Eles não combinavam com os outros oficiais.

— Ah, que ótimo — disse Nate, olhando pela janela. — Os Homens de Preto chegaram. Hora de apagar a memória.

David também olhou para fora.

— Acho que é minha carona — anunciou ele.

De fato, as duas pessoas de terno pararam à porta da sala da manhã no minuto seguinte.

— Somos do escritório do senador King — disse um dos homens. — Viemos te levar para casa, David.

— Já? — respondeu David. — Nossa, parece que ele me ama *de verdade*.

A piada saiu forçada. Stevie se flagrou pegando a mão de David e apertando-a com força.

— Vocês estão com a polícia? — perguntou Vi.

— Trabalhamos para o senador — respondeu um dos homens.

— Então isso é um não — disse Vi. — O que significa que vocês não têm direito legal de tirá-lo daqui.

— Vi tem razão — adicionou Janelle. — Você tem direitos. Não precisa ir com esses dois se não quiser.

David fez uma expressão surpresa. Não esperava que Janelle fosse defendê-lo.

— Está tudo bem — disse ele. — Mas valeu. Essa gente boa vai me dar um minuto para falar com minha namorada, não vai?

Os dois homens se afastaram da porta, e David guiou Stevie para o salão. Ela sentia uma urgência similar ao pânico, e segurou o braço dele com mais intensidade.

— O que fazemos agora? — perguntou ela baixinho.

— Olha, meu pai não pode me acorrentar no porão. Acho que não, pelo menos. Quer dizer, ele é senador, então talvez tenha acesso a algum tipo de câmara dentro do Monumento a Washington...

— É sério — disse ela, reprimindo as lágrimas.

— Não sei. Vamos para casa. E vamos dar um jeito.

— Seu pai pode prestar queixas?

— Não sei se roubar materiais de chantagem do que é tecnicamente minha própria casa é crime, ou ao menos um que ele gostaria de denunciar. Ele vai tornar minha vida desagradável e vai cortar meu dinheiro, mas tudo bem. Posso arrumar um emprego. É melhor não aceitar nada dele mesmo.

Ele se curvou para beijá-la, colocou lábios quentes contra os dela e afagou a nuca de Stevie. Foi um momento tão íntimo, presenciado só por umas doze pessoas, Larry, dra. Quinn, Pix e todos os amigos deles. Quando se afastaram, David se despediu do grupo.

Abraços foram trocados por todo canto, exceto com Nate, que estendeu a mão para David antes de dizer:

— Só... não... faz nada. Nunca.

— Entendido — disse ele com uma saudação. — Deixa só eu pegar meu casaco e mochila.

Quando estava com o casaco e a mochila surrada, Stevie o acompanhou para o lado de fora, onde motoneves esperavam. Stevie percebeu que começara a chorar. Ela esfregou a área embaixo dos olhos grosseiramente com o dorso da mão.

— Tenho que ir — disse ele, enxugando o rosto dela. — Não se preocupa. Vou dar notícias, Nancy Drew. Não é fácil se livrar de mim.

Relutante, ela relaxou o aperto na mão dele.

Enquanto se afastava, ele se virou para ela uma última vez e abriu seu meio sorriso inclinado. Então abriu seu casaco de dois mil dólares. A princípio, ela não entendeu por que ele estava exibindo o forro vermelho-vivo. Ela já o tinha visto; era um belo forro, para quem ligava para forros.

Mas não era o forro que ele estava tentando mostrar. Era o bolso interno, ou, mais especificamente, algo despontando do bolso interno.

Era um bastão de dinamite.

NOVA TRAGÉDIA EM ELLINGHAM

Burlington Herald
11 de novembro

Em mais um de uma série de acontecimentos trágicos, o dr. Charles Scott, diretor do Instituto Ellingham, morreu numa queda ontem de manhã depois de conseguir acesso a uma passagem lacrada num dos prédios da escola. A escada era um resquício de um conjunto de passagens construídas pelo fundador da escola, Albert Ellingham, no início dos anos 1930. Dr. Scott acessou a passagem depois de ser confrontado sobre seu possível envolvimento nos acidentes da escola que resultaram em duas mortes e no incêndio doméstico que tirou a vida da dra. Irene Fenton.

"O Dr. Scott estava envolvido em diversas mortes recentes na escola e na área de Burlington", declarou a detetive Fatima Agiter da Polícia Estadual de Vermont. "Acreditamos que as mortes dos alunos Hayes Major e Element Walker e da dra. Irene Fenton da Universidade de Vermont possam estar conectadas. As investigações estão em andamento."

KING ENFRENTA RECUO DE DOADORES

PoliticsNow.com
27 de novembro

O senador Edward King está com problemas financeiros. Durante a última semana, ele sofreu a perda súbita e inexplicável de muitos dos seus doadores principais. O senador, que anunciou sua campanha presidencial no mês passado, perdeu o apoio de muitos dos apoiadores que tornaram sua candidatura possível. Relatos recentes trouxeram à tona que o senador poderia estar em posse de materiais de chantagem sobre seus próprios doadores a fim de garantir seu apoio contínuo.

"Um absurdo completo", disse a porta-voz Malinda McGuire quando questionada. "A parcialidade da imprensa em relação ao senador é assombrosa. O senador King continuará a lutar pelo que acredita: valores tradicionais americanos, liberdades pessoais e o fim da impunidade. Não vemos a hora de falar sobre todas essas coisas durante os eventos de campanha dos próximos meses."

ESTARÁ SOLUCIONADO O CASO CORDIALMENTE CRUEL?

True Crime Digest
3 de dezembro

Já foi chamado de o maior mistério do século XX. Em 1936, Albert Ellingham era um dos homens mais poderosos dos Estados Unidos, com riqueza e alcance similar aos de Henry Ford ou William Randolph Hearst. Ellingham era dono de jornais, um estúdio cinematográfico e dezenas de outros interesses. Mas sua paixão pessoal era pela educação. Por esse motivo, construiu uma escola nas montanhas de Vermont e se mudou para lá com a família. No dia 13 de abril daquele ano, ao sair para um passeio de carro, sua esposa, Iris, e filha, Alice, foram sequestradas numa estrada próxima à propriedade. No mesmo dia, uma aluna do instituto, Dolores Epstein, também desapareceu. Nos meses seguintes, tanto Dolores quanto Iris foram encontradas mortas; Dolores meio enterrada num campo, e Iris no lago Champlain. Alice nunca foi recuperada. Ela tinha apenas três anos na época do desaparecimento.

O pai se dedicou inteiramente a encontrar a filha e usou recursos significativos no processo. Dezenas de detetives particulares foram enviados por todo o país e pelo mundo. Uma equipe de 150 secretários analisava as cartas e dicas que chegavam diariamente. O chefe do FBI, J. Edgar Hoover, assumiu interesse pessoal pelo caso. Foi tudo em vão. Albert Ellingham morreu em 30 de outubro de 1938 quando seu veleiro explodiu no lago Champlain, provavelmente vítima de anarquistas. Ele já fora alvo antes e escapara. Daquela vez, não teve tanta sorte.

Com a morte de Albert Ellingham, um pouco da pressão para encontrar Alice se amainou, mas sempre houve pessoas procurando por ela. Várias outras se manifestaram alegando ser Alice; todas se provaram ser impostoras. Alice Ellingham era uma das pessoas desaparecidas mais famosas da história, como Amelia Earhart ou Jimmy Hoffa, dadas como mortas, mas com um ponto de interrogação. Tudo que já se soube sobre o culpado era que ele mandou um bilhete para Albert Ellingham semanas antes do sequestro, um enigma provocativo que alertava sobre o perigo iminente. A carta, feita com letras recortadas de jornais e revistas, era assinada como Cordialmente, Cruel.

Décadas se passaram sem nenhum desenvolvimento do caso, então, no começo de setembro do ano passado, eventos começaram a acontecer muito depressa. Ellingham voltou a se tornar cenário de tragédia quando dois alunos — Hayes Major e Element Walker — morreram em acidentes nas instalações da escola. Logo depois, uma professora adjunta da Universidade de Vermont, dra. Irene Fenton, morreu num incêndio doméstico em Burlington.

Mas uma aluna não acreditava que tais acontecimentos fossem acidentes. Ela acreditava que estavam ligados ao desaparecimento de Alice; ou melhor, a um boato sobre uma fortuna a ser entregue a qualquer um que encontrasse a menina desaparecida, morta ou viva. A aluna de Ellingham, Stephanie Bell, em conjunto com o antigo chefe de segurança da escola, descobriu o corpo de uma criança dentro de uma das paredes. Os restos mortais da criança estão passando por testes neste momento.

Bell realizou outras descobertas significativas, incluindo provas físicas que sugerem que a carta do Cordialmente Cruel, há muito tempo presumida como trabalho dos sequestradores dos Ellingham, não tinha nada a ver com o sequestro e era, na verdade, uma peça pregada por alunos num momento infeliz. Isso derruba décadas de hipóteses sobre o crime.

Por mais que os resultados dos testes e investigações continuem pendentes e o Instituto Ellingham permaneça fechado enquanto a propriedade é averiguada, parece que esse caso não está tão arquivado assim. E, com essa descoberta mais recente, talvez agora os espíritos estejam em paz no monte Morgan.

ÁUDIO REVELA QUE EDWARD KING SABIA DE PLANOS DE CHANTAGEM
MATÉRIA EXCLUSIVA DO RELATÓRIO DE BATT
5 de dezembro

O Relatório de Batt obteve um áudio exclusivo do senador Edward King insultando uma pessoa desconhecida que destruiu materiais que aparentemente estavam sendo usados durante a campanha para chantagear doadores. O áudio, que se encontra abaixo, contém linguagem vulgar.

"Ele pegou a [palavrão] dos pendrives", ouve-se o senador dizer. "Eu tinha tudo ali dentro. Aqueles [palavrão] estavam na nossa mão. Era tudo o que a gente tinha pra manter esse povo na rédea curta. Agora não temos nada. Nada. Eles vão recuar. Estamos [palavrão]."

Acompanhe o Relatório de Batt para mais atualizações.

KING SAI DA CORRIDA PRESIDENCIAL

CNN
2 de janeiro

Após duas semanas de intensa especulação, o senador Edward King retira sua candidatura da corrida presidencial do ano que vem.

"Por mais que seja, é claro, decepcionante se afastar", disse durante um discurso, "percebi o quanto a campanha poderia prejudicar minha relação com minha família."

Por mais que o senador mencione motivos pessoais para o afastamento, informantes da cena política de Washington vêm sussurrando há semanas sobre transações desonestas na campanha de King, incluindo acusações de que o senador poderia estar chantageando diversos indivíduos em troca de apoio financeiro e político. Há várias semanas, uma gravação veio à tona na qual o senador pode ser ouvido gritando sobre a perda de "tudo o que a gente pra manter esse povo na rédea curta". Na gravação, ele culpa o filho pela perda de tal informação.

Foi revelado que o senador tinha um filho de um casamento anterior. Numa estranha reviravolta, esse mesmo filho frequentou o Instituto Ellingham em Vermont, que foi parar nas notícias recentemente como cenário de diversos eventos trágicos, incluindo a morte da celebridade do YouTube Hayes Major. O filho do senador também foi o protagonista de um vídeo viral no qual era espancado numa rua de Burlington, Vermont...

INSTITUTO ELLINGHAM REABRE
RELATÓRIO DE BATT
11 DE JANEIRO

Depois de uma série de acontecimentos trágicos, o Instituto Ellingham, um dos colégios de ensino médio mais incomuns e prestigiados do país, reabriu para aulas. Anteriormente famoso pelos sequestros e assassinatos do caso Cordialmente Cruel em 1936, o instituto voltou às manchetes por motivos similares no outono passado.

"Tem sido um ano extraordinariamente difícil", disse a nova diretora da escola, dra. Jennifer Quinn. "Mas nossos alunos se uniram. Eles se apoiaram. Eu não poderia estar mais orgulhosa deles. Eles representam o verdadeiro espírito de comunidade de Ellingham. Estamos felicíssimos em reabrir as portas."

A polícia concluiu a investigação sobre o antigo diretor da escola, o dr. Charles Scott, que foi acusado de causar as mortes de Hayes Major, Element Walker e da dra. Irene Fenton. A polícia atualmente tem provas substanciais ligando o dr. Scott aos crimes, incluindo gravações de telefonemas entre a dra. Fenton e o dr. Scott, imagens de câmeras de segurança de trânsito e câmeras locais em Burlington na noite do incêndio na casa da dra. Fenton, e comunicações com bancos na Suíça e nas Ilhas Cayman, nas quais se informava de como abrir contas privadas no exterior.

"Estamos confiantes de que identificamos o culpado deste caso e de que essa pessoas está morta", declarou a detetive Fatima Agiter da Polícia Estadual de Vermont. "Consideramos a questão encerrada."

Por sua ajuda na investigação, Stephanie Bell recebeu reconhecimento na Assembleia Estadual de Vermont e foi convidada a visitar o governador. O Relatório de Batt publicará entrevistas com Stephanie Bell sobre suas investigações e fará cobertura exclusiva das suas descobertas sobre o caso de sequestro e assassinato dos Ellingham em 1936. Fique ligado.

EXPLOSÃO DE OUTDOOR

Pittsburgh Press On-line
16 de fevereiro

Um outdoor anti-imigração próximo a Monroeville, Pensilvânia, explodiu ontem à noite no que a polícia está chamando de um ato de vandalismo. Por mais que o outdoor tenha sido totalmente destruído, não houve prejuízo ou dano a qualquer outra propriedade. Não havia nenhum carro na área quando a explosão ocorreu, por volta das quatro horas da manhã.

O outdoor, patrocinado por um grupo associado à extinta campanha do senador Edward King, era impopular entre muitos membros da comunidade. Sua destruição incomum foi comemorada por muitas áreas da cidade.

"Não faço ideia de quem foi o culpado", disse o morador local Sean Gibson. "Mas gostaria de comprar um milk-shake para ele."

TESTE DE DNA EM RESTOS MORTAIS NÃO COMPATÍVEL COM ALICE ELLINGHAM

True Crime Digest
7 de abril

Teste de DNA feito nos restos mortais de uma criança encontrada no Instituto Ellingham próximo a Burlington, Vermont, revelaram que a criança não tinha parentesco nem com Albert Ellingham nem com sua esposa, Iris, impossibilitando-a de se tratar de Alice Ellingham. Alice desapareceu em 1936, aos três anos, quando ela e a mãe foram sequestradas numa estrada. Apesar de o corpo de Iris ter aparecido do lago Champlain algumas semanas depois, Alice nunca foi encontrada. Seu paradeiro foi alvo de interesse intenso desde então, tendo muitos apelidado seu desaparecimento de "o caso do século".

De acordo com especialistas forenses, o corpo encontrado bate com a descrição de Alice Ellingham em todos os outros aspectos. "De muitas formas, esse corpo é compatível com Alice Ellingham", disse a dra. Felicia Murry do Museu Nacional de História Natural Smithsonian, para onde o corpo foi encaminhado para ser examinado junto a especialistas forenses do FBI e uma equipe do Laboratório Forense de Vermont. "Trata-se de uma criança de aproximadamente três anos, que nasceu e morreu no período entre 1928 e 1940. As roupas no corpo não tinham etiquetas ou marcas que pudessem fornecer uma identidade ou ser rastreada, mas conseguimos fixar a data de fabricação dos materiais usados entre 1930 e 1940. Não conseguimos identificar a causa da morte. Conseguimos coletar amostras viáveis do DNA de Albert e Iris Ellingham em seus bens pessoais. Os testes de DNA realizados nos restos mortais não demonstraram compatibilidade com nenhum dos pais."

Se a menina na parede não era Alice, então quem ela era?

28

A PRIMAVERA CHEGOU GLORIOSA À MONTANHA DE ELLINGHAM, BALANÇANDO seu robe de ar fresco e distribuindo vegetação fértil pela encosta feito uma deusa num surto fértil. A vida reapareceu na forma de pássaros e brotos. O frio não fora totalmente extinto, mas abrandara. Stevie estava sentada na cúpula com sua capa de vinil vermelha. Tremia um pouco, mas o ar estava gostoso. Ele a mantinha vivaz e alerta; ele e a caneca de café que surrupiara do refeitório havia alguns minutos. Estava com seu tablet novo no colo, aberto no artigo sobre os resultados do teste de DNA feito no corpo na parede. Stevie o ignorava decididamente em prol da vista.

Tanta coisa acontecera nos últimos cinco meses. No começo, houve uma onda de notícias, matérias sobre o caso e, às vezes, sobre ela. Stevie se tornara a detetive adolescente, o Sherlock de Ellingham. Houve entrevistas, artigos; a Netflix até demonstrou interesse em produzir um filme. Levou várias semanas para Ellingham reabrir as portas, e quando o fez, nem todo mundo voltou. Antes, Stevie nunca teria conseguido voltar. Mas as coisas tinham mudado entre ela e os pais. Não havia mais piadas ou comentários desdenhosos sobre o interesse dela por crimes. Ela solucionara o caso, e até ganhara dinheiro o bastante com publicidade para pagar pelo primeiro ano da faculdade. E agora que o culpado se foi, ficava o sentimento — a esperança — de que mais nada acontecesse no Instituto Ellingham por bastante tempo.

Tudo tinha dado certo, e Stevie foi deixada com a bela vista.

— O que está fazendo? — perguntou uma voz.

Nate, é claro. Ele se aproximou com cuidado, com as mãos afundadas nos bolsos da calça caqui surrada. Ela esperava por ele. Sabia que viria encontrá-la no canto de reflexão dela.

— Estudando — disse ela. — Tenho um teste sobre o sistema límbico.

Nate lançou um olhar para o artigo aberto no tablet.

— Que palhaçada, né?

— Nah — respondeu ela, deixando o tablet de lado.

— *Nah?*

— Nah.

— Virou zen agora? — perguntou ele, sentando-se ao lado dela. — *Nah?* O DNA do corpo não bateu e você está... de boa?

Stevie dobrou os joelhos junto ao peito e olhou para o amigo.

— Porque eu sabia que não bateria — disse ela com um sorriso.

— Calma... você está dizendo que sabia que não era Alice?

— Ah, é ela — disse Stevie. — É Alice.

— Não de acordo com os testes.

— Sempre especularam que Alice fosse adotada — respondeu Stevie. — Não há provas, mas sempre houve um boato.

— Um boato não vai te ajudar a receber milhões de dólares.

— Não mesmo — concordou ela com um sorrisinho.

— Agora você está sorrindo? Está tentando me assustar?

— Sabe, tinha uma coisa que estava me incomodando — disse Stevie. — Quando descobri que Alice tinha sido enterrada na propriedade, fiquei me perguntando o porquê. Alice não morreu aqui. Ela morreu em outro lugar. E a pessoa responsável pela morte dela foi George Marsh. Disso eu sei. Mas por que, se ela morreu, ele faria algo tão insano... trazer o corpo de volta para a casa dela e colocá-la bem debaixo do nariz do pai? Eu só podia ter deixado passar uma informação. Então fui à biblioteca. Os Ellingham usavam um negócio chamado clipagem; é tipo um *Google Alerts* humano. Toda vez que fossem mencionados nas notícias, o serviço recortava a matéria e mandava para eles. Tem caixas e caixas dessas coisas na biblioteca. Nunca foi digitalizado porque ninguém nunca pensou que fosse interessante ou válido. Tive que ler um bando de coisa: colunas sociais e descrições de chapéus, bailes e pessoas velejando juntas. Você sabia que costumavam relatar quem estava presente em navios famosos?

Tipo, esse era o assunto da matéria. Enfim, levei algumas semanas, mas finalmente encontrei isso aqui.

Ela enfiou a mão no bolso e pegou uma cópia de um recorte de jornal de Burlington datado de 18 de dezembro de 1932.

— Lê em voz alta — pediu ela, entregando-a para Nate.

Nate pegou o papel com cuidado e começou a ler.

— "Esposa de Albert Ellingham"... que legal, ela não tem nem nome... "dá à luz na Suíça. O empresário e filantropo Albert Ellingham e sua esposa, a sra. Iris Ellingham, deram as boas-vindas a uma menina na quinta-feira, 15 de dezembro, num hospital particular próximo à cidade de Zermatt, nos Alpes Suíços. Mãe e filha passam bem, de acordo com Robert Mackenzie, secretário pessoal do sr. Ellingham. A criança foi batizada de Alice." Por que estou lendo isso?

— Continua.

— "O sr. Ellingham é, como todos sabem, conhecido localmente por sua propriedade no monte Morgan, onde pretende abrir uma escola. Os Ellingham escolheram uma montanha nevada diferente para o parto a fim de evitar publicidade, de acordo com o sr. Mackenzie. Eles foram acompanhados na viagem internacional pela srta. Flora Robinson, amiga de..."

— Pronto, aí está — disse ela.

— Aí está o quê?

— Eu já sabia que Alice tinha nascido na Suíça — explicou ela, com os olhos brilhando. — Mas não sabia que eles tinham ido com uma amiga. Uma amiga. Flora Robinson. Melhor amiga de Iris.

— Faz sentido, não? Levar sua amiga se você está indo numa viagem longa para parir?

— Ou — sugeriu Stevie — eles foram aos Alpes, a um lugar superprivado, para que *Flora* pudesse parir e eles pudessem cuidar da adoção. Adoção é uma coisa particular. Se tivesse acontecido aqui, poderia ter vazado para a imprensa. Talvez eles não quisessem que Alice soubesse, ou quisessem contar pessoalmente para ela, no tempo deles. As pessoas têm direito à privacidade, especialmente quando se trata dos próprios filhos.

— Mas só porque Flora foi à Suíça com eles não significa que ela pariu Alice, não é? — perguntou Nate.

Stevie fechou o artigo sobre o DNA no tablet e abriu um arquivo de páginas digitalizadas, cheio de longas páginas preenchidas com letra caprichada e rebuscada.

— Charles fez a gentileza de me dar esses registros domésticos, provavelmente para me manter ocupada. Fiz cópias porque gosto de me divertir sozinha. A casa dos Ellingham era o tipo de lugar onde tudo era registrado, todos os visitantes, todos os menus. Então vamos voltar a março de 1932. Quem está aqui? Flora Robinson. Então vejamos o que ela está fazendo...

Stevie mostrou, triunfante, as páginas seguintes. Eram cardápios, listas diárias do que era servido na mesa principal e a todos os hóspedes.

— Olha Flora Robinson em março. Esse é o café da manhã normal dela.

Ela ergueu uma das páginas do cardápio.

Hóspede, sra. Flora Robinson, bandeja de café da manhã: café com leite e açúcar, suco de tomate, torrada e geleia, ovos mexidos, presunto fatiado, fatias de laranja.

— Como pode ver, ela come isso quase todo dia, a mesma coisa. Ela ama suco de tomate, ovos mexidos e fatias de laranja. Mas então, quando chegamos a meados de maio, tudo muda.

Hóspede, srta. Flora Robinson, bandeja de café da manhã: chá sem leite, refrigerante de gengibre, biscoitos água e sal, torrada pura.

— É isso o que ela come, se é que come qualquer coisa — observou Stevie. — Tudo isso começa no fim de maio e continua junho afora. O que sugere?

— Enjoo matinal — disse Nate, arregalando os olhos.

— Enjoo matinal — confirmou Stevie com um sorriso.

— Você é assustadora — comentou Nate baixinho.

— Analisei o resto dos registros. Flora passou grande parte do ano de 1932 aqui. Tipo, quase todo. Aí, em setembro, eles fizeram as malas e vão para a Suíça. Então, digamos que Flora fosse a filha biológica de Alice.

Isso significa que também deve haver um pai biológico. Quem é ele? É aí que as ações de George Marsh começam a fazer sentido...

Stevie estava ficando naquele estado de empolgação intensa e frenética, aquele que deixava Nate visivelmente nervoso.

— George Marsh nunca é descrito como hóspede, mas aparece nos registros porque eles precisam arrumar o quarto dele e providenciar refeições. Aqui está ele, durante março e abril inteiros. Na verdade, por pelo menos um fim de semana em abril, só havia os Ellingham, George Marsh e Flora Robinson. Esse fim de semana, se você fizer uma contagem regressiva, foi quase exatamente nove meses antes do nascimento de Alice. Mas, se quiser mais, olha a Flora aqui...

Ela abriu uma foto de Flora Robinson.

— E agora George Marsh.

Mais uma foto.

— E aí temos Alice.

Nate analisou as três fotos juntas.

— Ah — disse ele.

— Foi por isso que ele a trouxe de volta — explicou Stevie. — Porque era o pai biológico dela. Quis enterrá-la direitinho, em casa.

— Tudo bem, então você vai explicar tudo isso para receber o dinheiro? Acho que seria difícil de provar, mas seria possível, se verificassem registros e conseguissem DNA...

— Nah — disse Stevie de novo.

— Tá, qual é a desse *nah*? Você não vai tentar provar sua teoria?

— Não era pelo dinheiro — argumentou ela. — Mesmo se eu tentasse expor minha teoria, pensa só nos advogados e esquisitos com os quais teria que lidar. Arruinaria minha vida.

— É sério? — insistiu ele. — Você não vai lutar por setenta milhões de dólares?

— O que posso comprar por setenta milhões de dólares?

— Qualquer coisa. Quase literalmente qualquer coisa.

— Nas circunstâncias atuais — disse ela —, o dinheiro vai ficar aqui, na escola. Na casa de Alice. A que o pai dela construiu. Ele queria criar um lugar onde coisas impossíveis pudessem acontecer. Albert Ellingham acreditava em mim. Ele permitiu que eu viesse para essa escola, e vou garantir que ela continue aberta. Por Alice e Iris, e por Albert, por Hayes, Ellie e Fenton.

Ela ergueu a caneca.

— Ai, meu Deus — falou ele. — Você é o quê, uma santa ou algo assim?

— Roubei essa caneca. Então, não. Além disso, se a escola fechasse, você teria que ir para casa e terminar seu livro ou algo assim. Fiz isso por você. Nem vou contar isso para mais ninguém. Quer dizer, além dos meus amigos. Que nem você.

— Você está tentando me fazer sentir alguma coisa? — perguntou Nate, com os olhos um pouco vermelhos. — Porque passei a vida toda aprendendo a reprimir e bloquear emoções e você está meio que estragando a minha parada.

— Tenho mais notícias ruins. Olha para trás. Os pombinhos estão chegando...

Janelle e Vi acenaram de volta, de braços dados. Atrás deles, Hunter e Germaine não chegavam a esse nível, mas conversavam atentamente, do jeito que casais fazem. Janelle e Vi tinham se aproximado ainda mais depois dos acontecimentos do outono e estavam até mesmo planejando como se visitariam durante o verão e sincronizariam seus horários. Hunter e Germaine se aproximaram graças a um interesse mútuo pelo meio ambiente e, por séries coreanas. As coisas na escola não vinham sendo fáceis ou perfeitas para ninguém, mas eles com certeza ficavam ótimos juntos. No fim das contas, a vida escolar era geralmente mais simples quando não havia gente sendo assassinada o tempo todo.

Quando os outros chegaram a Stevie e Nate, o celular de Stevie tocou. Ela ergueu uma das mãos e se afastou alguns passos para atender uma chamada de vídeo.

— Onde você está? — perguntou ela.

David estava numa rua em algum lugar, com uma camiseta roxa de campanha.

— Ah, hum... — Ele olhou ao redor. — Iowa. Vamos a três cidades hoje. Estou cuidando de preparativos, marcando eventos em algumas lanchonetes, coisas assim. Queria ligar mais cedo porque vi aquela notícia sobre o DNA. Você está bem?

— Estou ótima. Como vai a campanha?

— Bati em 315 portas ontem. Imagina como aquelas pessoas foram sortudas em abrir a porta e me ver.

— Abençoadas — disse Stevie.

— Essa é a palavra. *Abençoadas.* Até bati na porta de algumas pessoas que tinham uma placa para o meu pai no quintal. Algumas pessoas simplesmente não desistem do sonho.

Desde que saíra de Ellingham, David conseguira um estágio com um candidato rival à presidência. Ellingham lhe oferecera uma chance de voltar, mas o pai a bloqueara. Ele estava tecnicamente sem escola, trabalhando por conta própria para terminar o supletivo de ensino médio. As duas coisas o ocupavam dia e noite. Stevie nunca o tinha visto nesse ritmo antes, mas achava que combinava com David. Ele parecia e soava mais saudável, mesmo que ela suspeitasse que ele não estivesse dormindo muito. Eles se falavam duas ou três vezes por dia. Os pais dela, por mais irônico que parecesse, estavam cem por cento encantados por ela ter continuado o relacionamento com aquele rapaz simpático que por acaso também era filho do senador King. A visão do senador King sobre o relacionamento de David com Stevie era desconhecida e não fazia a menor diferença.

— Estou pensando em contar a ele o que eu estou fazendo — afirmou David.

— É mesmo?

— Acho que ele deveria saber que estou aqui, trabalhando pesado pela democracia. Sabe, as pessoas do outro lado. Consertei o banco de dados local deles ontem, e hoje à noite vou ajudar com o alcance das mídias sociais. No fim das contas, sou bem bom nessas coisas.

— Sempre acreditei em você — disse Stevie.

— Acreditou, é?

— Não. Mas você tem uma bela bunda, então dou um desconto.

Eles sorriram um para o outro a milhares de quilômetros de distância. Stevie nunca se sentira tão próxima dele.

— Acho que é melhor eu voltar e terminar de estudar — falou ela. — Tenho um teste de anatomia. Você sabe alguma coisa sobre o sistema límbico?

— O que eu *não* sei sobre o sistema límbico? Só o que ele é.

— É meio onde estou agora.

— Você não ganha uma dispensa por motivo de "o DNA não bateu"?

— Não.

— Mesmo que você tenha solucionado o caso do século, ainda precisa fazer dever de casa? Esse mundo é uma palhaçada.

— Nem sempre — disse Stevie.

— É — respondeu ele, abrindo um sorriso. — Nem sempre.

Quando Stevie desligou a ligação, o grupo caminhou junto na direção do prédio onde aconteciam as aulas. Stevie inspirou longa e profundamente o ar fresco da montanha; o ar que Albert Ellingham amava tanto que comprou a encosta toda para construir seu reino.

— Posso perguntar uma coisa? — disse Vi. — Como David conseguir gravar a reação do pai dele? Ele grampeou o escritório?

— Quer dizer, hipoteticamente? — perguntou Stevie.

— Óbvio.

— Digamos que você pague para levar porrada e poste um vídeo disso para assustar seu pai e fazer ele pensar que você fugiu para fumar maconha e escapar da sociedade, mas, na verdade, você está entrando escondido em casa para arrumar informação.

— Normal — comentou Vi.

— Digamos que você também tenha uma irmã que se sente do mesmo jeito que você sobre o seu pai. E que você conte para essa irmã o que está prestes a fazer para não a deixar apavorada. E que essa irmã queira ajudar. Então ela voa da Califórnia para a Pensilvânia para estar em casa quando você contar ao seu pai que destruiu todo o material de chantagem dele. E ela por acaso está com o celular pronto para gravar a reação.

— Que coincidência incrível — disse Vi. — E aí a gravação acabou vazando?

— Pois é — falou Stevie. — Para você ver como acontece coisa estranha nessa família.

— Seus pais já desistiram de Edward King?

— Não. Eles acham que é tudo um complô contra ele ou algo assim. Tem coisas que não mudam. Enfim, tenho que ir senão vou me atrasar. Esse teste não vai se reprovar sozinho. Quer almoçar no...

A atenção dela foi atraída para um movimento na floresta, na direção do rio. As árvores estavam voltando lentamente a florescer, mas ainda estavam ralas o suficiente para distinguir uma silhueta.

— Alce — disse ela, quase num sussurro. — Alce. *Alce.*

Ela puxou a manga de Nate.

— Alce — repetiu ela.

O objeto se afastou para fora da vista. Stevie piscou. Ele estivera bem ali, com os chifres gigantescos avançando por entre as árvores.

— Meu alce — afirmou ela, baixinho. — Finalmente. O universo me pagou em alce.

Com um olhadela para o local mágico às suas costas, Stevie Bell retomou a caminhada em direção à sala de aula. Ainda havia um teste de anatomia pela frente. Havia muitas coisas pela frente, mas essa era a mais próxima.

— Aquilo não era um alce, era? — disse Janelle quando Stevie não podia mais ouvir. — É um galho, não é? Que balançou com o vento?

— É um galho — respondeu Nate.

— Tipo, é *com certeza* um galho — confirmou Vi. — Será que a gente conta para ela? Ela parece ter levado bem a sério.

— De jeito nenhum — respondeu Nate enquanto Stevie desaparecia na direção do prédio, já com fones de ouvido. — Deixa ela ficar com o alce.

AGRADECIMENTOS

Durante os últimos três anos que passei escrevendo estes livros, resolvi muitos enigmas, refiz muitos trabalhos, andei muito de um lado para o outro e gritei internamente. Resumindo, foi incrivelmente divertido, como passar 36 meses ou mais resolvendo um problema de lógica. Há muitas pessoas para agradecer.

Primeiro, minha editora incrível, Katherine Tegen; eu não poderia ter uma defensora e voz editorial melhor. E a todo mundo da Katherine Tegen Books pelo apoio e pelo trabalho árduo. Minha agente, Kate Schafer Testerman, está sempre ao meu lado. (E, em momentos de extrema pressão, em cima de mim, quando tento fugir da minha escrivaninha). Beth Dunfey forneceu uma visão editorial e ajudou a dar forma ao mundo do Instituto Ellingham. Minha assistente, Kate Welsh, que não me deixa ficar correndo por aí com tesouras de ponta.

Minha vida de escritora seria um caos sem a ajuda de Holly Black, Cassie Clare, Robin Wasserman, Sarah Rees Brennan e Kelly Link. Meu dia a dia pertence ao meu amado Oscar e minhas lindas Zelda e Dexy. A toda minha família e amigos, sou profundamente grata por vocês me aturarem.

E, acima de tudo, obrigada a você, por ler.

Este livro foi impresso pela Cruzado, em 2022,
para a HarperCollins Brasil. A fonte do miolo
é Hoefler Text. O papel do miolo é pólen soft
80g/m² e o da capa é cartão 250g/m².